Con mu...

Carlos

Muchas gracias por

querer jugar conmigo

a este trepidante

juego...

Un beso.

J. NORBER

El juego de la oca

Fran J. Marber

El juego de la oca. 2.ª edición

franjmarber@yahoo.es
www.franjmarber.com

ISBN: 978-84-9948-992-6
Depósito legal: A 252-2012

Edita: Editorial Club Universitario Telf.: 96 567 61 33
C/ Decano, n.º 4 - 03690 San Vicente (Alicante)
www.ecu.fm
e-mail: ecu@ecu.fm

Printed in Spain
Imprime: Imprenta Gamma Telf.: 96 567 19 87
C/ Cottolengo, n.º 25 - 03690 San Vicente (Alicante)
www.gamma.fm
gamma@gamma.fm

La casualidad o el destino, quién sabe, ha querido que la trama de esta nueva novela gire en torno al número nueve. Y es precisamente a nueve personas que ya no están entre nosotros a quien quisiera dedicar esta historia. A algunas de ellas tuve la inmensa fortuna de conocerlas personalmente antes de que un terrible terremoto nos las arrancara de nuestro lado; al resto, es posible que nuestras miradas se cruzaran fortuitamente alguna vez por las calles de mi querida Lorca.

Para todos ellos, este humilde y modesto homenaje:

Antonia Sánchez
Juana Canales
Emilia Moreno
Juan Salinas
Raúl Guerrero
Domingo García
Rafael Mateos
Pedro José Rubio
María Dolores Montiel

Lorca, 11 de mayo de 2011

PRÓLOGO

«Hoy he comenzado a escribir mi historia desde una habitación llamada tristeza». Así empezó a interesarme el protagonista de *El juego de la oca*, y a su lado, he sentido la emoción que producen los buenos relatos. Desde las primeras páginas me intrigó la personalidad compleja y misteriosa del inspector Álvaro Moret, un hombre herido por un acontecimiento de su pasado que teñirá de soledad y tristeza su vida; una soledad que me ha acercado a su alma para recorrer con él un emocionante viaje literario.

He disfrutado con los personajes, con su lenguaje, con la sonoridad de sus nombres: Horneros, Lasarte, Ramírez, Ester, Lola, Margot... He conocido sus debilidades, su misterio, su humanidad, sus pasiones...

Como una pieza más, he sido parte del juego, he atravesado misterios, rituales, acertijos, universos desconocidos y paganos, he descifrado códigos, números y signos. Como un «transeúnte» que emprende un viaje hacia su propio destino, he transitado por el universo de la novela con la pasión que Fran J. Marber me ha contagiado, y tengo claro que parte de su novela está aquí, entre tus manos.

Quién sabe si el destino de Álvaro Moret será continuar un ritual sagrado o le esperará una vida literaria tan interesante como la de Arsene Lupin o Sherlock Holmes, los grandes personajes creados por Edgar Allan Poe y Conan Doyle, aunque a mí me gustaría que fuese lo segundo.

Si alguna vez la poderosa fuerza de las imágenes de *El juego de la oca* llegara a la gran pantalla, yo me pido el protagonista. Mientras tanto, voy a empezar a preparar mi próximo viaje; no sé, quizá me anime y sea… ¿el camino de Santiago?

Ginés García Millán
(Actor nacional en series de televisión y cine)

Esta novela está basada en el antiguo rito medieval que dio origen al juego de *La Oca.* Aunque los escenarios donde transcurren los hechos sean localizaciones completamente reales que formaron parte de ese juego pagano y la trama coincida con una serie de asesinatos y desapariciones que ocurrieron en el año 1965 en nuestro país, los personajes que aparecen a lo largo de esta historia son ficticios y cualquier parecido con la realidad es pura coincidencia.

Como autor, he tratado de ceñirme de un modo muy exhaustivo a las reglas que rigen ese curioso tablero de juego al que todos, alguna vez, hemos jugado.

El lector comprobará que el número de cada uno de los capítulos coincide con la parte de la historia que corresponde a esa misma casilla, respetando siempre la suerte o el azar que caprichosamente han ido eligiendo los dados. De este modo, observará que del capítulo número seis se salta hasta el doce, y si sucede así no es por ningún tipo de error u omisión, sino porque alguno de los personajes de la novela ha caído en una de las casillas de los puentes y, por tanto, debe cumplir la mítica regla que dice: «de puente a puente…», y así, sucesivamente.

Aclarado esto, y sin más preámbulos... ¡Que empiece el juego!

EL JUEGO D LA OCA

I

Les suelen llamar psicópatas, perturbados o, simplemente, se dice de ellos que padecen enajenación mental transitoria. Y yo digo que una mierda. Son un hatajo de desgraciados, y punto. Igual que existen seres maravillosos que sufren con el dolor de los demás, también los hay que disfrutan siendo crueles con quienes les rodean.

Me llamo Álvaro Moret, y hace muy poco que dejé de ser inspector de policía por culpa de uno de estos dementes que acabo de mencionar. Dicen que la ira es mala consejera, y yo os aseguro que aquel día la escuché. Fui débil y pudo conmigo, con mi forma de entender la vida, y por unos segundos me olvidé de ser yo mismo para convertirme en un animal rabioso. Y precisamente por eso, por dejar que el odio guiara mis actos, dispongo ahora de todo el tiempo del mundo para recapacitar sobre lo que hice; aunque, si soy sincero, creo que por muchos años que pasen nunca me arrepentiré de ello. Estoy convencido de que volvería a hacerlo otra vez.

Hoy he comenzado a escribir mi historia desde una habitación llamada tristeza. Así es como quiero nombrarla, y desde aquí, desde la profunda tristeza, trataré de contar cómo acabé en un lugar tan tétrico y nauseabundo como este…

2

Comienza la partida

«B, positivo». Ese era el tipo de sangre que una semana antes apareció sobre una piedra a los pies de Puente La Reina, en Jaca. Solamente encontramos eso: un guijarro impregnado de sangre humana, pero nada más; ningún cuerpo ni pista que seguir. Allí comenzaba y acababa la investigación que me asignaron, porque el escaso caudal que bajaba por el río Aragón se había encargado de borrar alguna remota huella que hubiese podido quedar de aquel crimen; eso en el supuesto caso de que lo hubiese habido. Una simple mancha de sangre no indicaba nada, aunque era un indicio evidente de que algo había ocurrido o, lo que era aún peor, que estaba por suceder.

Por desgracia, tan solo hubo que dejar transcurrir siete días para que apareciese el cuerpo de un desconocido con ese determinado grupo sanguíneo. Dieron con él unos peregrinos que recorrían a mediados de junio el Camino de Santiago, pero a más de cien kilómetros de distancia del lugar donde encontramos los restos de sangre y, curiosamente, en otro puente con similar nombre: en Puente La Reina, Navarra.

Así pues, mi investigación comenzaba con dos viaductos que se llamaban exactamente igual y restos humanos con la misma tipología de sangre. No obstante, aquella coincidencia no habría tenido más relevancia si no hubiese sido por el lamentable estado en el que apareció el cadáver y porque los dos puentes estaban en comunidades autónomas diferentes.

Yo, por aquel entonces, era uno de los nuevos inspectores que acababa de llegar a la comisaría de Huesca y supongo que, en un principio, me asignaron el caso de Jaca porque no tenía pinta de ser muy importante; además, durante mis tres años de servicio en el Cuerpo Nacional de Policía nunca había tenido la oportunidad de dirigir la investigación de un crimen. Por eso, cuando me enteré de lo sucedido en la comunidad vecina, decidí coger mi viejo Renault para desplazarme hasta el departamento de autopsias de Pamplona y cotejar los informes de que disponía con los de mi homónimo navarro. Para ser franco, debo confesar que estaba muy ilusionado porque aquello tenía los visos de ser mi primera investigación seria, claro que nunca imaginé que allí me toparía con un incomprensible muro de insensatez llamado Facundo Horneros, un trasnochado comisario a punto de jubilarse y con poco ánimo de colaborar.

—¡Hoy en día cualquiera puede ser inspector! —espetó el comisario nada más verme entrar en las dependencias. Me miró de arriba abajo, ninguneándome y repasando mi indumentaria—. Por lo menos podía haberse puesto una chaqueta en condiciones —adujo con desgana.

—No sé si debería decir buenos días —contesté al ver la cara de aquella vieja gloria venida a menos. Los tirantes de su pantalón apenas daban la talla y sujetaban como podían el exceso de peso de su prominente barriga.

—¡Vaya! Encima el novato ha salido respondón —añadió en tono sarcástico al comprobar que no me amedrentaba ante sus comentarios.

—Mire, he venido a realizar mi trabajo. Y con su ayuda o sin ella le aseguro que lo haré. Por tanto, haga el favor de indicarme dónde está el cadáver —contesté sin entender por qué recibía a un compañero de profesión con esos modales.

—No se encuentra aquí —contestó esbozando una ligera sonrisa—. Debería saber que en estos casos el cuerpo se envía al Instituto Anatómico Forense, en espera de que el juez tramite el permiso para realizar la autopsia y se proceda a su identificación. Así que siéntese y espere. Apenas han pasado veinticuatro horas desde que se encontró el cadáver.

—Es usted la simpatía en persona —afirmé de forma despectiva.

—No me malinterprete, joven. Pero creo que un buen policía, además de serlo, tiene que parecerlo. Y usted, con esa pinta…

—¿Qué insinúa?

—No…, nada. Pero comprenderá que con esa chaqueta de piel y esos vaqueros ajustados parece usted un portero de discoteca.

—¡Si quiere podemos hablar de la asquerosa barriga cervecera que gasta! —respondí. Sé que no debí entrar al trapo, pero apenas acababa de llegar y ya me estaba empezando a cansar de sus groserías; y en mi sueldo, que yo supiese, no entraba tener que aguantar las impertinencias de un viejo amargado.

Como era de suponer, mi apreciación no fue del gusto del comisario Horneros; es más, dicha en voz alta delante de dos de sus ayudantes le dejaba en una situación un tanto incómoda, lo que provocó un tenso silencio en la sala de jefatura. Mientras, los agentes adjuntos se miraban entre sí esperando a ver hacia qué lado de la balanza se inclinaba aquella tormenta dialéctica que estaba a punto de estallar.

—¡Está bien! Calmémonos —propuso Horneros al comprobar que su sarcasmo no me afectaba lo más mínimo—. Disculpe mi comentario, pero comprenda que falta menos de un mes para los encierros del patrón y no quiero que un simple accidente se malinterprete. La alcaldesa no quiere escándalos que puedan manchar el buen nombre de la ciudad, y mucho menos en los sanfermines. ¿Me entiende?

—Sí, perfectamente. Supongo que será mejor para todos que nos tranquilicemos. No pretendo entrometerme en su trabajo y sé que estoy fuera de mi jurisdicción; lo único que quiero es cotejar unos datos sobre una investigación en la que trabajo y después me marcharé.

—¿Qué necesita?

—Si es posible, las fotos del cadáver y el atestado.

—Blázquez, tráigame un café bien cargado —le pidió a uno de los agentes que nos acompañaba; después dio un suspiro tan profundo que pareció inhalar el escaso aire que aún quedaba sin corromper en aquella estancia. Acto seguido, y tras meter ligeramente la tripa, abrió el cajón de su escritorio y sacó un sobre.

—¡Tome! Échele un vistazo —dijo a la vez que encendía un habano.

Lo cogí y me senté en uno de los escritorios que quedaban libres al fondo de la oficina. Encendí el flexo y saqué el informe, quería leerlo antes de ver las fotos para hacer una valoración de lo sucedido y adivinar qué era lo que me podía encontrar en ellas:

INFORME PERICIAL Y ATESTADO POLICIAL

Diligencias realizadas por el Juez Instructor D. Antonio Ventura Sanz, magistrado de la sala N.º 3 de los Juzgados de Pamplona.

ASUNTO: Levantamiento de un cadáver.

INSPECCIÓN OCULAR DE LUGAR DEL ACCIDENTE: Habiéndose realizado las pesquisas correspondientes, se procede a la recuperación del cuerpo de un varón de raza blanca de unos cuarenta años y un metro setenta de altura que se encuentra junto a la orilla del margen derecho del río Arga. En un primer diagnóstico, se deduce que la muerte le sobrevino por un fuerte traumatismo craneoencefálico, causado posiblemente por la caída desde el antiguo viaducto romano que da acceso al pueblo de Puente La Reina, en Navarra. El individuo no presenta aparentes signos de violencia, aunque se observa la amputación completa de los dedos índice y anular de la mano izquierda (2.º y 4.º apéndices). El grado avanzado de descomposición del cuerpo hace sospechar que murió cinco o seis días antes de ser encontrado (valoración aún sin confirmar).

No procede informe balístico.

No se conocen testigos oculares de los hechos acaecidos.

Por ello, procedo al levantamiento del cadáver para que sea trasladado al Instituto Anatómico Forense de Pamplona y, así, poder realizar la autopsia pertinente, identificación y estudio más exhaustivo del cuerpo.

Expide la presente, a 18 de junio de 1993, D. Antonio Ventura Sanz.

Ese era el escueto informe que había realizado el juez sobre el levantamiento del cadáver. Y los datos que mostraba eran tan irrelevantes como poco esclarecedores. A simple vista, se notaba que el hallazgo se había enfocado como un accidente fortuito, aplicándose el protocolo rutinario a seguir ante ese tipo de incidentes. Nada más. Sin embargo, cuando comprobé las fotos y observé estupefacto el estado que presentaba la cabeza de la víctima —parte de la masa encefálica colgaba literalmente fuera del cráneo— y el modo en que habían sido amputados dos dedos de su mano, no pude evitar mostrar mi desacuerdo con las diligencias adoptadas por el comisario Horneros.

—¡No creerá que se trata de un simple accidente!

—Sí, o al menos eso es lo que parece —contestó echándome en la cara una cortina de humo del habano que fumaba—. No sería el primer peregrino que se despeña o desaparece.

—¿No habla en serio, verdad? —pregunté intentando esquivar la fumata blanca que avanzaba hacia mi rostro, la cual quedó revoloteando lentamente bajo uno de los focos de la oficina.

—Sí, le estoy siendo muy franco —afirmó con rotundidad—. Hoy en día cualquiera que se echa una mochila a la espalda ya se cree preparado para recorrer el Camino de Santiago. Es así de sencillo. La gente pasa de la ciudad al campo, de estar sentados en un cómodo asiento de oficina a salvar un desfiladero de treinta metros de altura, sin preparación alguna. Y luego ocurren desgracias como estas que nosotros, los pringaos de siempre, nos tenemos que mamar verano tras verano.

—Pero ¿ha visto su mano? Está destrozada. Le han arrancado dos dedos de cuajo.

—¿Los dedos? Seguro que algún desgraciado lo hizo para quitarle la alianza o cualquier otra sortija que llevara.

—Insisto, ¿de verdad está usted hablando en serio? ¿No piensa abrir una investigación? —pregunté visiblemente contrariado. No podía creer que no hiciera nada al respecto.

—¡Que sí, hombre! Claro que lo vamos a investigar, pero sin volvernos locos. A diario recibimos denuncias de robos a peregrinos que caminan en solitario por esos senderos de Dios. No sé por qué no van en grupos como hace la mayoría. Sería lo más sensato. Pero no, los muy capullos se empeñan en recorrerlo solos sin haber pisado en su puñetera vida el monte. Además, algunos son tan raros... Parece que caminan ensimismados, como en trance, y no se enteran de nada de lo que sucede a su alrededor. Van pensando en sus rezos, en sus pecados... Y luego pasa lo que pasa.

—Tengo la corazonada de que el cuerpo que han encontrado murió en un puente de Jaca y no aquí, en Navarra —opiné.

—No diga tonterías, inspector Moret. ¿En qué se basa para llegar a esa conclusión?

—El grupo sanguíneo de los restos encontrados en Jaca coincide con el de estos. En ambos casos es el mismo: «B, positivo».

—¿Ya está? ¿Esa es su gran pista? —preguntó tras una sonora carcajada—. ¿Y nada más que por eso cree usted que se trata de la misma persona? Es un tipo de sangre muy común. Escuche, inspector, le recomiendo que procure no decir esas gilipolleces fuera de aquí porque se puede convertir en el hazmerreír de la comisaría —me aconsejó reclinándose sobre su sillón—. ¿Dónde cojones está Blázquez? ¿Me trae el café o tengo que ir yo a por él? —gritó cabreado.

El comisario Horneros, a pesar de ser un perfecto estúpido, llevaba razón. No tenía una base sólida sobre la que sustentar mis sospechas; pero, aun así, siempre me había considerado de ese tipo de policías que piensan que un caso de homicidio comienza a resolverse con una simple sospecha, y yo la tenía. Además, el informe pericial confirmaba que el sujeto llevaba varios días muerto, y ese dato coincidía con mis conjeturas. Por tanto, solo debía esperar a que contrastaran en el laboratorio las muestras de sangre encontradas en ambos puentes y que coincidieran en su ADN. Desafortunadamente, para obtener esos resultados faltaban al menos otras veinticuatro horas, y el ímpetu policial que corría por mis venas no me permitía quedarme de brazos cruzados esperando la respuesta de un forense.

—¿Está muy lejos de Pamplona? —pregunté de improviso.

—Si se refiere a Puente La Reina, a veinticuatro kilómetros, en dirección a Logroño. Por la autovía se pueden tardar unos quince minutos. ¿Por qué lo pregunta, inspector?

—Quisiera acercarme para echar un vistazo.

—¡Está bien! Ramírez lo acompañará —asintió el comisario a la vez que hacía un gesto con la cabeza para que se pusiese en pie el agente que se había quedado escuchándonos.

—No, no se preocupe, prefiero trabajar solo —aseguré.

—Por una vez hágame caso, ¡por favor! —sugirió en un tono más conciliador—. Es mediodía. Coma algo y después prosiga con su investigación.

—De acuerdo, pero iremos en mi coche —le propuse.

—¿Usted siempre tiene que decir la última palabra, verdad? —suspiró Horneros, resoplando sobre su bigote anaranjado por la nicotina.

Yo preferí responderle con una escueta sonrisa. Por fin parecía que el viejo comisario aplacaba un poco su mal humor y colaboraba, pero apenas había terminado de salir con mi improvisado acompañante de la oficina cuando se escuchó otro estrepitoso grito:

—¡Joder, Blázquez! ¿Dónde coño está mi café?

3

El trayecto hasta la pequeña localidad de Puente La Reina resultó corto y silencioso. El agente Ramírez, un hombre de aspecto apagado y tan flacucho que hasta parecía venirle grande el uniforme, apenas abrió la boca, y cuando lo hizo fue para indicarme el camino que seguir. Yo me dejé guiar hasta el viaducto romano que precedía a un olvidado pueblo de paredes color tierra y sembrado de viejos tejados medio hundidos por el paso del tiempo. Lo habíamos rodeado previamente para dejar aparcado el vehículo en las proximidades del puente de piedra en donde se había encontrado el cadáver. Ramírez, como era de esperar, se quedó dentro del vehículo mientras yo salía a echar un vistazo armado con una cámara de fotos.

Frío. A pesar de ser pleno mes de junio y cerca de las cinco de la tarde, eso fue lo primero que sentí en mi rostro nada más bajar del coche. Un frío húmedo acompañado por el agradable sonido del fluido cauce del río Arga.

Al encarar el puente no se alcanzaba a ver el otro extremo porque una ligera pendiente lo impedía y, solo cuando llegué a su punto más alto, pude contemplar el enigmático pueblo que se presentaba ante mí. Allí descubrí cientos de ventanas que parecían querer devolverme la mirada: unas abiertas, otras entrecerradas, pero la mayoría de ellas sin vida, mostrando que llevaban abandonadas mucho tiempo. Algunos tejados habían cedido por el peso de las nieves invernales y dejaban visibles las vigas curvadas de madera que un día los sustentaron, mientras que otros se mantenían en pie de puro milagro; pero, a pesar de todo ello, la estampa resultaba irrepetible. Aquel pueblo poseía un embrujo especial; y una puerta arqueada de piedra que quedaba bajo una especie de torreón al otro extremo del puente romano hacía las veces de entrada a la urbe.

Sin embargo, no podía entretenerme en contemplar pueblos bucólicos que parecían sacados de una postal. Había muerto una persona y mi obligación era intentar arrojar un poco de luz sobre el asunto porque alguien, en otro lugar, podía estar llorando su pérdida. Quizá se trataba de un hombre casado, fuese el padre de varios niños o, tal vez, alguien cuya familia creía que aún andaba peregrinando alegremente por las tierras del norte de España. Nadie sabía nada sobre él. Y esa incertidumbre era la que me motivaba a seguir buscando con más ahínco.

Sin poder evitar que ese pesar hirviese en mi interior, continué recorriendo el puente con la intención de captar algún nuevo indicio que avalara mi tesis del asesinato. De este modo, cuando alcancé el extremo opuesto, me asomé para inspeccionar desde lo alto la orilla donde había aparecido el cadáver y tomé una foto. Era una costumbre que aprendí en la academia, fotografiar el lugar de los hechos y las pistas encontradas para después analizarlas con más tranquilidad en el despacho. Así podría comparar los dos puentes.

Foto n.º 1
Puente La Reina, Jaca.

Foto n.º 2
Puente La Reina, Navarra.

El río Arga, que en ese momento trascurría bajo mis pies, a diferencia del río Aragón, era muy caudaloso y sus márgenes aparecían como una suave pendiente arcillosa que invitaba al baño. Por consiguiente, si alguien hubiese caído de forma accidental desde lo alto del puente, podía haberse hecho mucho daño o, en el peor de los casos, dislocarse algún brazo o pierna, pero nunca ocasionar el tremendo destrozo que presentaba el cráneo que pude ver en las fotos que me facilitó el comisario. Estas encajaban más con el entorno rocoso y menos caudaloso que rodeaba el primer puente, en Jaca.

—No ha sido un accidente —afirmó alguien que esperaba bajo el torreón medieval que servía de entrada al pueblo.

—¿Quién anda ahí? —pregunté sorprendido. La sombra ocultaba la identidad de quien me hablaba, aunque su voz quebrada delataba que se trataba de una anciana.

—Usted sabe que no ha sido un accidente —reiteró.

—¿Por qué lo dice? —pregunté intentando ver su rostro.

—El juego ha comenzado.

—¿Cómo? ¿Quién es usted? —pregunté acercándome. La luz que quedaba a su espalda apenas me permitía adivinar la silueta de quien hablaba.

De forma prudente me introduje bajo el pórtico de piedra y, cuando mis pupilas se dilataron acorde a la oscuridad del lugar, encontré allí a una mujer de avanzada edad que se ayudaba de un bastón para aguantar su encorvada figura. Su pelo canoso y estropajeado caía sobre un pañuelo negro que cubría sus hombros, y un constante tembleque senil indicaba que el párkinson estaba llamando a su puerta sin contemplaciones.

—Usted es la segunda pieza sobre el tablero —me advirtió, señalándome con su mano huesuda—. ¡Que Dios le acompañe!

Dicho esto, se giró y se marchó con paso pausado, arrastrando los pies y marcando el compás de su adiós con el repetido golpeo de un bastón sobre la calzada.

—¡Señora, espere! No se vaya —le pedí.

Mas ella me ignoró. Hizo caso omiso. Se marchó susurrando palabras extrañas y negando con la cabeza.

No la seguí. ¿Para qué? No tenía sentido hacerlo. Aquella mujer parecía desvariar y no era cuestión de interrogar a la primera loca que se cruzara en mi camino, porque aquella extraña parecía eso, una vieja bruja que encajaba de maravilla con el pintoresco aspecto de aquella villa. Como no había nada más que hacer allí, decidí regresar al coche; ya había sacado mis propias conjeturas sobre lo ocurrido y lo mejor era volver a la ciudad antes de que la noche tiznara de sombras el azulado firmamento navarro. Afortunadamente, el regreso a Pamplona resultó bastante ameno porque el agente Ramírez parecía estar algo más relajado y locuaz.

—¿Ha encontrado algo, inspector? —me preguntó.

—No mucho —contesté extrañado de que se interesase, pues no parecía un hombre muy dado a la conversación—. Habrá que esperar a mañana. Hasta que no dictamine el forense la causa de la muerte es inútil seguir con esto. No tengo una base sólida que sustente mis argumentos.

—Al final el comisario Horneros va a tener razón —apuntó.

—Eso parece —asumí en tono de derrota.

—No es tan borde como parece. Se lo aseguro porque llevo casi veinte años trabajando con él. Antes se reía más y le encantaba gastar bromas, pero supongo que este trabajo cambia el carácter a cualquiera. El corazón se te endurece día a día, con cada nuevo caso, con cada detención.

—Perdone que lo dude. Pero no me imagino al comisario contando chistes en la barra de un bar.

—Créame, es un buen tipo. O quizás debería decir que lo era...

—No le entiendo. ¿A qué se refiere?

—Su hija murió hace ocho años. Un accidente de tráfico. Desde entonces no es el mismo, ve la vida de una forma distinta. Creo que esa fue la razón por la que su mujer se separó de él.

—¡Vaya! Tal vez me haya precipitado al juzgarlo —susurré.

—No se culpe. Tarde o temprano todos nos convertiremos en alguien como él. Este trabajo es así, absorbe tanto que nos hace olvidar a la familia y a nuestros seres queridos. Supongo que uno no puede dejar de ser policía cuando vuelve a casa, este oficio te acompaña las veinticuatro horas del día. A veces yo también siento que me he dejado engullir por esa misma rutina.

Las palabras de Ramírez eran tan ciertas como duras. Cuando uno decidía dedicarse a este oficio, si no lograba desconectar o no sabía dejar colgados los problemas del trabajo en la percha de la oficina, al final acabaría absorbido por las arenas movedizas que formaran cada uno de los casos que se cruzaran en su vida profesional. Con cada desaparición no resuelta se alejaría la esperanza de seguir buscando, con cada asesinato sin resolver moriría parte de esa ilusión con la que se afronta cada mañana el trabajo y, así, día tras día, hasta terminar completamente hastiado como el comisario Horneros.

La noche pasó relativamente rápida y el amanecer se presentó de improviso sobre el ventanal del hostal donde me hospedaba. Una de las hojas de madera se quedó entreabierta y por ella se coló un tímido rayo de sol lo suficientemente brillante como para despertarme. Que fuese el alba la primera en desearme los buenos días era algo que no me solía ocurrir habitualmente, pero debo confesar que me encantó. Miré el reloj. Eran las siete de la mañana y la ciudad se despertaba de su letargo nocturno con un tranquilo bullicio que anticipaba lo que en un par de semanas serían alocadas carreras de mozos esquivando afiladas astas de toro. Los encierros de San Fermín, más que unas fiestas, eran una religión en Pamplona, y eso era precisamente a lo que temía el comisario Horneros: que un asesinato empañara la tranquilidad de sus paisanos.

Me levanté con hambre y bajé a desayunar a una cafetería que había frente al hostal, pero apenas le había pegado un bocado a la tostada cuando apareció el agente Ramírez buscándome.

—Horneros quiere verlo —me informó en un tono más que interesante, como si de esa citación dependiese mi vida.

—¿Qué ocurre?

—Tenemos diez minutos para ir al Anatómico. El comisario y la alcaldesa nos esperan allí.

Que hubiesen avisado también a la edil ratificaba mis peores sospechas y, de algún modo, daba más consistencia a la teoría del asesinato. Pero, de ser así... ¿Qué sentido tenía entonces que hubiese aparecido el cuerpo de la víctima a ciento veinte kilómetros de distancia del punto en que se habían encontrado los primeros restos? Era imposible que lo hubiese arrastrado el río porque su curso bajaba en sentido contrario al lugar donde apareció el cuerpo, es decir, contracorriente. Además, en el punto concreto del río Aragón donde se encontró la piedra manchada de sangre apenas había caudal para arrastrar un cadáver de ese peso. Lo cual nos abocaba a una certeza incuestionable: alguien se había preocupado de trasladarlo de un lugar a otro.

Cuando llegamos al Instituto Anatómico nos estaban esperando en la sala de autopsias el comisario Horneros, una señora repeinada e impecablemente vestida que debía de ser la alcaldesa y un hombre enfundado en un batín blanco acompañado de su enfermera, que también vestía la misma indumentaria. En el centro, rodeada por todos ellos, había una camilla con un cuerpo tapado por una sábana blanca.

—Este es el inspector Moret, de la brigada de investigación de Huesca —anunció el comisario al presentarme.

—Buenos días —saludé tendiendo la mano al médico.

—¡Hola! —se adelantó a responder la mujer que en un principio yo supuse que era la enfermera, estrechándome la mano con fuerza—. Soy la doctora Román, la forense —dijo presentándose. Imagino que mi sonrojo fue suficiente disculpa, pero lo cierto es que me quedé un poco desconcertado porque el forense fuese una mujer y, además, tan joven y atractiva. Hasta ese momento todos los que había conocido fueron hombres entrados en años, y que una fémina hubiese decidido dedicarse a ello me sorprendió—. El comisario Horneros nos informó que usted barajaba la posibilidad del asesinato.

—Bueno... Sí. Eso creo... —titubeé nervioso por la metedura de pata.

—Pues está en lo cierto —afirmó ella con rotundidad—. La víctima no encontró la muerte de forma accidental al caerse de un puente, sino por un fuerte traumatismo ocasionado tras ser golpeado repetidamente, según los indicios hasta siete veces, con una piedra de forma redondeada o un útil de similares características. Posteriormente, se le amputaron de forma limpia y precisa dos apéndices de su mano izquierda, los dedos índice y anular que, a pesar de haberse buscado de forma concienzuda, no fueron encontrados en el lugar donde apareció el cuerpo.

—¿Cree que el móvil pudo ser el robo? —pregunté expectante. A pesar de tratarse de una doctora visiblemente novata, resultaba muy clara y directa en sus respuestas.

—Está descartado. Los dedos fueron amputados a la altura de la palma de la mano, sin desgarros. Cuando alguien intenta robar una sortija suele cortar por la primera falange o el nudillo, y de una forma más brusca y descuidada. Además, se los han llevado.

—Entonces, ¿qué sentido tiene que se los cortaran así?

—Lo ignoro, pero creo que no tardaremos mucho en saberlo —aseguró.

—¿Por qué lo dice? —preguntó el comisario Horneros. Parecía que aquel asunto comenzaba a despertar su vena policial y llamaba su atención.

—Si no me equivoco, podemos estar ante un caso vinculado a un grupo sectario —sugirió la doctora acercándose a la camilla. A continuación, se puso unos guantes de látex, destapó el cadáver y levantó uno de sus brazos—. Como verán, bajo la axila izquierda, la víctima presenta una especie de tridente y dos números.

—No parecen números —opinó el comisario Horneros acercándose al cadáver.

—Están escritos en lenguaje celta —nos aclaró la forense—. Se ha preguntado a un calígrafo y nos ha confirmado que esos signos corresponden a los números seis y doce. El autor de los hechos se valió de un punzón o algún tipo de garra de animal para marcarlos sobre la piel de la víctima. Deben saber que esta tipología de marcas suelen aparecer asociadas a ritos iniciáticos de sectas satánicas u ocultistas.

—¿Una garra de animal? —esbozó en voz baja Ramírez, que escuchaba sin pestañear la exposición de la forense.

—Sí. Pudo usarse la uña de un perro o algo parecido —precisó la doctora Román—. Con ella han desgarrado parte del tejido cutáneo, dejando esas profundas marcas sobre el cuerpo. Quienes lo hicieron querían que supiésemos que no fue un accidente, sino algo premeditado y...

—Podría ser una fecha —interrumpí.

—¿Perdone? —se interesó la doctora—. ¿Qué ha querido decir?

—Esos números, el seis y el doce, podrían ser la fecha de cuando murió. La primera cifra indicaría el mes sexto, junio, y la segunda haría referencia a un día en concreto, es decir, el doce de junio.

—No es descartable, podría ser —adujo la doctora Román tras reflexionar durante unos segundos—. Según evidenció la eclosión de larvas post mórtem y la avanzada evolución de los fluidos corporales, el individuo lleva muerto unos siete días y, si estamos a diecinueve de junio, coincide con su razonamiento. Pero no dejan de ser meras conjeturas que habrá que valorar.

—Siete días. Ese es exactamente el tiempo que hace que encontramos en Jaca la piedra manchada de sangre. ¿Ha comprobado si coincide el ADN? —le pregunté.

—Sí, es el mismo —afirmó.

—Y si querían que descubriéramos esos signos que tiene marcados bajo su brazo, ¿por qué cambiaron de lugar el cadáver? —se interesó el comisario Horneros.

Pero nadie supo dar una respuesta a su pregunta y todos permanecimos en silencio, mirándonos los unos a los otros. Quedaban muchos cabos sueltos y aquel cadáver suponía por sí solo un complejo jeroglífico muy difícil de resolver.

—¿Se conoce ya la identidad del individuo? —me interesé.

—No —respondió la forense—. Y le aseguro que va a resultar una tarea complicada identificarlo.

—¿Por qué?

—Alguien se encargó de quitarle la cartera y el teléfono móvil, y quien lo hizo sabía que así retrasaría nuestro trabajo —suspiró—. Nadie se embarcaría en una peregrinación que dura unos cuarenta días sin documentación ni tarjetas de crédito. Además, no sabemos si es realmente un peregrino porque tampoco se encontró la cartilla.

—¿A qué se refiere?

—La mayoría de los peregrinos suelen viajar con una especie de cartilla que presentan en los distintos albergues o iglesias que visitan para que les pongan su correspondiente cuño. Allí les van sellando una a una las casillas que al final del camino, al llegar a Santiago, les hará merecedores de la vieira. Si la tuviésemos, sabríamos dónde durmió por última vez antes de morir.

—Pero tenemos las huellas dactilares y un cuerpo —le recordó Ramírez.

—Efectivamente. Sin embargo, al no contar el fallecido con antecedentes, es más complicado identificarlo. Habrá que esperar a que algún familiar denuncie su desaparición y pueda reconocerlo —expuso la forense.

—¡Estamos jodidos! —se lamentó Horneros—. Pueden pasar varios días hasta que suceda eso.

—Espero que este asunto se lleve con la máxima discreción —pidió la señora que había permanecido en un segundo plano escuchando las distintas opiniones de cada uno de los presentes.

—No se preocupe, señora alcaldesa —trató de tranquilizarla el comisario—. No consentiré que este asunto se convierta en un circo. Esta misma mañana abriremos una investigación y la mantendremos informada puntualmente de todo cuanto ocurra.

—Eso espero —dijo visiblemente contrariada antes de marcharse—. Confío en su buen hacer. Buenos días.

La alcaldesa se marchó con el rostro compungido, y tras ella fueron abandonando la sala el resto de los presentes. Yo, en cambio, permanecí en silencio observando cómo la doctora Román tapaba lentamente el cadáver y lo introducía en uno de los nichos refrigerados. La cuidadosa forma de hacerlo indicaba el respeto que sentía hacia la persona que yacía sobre aquella sobria camilla metálica. Probablemente para cualquiera de los que esa mañana estuvimos allí, en esa desangelada sala, aquel cadáver era el punto de partida de una intrigante investigación criminal; solamente eso, un conjunto de pistas o indicios que podrían conducirnos hasta el autor material de los hechos. En cambio, para aquella forense de aspecto frágil y piel blanquecina, ese cuerpo sin vida era el trágico final de una vida que pudo estar repleta de alegrías y aventuras. El ser humano tiende a olvidar muy rápido a todos los que repentinamente se marchan, barriendo con una facilidad pasmosa el resto de sus recuerdos bajo una gruesa alfombra para que nadie se acuerde de ellos. Es triste, pero sucede así, y la joven forense al introducir aquel cuerpo en la nevera sentía que, de algún modo, era ella la que ahora barría las huellas del paso de aquel desconocido.

—¿Se encuentra bien? —le pregunté al verla algo abatida.

—Sí, gracias —respondió, aunque aquel sí pareció más bien un no.

—¿La puedo invitar a un café?

—Perdone, pero es que no suelo entablar...

—Solo será un café —le aseguré, sin dejar que terminara lo que parecía ser una absurda excusa.

—Vale… De acuerdo. Un café.

La doctora Román blandió una tímida sonrisa y, tras quitarse la bata de trabajo, cogió su bolso y me pidió que la acompañase.

—Es usted muy joven para ser forense —le dije al entrar al ascensor que debía bajarnos a la cafetería que había en la planta baja, tratando de romper el hielo.

—Eso mismo pensaba yo de usted, inspector…

—Por favor, llámame Álvaro —le sugerí, pensando que éramos demasiado jóvenes para tanta retórica.

—Ester —respondió ella, tendiéndome de nuevo la mano—. Ester, sin hache.

—¿Por qué sin hache?

—Porque me gusta escribir mi nombre tal y como suena. Además, ¿para qué poner una letra que no suena al leerla?

—Pues encantado, Ester sin hache. Te agradezco que dejemos los formalismos. Al fin y al cabo trabajamos en lo mismo.

—Sí, se podría decir que sí.

—¿De dónde te viene esa vocación por ser forense? Resulta chocante.

—¿Lo dices porque soy una mujer?

—No, no es eso. Todo lo contrario. Lo encuentro un trabajo muy duro, terriblemente complicado. Debe de ser muy difícil situarse delante de un cuerpo sin vida y enfrentarse a todas las brutalidades que pueda presentar.

—Lo es. Y supongo que con el tiempo dejará de afectarme. Eso es lo que me dijo mi padre. También es forense. Bueno…, lo era; ahora imparte clases en la Universidad de Medicina de Madrid. Probablemente sea él quien tenga la culpa de que me dedique a esto. Crecí escuchando cómo resolvía complicados crímenes, y eso siempre me atrajo —recordó con melancolía.

De repente las puertas del ascensor se abrieron, indicando que habíamos llegado a la planta baja, donde estaba la cafetería. Pero ninguno de los dos le dimos importancia y continuamos con la conversación sin abandonarlo.

—¿Madrileña? Has elegido un lugar de trabajo un poco alejado de tu familia —comenté dejando la espalda caer sobre uno de los laterales de la cabina.

—Es lo mejor. Aquí no conozco a nadie y es más fácil realizar el trabajo. Creo que aún no estoy preparada para enfrentarme al cadáver de un amigo o de algún ser querido. Aquí, en Pamplona, debo encontrar esa fuerza que me ayude a volver a Madrid. Mi padre me lo aconsejó, y aunque en un principio no estuve de acuerdo, ahora debo reconocer que fue lo más acertado.

—Perdona, pero la verdad es que no consigo entender por qué elegiste este trabajo tan ingrato.

—Porque lo encuentro una profesión fascinante. Cuando me sitúo delante de un cadáver me digo a mí misma: «Yo soy la última persona que puede ayudarle». De mi trabajo depende averiguar si su muerte fue fruto de un cuerpo caduco, de un accidente fortuito o de un asesinato. Habitualmente olvidamos que nuestro organismo es una máquina compleja y precisa en donde nuestro corazón es el principal órgano vital, el motor que lo mueve. De él depende cada segundo de nuestra vida, cada insignificante latido. A menudo ignoramos que cada sincronizado bombeo de sangre resulta un maravilloso milagro de la creación, y, a veces, cuando menos te lo esperas y sin motivo aparente, deja de funcionar. Le puede ocurrir a un bebé al poco de nacer, a un joven de dieciocho años o a un anciano de noventa; mas cuando sucede, la muerte aparece de forma fulminante y sin avisar para reírse de nosotros. En apenas unas décimas de segundo acaba con ese preciso reloj que es nuestro cuerpo. Pero, por desgracia, no siempre sucede así. Hay ocasiones en las que el corazón se detiene por causas externas, es decir, un accidente o un crimen, y yo debo dictaminar qué es lo que ha producido esa muerte para que los responsables que lo han causado no queden impunes.

—Vaya. Desde ese punto de vista, la verdad es que resulta interesante; pero, a pesar de ello, no dejan de ser cuerpos de personas que tú debes abrir de arriba abajo.

—Tampoco es eso, hombre. Imagínatelo como el principio de una investigación que luego, otros profesionales como tú, culminan.

—Ya, pero es que…

—¿Querías tomar un café o hacer una tesis sobre mi profesión? —me recriminó abandonando apresurada el habitáculo del ascensor.

—Perdona, no pretendía ser impertinente —respondí siguiéndola.

—No te preocupes, estoy acostumbrada. Casi todo el mundo siente curiosidad por cómo es mi trabajo —apuntó sin abandonar una sonrisa que me traía de cabeza—. Bueno, de mí ya sabes casi todo. Háblame un poco de ti.

—La verdad es que yo no tengo mucho que contar. En mi *curriculum* aparecen algunos robos de poca monta, unos cuantos casos de malos tratos y poco más.

—Entonces, ¿esta es tu primera investigación importante?

—Eso en el caso de que la haya. Contamos con muy pocos datos para sacar una conclusión acertada. No obstante, yo apostaría por la posibilidad de que el fallecido no estuviese recorriendo el Camino de Santiago en solitario, y que con algún acompañante, familiar o amigo cercano, se produjera una fuerte discusión que abocó en ese trágico desenlace. Después, supongo que se asustó y no supo cómo deshacerse del cadáver.

—No está mal, pero no encaja en el perfil que yo había imaginado.

—¿Por qué?

—Álvaro, se te olvida que el cuerpo ha sido mutilado, marcado y trasladado a más de cien kilómetros.

—No…, no se me ha olvidado —contesté apesadumbrado.

—¿Qué ocurre? —se interesó al observar mi desánimo.

—Estoy fuera de mi jurisdicción y me han pedido que regrese. Mañana debo volver a Huesca y dejar la investigación en manos del inspector que designe el delegado del gobierno navarro. Por eso prefiero pensar que no hay caso.

—¿No puedes pedir permiso o un traslado temporal? Tú fuiste el primero que encontró una pista.

—Sería muy complicado. Estamos hablando de dos comunidades autónomas distintas y la burocracia que seguir es prácticamente inamovible. No puedo ni debo entrometerme en el trabajo de los inspectores de Navarra; entre otras cosas, porque no dejan de ser compañeros del cuerpo.

—Lo siento.

—No hay por qué sentirlo, tarde o temprano surgirán nuevos casos. Al menos no me vuelvo con las manos vacías, te he conocido a ti.

Aquella inesperada confesión sonrojó sus pálidas mejillas, aunque debo admitir que no fue esa mi intención; me encontraba muy a gusto hablando con ella y quizá no supe medir mis palabras. Nuestra conversación se prolongó durante unos cuantos minutos más en la cafetería, para al final terminar el café con un cordial apretón de manos; y aunque debo confesar que me rondó por la cabeza la idea de pedirle su número de teléfono, no lo hice; un rincón de mi corazón aún continuaba confuso por el último beso que regalé a otra persona años atrás y no me dejaba pensar con claridad.

4
El tablero de juego

La segunda noche en Pamplona resultó mucho más larga y pesada que la anterior. Estaba tan cansado que ni me molesté en desnudarme al llegar al hostal. Me tumbé sobre la cama y me comí un sándwich que compré por el camino. Aunque oficialmente estaba fuera del caso, traté de encontrar un sentido lógico a lo ocurrido. Desafortunadamente, por más que lo intenté, no supe adivinar por qué se preocuparon en trasladar el cadáver de un puente a otro ni la razón que les animó a mutilar varios de los dedos de su mano izquierda. Esas dos incógnitas, junto a los signos desgarrados bajo su axila, eran las llaves que podían abrir un camino acertado en la investigación; pero por más que me estrujé el cerebro buscando una pieza que encajara en ese complicado puzle, no la encontré. Ninguno de los razonamientos que busqué resultaba coherente, aunque, pensándolo detenidamente, ¿qué podía haber de sensato en un asesinato?

La noche se marchó y amaneció sin que apenas pudiese pegar ojo. Mis ojeras así lo delataban, mas no tenía sentido que siguiese preocupándome porque debía volver a Huesca y dejar el caso. Tenía que asumir que mi investigación acababa allí. Solo me quedaba el tiempo justo para ducharme, recoger mis cosas y regresar a la monotonía del despacho. No obstante, antes de hacer la maleta decidí disfrutar de una buena tostada y un café con leche; y exactamente igual que sucedió el día anterior, cuando apenas había probado un bocado de mi suculento tentempié, apareció de improviso el agente Ramírez.

—¡Vamos, el comisario está esperándonos! —dijo en voz alta, asomándose desde la entrada de la cafetería.

—Pero…

—No hay tiempo que perder. Suba al coche —insistió.

Lógicamente yo no estaba por deshacerme de la tostada por segundo día consecutivo y me la llevé para terminar de comérmela en el camino. Ramírez, aunque pueda sonar extraño, parecía diferente, otra persona distinta, y no el agente amuermado que me acompañó la tarde anterior. Esa mañana su cara irradiaba energía y parecía que le habían inyectado en vena una dosis de adrenalina, porque su habitual aspecto plomizo y desgarbado había desaparecido, dejando paso a otro mucho más activo.

—¿Qué ocurre, Ramírez? ¿Vamos a Puente La Reina? —le pregunté al ver que abandonábamos la ciudad en la misma dirección que el día anterior.

—No, inspector. A Logroño.

—¿Logroño?

—Sí. En la plaza que hay detrás de la iglesia de Santiago El Real han aparecido dos dedos de una mano. Al parecer son los que le faltaban a nuestra víctima.

—¿Nuestra?

—Sí, ha oído bien: nuestra víctima. El comisario Horneros nos ha nombrado adjuntos en esta investigación.

—No puede ser. Sabe que yo dependo de otro departamento.

—Ya está todo arreglado, no se preocupe —afirmó sin dejar de conducir—. El comisario se pasó toda la tarde de ayer rellenando informes y pidiendo permisos para que usted pudiera hacerse cargo de la investigación iniciada aquí, en Pamplona. Aunque eso no quiere decir que el gobierno navarro no vaya a designar sus propios inspectores para el caso.

—No puedo creerlo —afirmé visiblemente contento; me parecía increíble que aquel incordiante vejestorio hubiese cedido ante mi petición.

—Pues es cierto. Han accedido siempre y cuando les mantengamos al corriente de todo cuanto averigüemos.

—Pero... ¡Eso es fantástico!

—Agradézcaselo a su amiguita —comentó Ramírez con retintín.

—¿Cómo?

—Venga, no se haga el ingenuo. Ayer llamó la forense aconsejando que usted debería ser quien llevase el caso. Se puso muy pesada y no colgó el teléfono hasta que le sacó un sí a Horneros.

En ese momento sonó el móvil del agente Ramírez e interrumpió nuestra conversación. Yo, mientras, seguía sin dar crédito a lo que acababa de escuchar.

—Póngase, el comisario quiere hablar con usted —me indicó Ramírez sin soltar el volante.

—Muchas gracias, comisario Horneros —le saludé tratando de ser amable, quería agradecerle el interés que se había tomado para que no me apartaran del caso.

—Déjese de monsergas y escúcheme. No quiero que cuente nada a nadie, ¿me entiende? Cualquier avance en el esclarecimiento de los hechos debe comunicármelo inmediatamente a mí. ¿Está claro?

—Sí, comisario, pero Ramírez dijo que debíamos colaborar con...

—¡No me toque los cojones, Moret! —gritó—. ¿Está claro?

—Sí, no se preocupe. Así se hará.

—Bueno, ya tiene la oportunidad que estaba esperando. Aprovéchela. Y por su bien espero que no la joda, inspector —y tras decir esto, colgó.

—¿Nunca está de buen humor? —le pregunté a Ramírez al devolverle su móvil.

—Hoy lo está —afirmó sonriendo.

La ciudad de Logroño se encontraba a ciento cincuenta y un kilómetros de Pamplona y pertenecía a la Rioja. Eso implicaba que una tercera comunidad autónoma había entrado en escena, dando un cariz de ámbito estatal a la investigación. Yo sabía que, de ser así, todas las molestias y el papeleo que arregló el comisario Horneros no servirían absolutamente para nada, pues el Ministerio del Interior sería quien asumiría la investigación. Aunque de momento, como no había nada confirmado, no dejaban de ser meras conjeturas mías; todavía faltaba verificar que los apéndices encontrados en esa plaza fueran los amputados al cadáver de Pamplona. Por ello decidí continuar con las pesquisas; si conseguía encontrar alguna pista que me ayudase a avanzar en la investigación, tal vez con un poco de suerte podrían incluirme como colaborador en la brigada estatal que designasen.

Después de una hora y cuarto de intenso tráfico llegamos a Logroño. La ciudad nos recibió con un cielo tan gris que el horizonte, donde se unía el firmamento con el final de la avenida principal, se confundía fácilmente con el castigado asfalto. Después apareció el Ebro, imponente y acristalado y, sobre él, un puente de la época romana que contrastaba con el corte tradicional de los edificios de una ciudad que trataba de mostrarse acogedora a la retina del visitante. Las calles de Logroño desprendían un aroma añejo, a ciudad cuya sangre discurría por sus venas aderezada con el intenso sabor de un buen vino. Y recorriéndolas llegamos a su casco histórico, un complejo laberinto de calles estrechas que parecían sacadas de un cuento medieval.

Tras aparcar el coche, tuvimos que continuar a pie en busca de la dirección que el agente Ramírez llevaba apuntada en su agenda, aunque debo admitir que no tardamos mucho en localizarla. Al final, mi improvisado acompañante resultó ser más audaz de lo que en un principio supuse y me llevó directamente hasta el lugar exacto. Allí, completamente encajonada, se erigía una iglesia dedicada al apóstol peregrino, y tras ella, en la plaza que quedaba a su espalda, nos esperaba un grotesco bullicio de personas husmeando alrededor de una zona acordonada por la policía.

Como pudimos, tratamos de salvar la muralla humana enseñando nuestra acreditación policial, sin poder evitar que uno de los periodistas presentes me asaltara metiéndome el micrófono en la boca.

—¿Son dedos humanos? ¿Se sabe a quién pertenecen? —me preguntó reiteradamente, situándose delante y obstruyendo mi camino.

—Lo siento, aún no sabemos nada —le respondió Ramírez abriendo el paso y quitándomelo de encima.

Como buenamente pude, accedí a la pequeña plaza. Un agente de policía aguardaba junto a la cinta que delimitaba el cerco policial y, tras pedirme previamente mi acreditación, me acompañó ante el sargento de la comisaría de distrito n.º 2 de Logroño.

—Inspector Moret —me presenté ante mi homónimo riojano, estrechándole la mano.

—Hola, soy el sargento Peralta. El comisario Horneros me puso al corriente de lo ocurrido en Pamplona —respondió.

—¿Qué han encontrado?

—Compruébelo usted mismo —me pidió mostrándome el enlosado de la plaza.

En un principio me quedé algo desorientado. Allí, aparentemente, no había nada extraño, salvo una par de apéndices humanos situados sobre el suelo. Claro que después, cuando me fui acercando a ellos, pude observar que sobre el enlosado aparecía un enorme juego de la oca que ocupaba la parte central de la plaza. Era curioso porque cada una de sus losas coincidía con las casillas de ese conocido pasatiempo al que todos, alguna vez, hemos jugado de niños. No obstante, eso no habría dejado de ser una mera anécdota si no hubiese sido porque los dos dedos mutilados se encontraban situados en cada una de las casillas que correspondían a los puentes.

—¿Qué le parece? —preguntó el sargento Peralta.

—Macabro. Tienen que ser muy retorcidos para hacer algo así —contesté sorprendido, sin poder apartar la mirada—. Imagino que esos cabrones tratan de retarnos.

—¿A qué se refiere?

—El hecho de que los dedos aparezcan de este modo confirma que el móvil no fue el robo. Cada uno de ellos está situado adrede sobre este peculiar tablero. Los han puesto exactamente en el mismo lugar en el que se encontraron los restos del cadáver: uno en el primer puente de Jaca, donde se localizó la sangre, y el otro sobre el segundo puente, en Navarra, donde se halló el cuerpo. No sé qué pretenden, pero le aseguro que no me gusta nada el cariz que está tomando este asunto.

—Podría tratarse de un ajuste de cuentas —sugirió el sargento.

—Eso no lo sabremos hasta que conozcamos la identidad de la víctima. Pero, si fuera así, ¿qué sentido tendría entonces todo esto?

—Es cierto, no encaja en el perfil.

—Avanzan... —murmuré pensativo.

—¿Cómo dice? —me preguntó el sargento Peralta al escuchar mi observación.

—No son estáticos. Nunca permanecen en el mismo lugar. Por eso vamos siguiendo su rastro por localidades diferentes, aunque siempre un paso por detrás de ellos. Nos llevan ventaja y, si no me equivoco, pronto volveremos a tener noticias de ellos.

—¿Y hacia dónde cree que se dirigen?

—No lo sé. Eso es lo primero que deberíamos averiguar si queremos atraparlos. ¿Quién los encontró? —pregunté refiriéndome a los dedos. Mientras, mi compañero Ramírez se dedicaba a tomar fotografías desde distintos ángulos de la plaza para poder realizar posteriormente un estudio más exhaustivo de lo ocurrido.

—Fue un grupo de jóvenes a primera hora de la mañana. Estaban rellenando sus cantimploras en esa fuente que hay al fondo, cuando uno de ellos se percató de lo que había sobre el piso. En un principio pensaron que se trataba de una broma de mal gusto.

Foto n.º 3
Plaza de La Oca, Logroño.

—¿Suele ser muy visitada esta plaza? —pregunté.

—Sí, es un enclave estratégico en la ruta del Camino de Santiago y muy concurrido. Existe una vieja tradición que consiste en abastecerse de agua en «la fuente del peregrino» antes de reemprender el camino hacia Burgos —me explicó señalando el caño que aparecía al fondo.

—¿Ha dicho Burgos?

—Claro, coincide con una de las rutas más antiguas usadas por los peregrinos. Se le conoce como «el Camino Francés», comienza en Roncesvalles y termina en Compostela.

—Burgos. Otra nueva comunidad autónoma. Esa puede ser su próxima parada —deduje—. Deberíamos alertar al delegado del gobierno de Castilla y León para que extremen la vigilancia.

—Pero... Lo que propone es inviable —comentó el sargento Peralta haciendo aspavientos—. Aún no sabemos si esos dedos están relacionados con el cadáver que encontraron ni si seguirán asesinando a más personas. Piense que no tenemos nada en firme todavía, todo son suposiciones.

—Es cierto, tiene toda la razón —me lamenté—. Pero así nunca los atraparemos. Los trámites burocráticos son demasiado lentos.

—Lo sé, pero no tenemos más remedio que cumplirlos. No podemos saltarnos el protocolo de actuación. Las normas son las normas. Debemos cumplir la ley.

—¿Tardarán mucho en enviar los restos que han encontrado al Anatómico de Pamplona? Necesitamos que la doctora Román los coteje.

—Supongo que un par de días. Antes nuestros forenses deben tomar muestras y realizar un estudio detallado de lo sucedido; después, cuando el juez instructor lo estime oportuno, serán enviados a su departamento para ser analizados.

Como era de suponer, mi desesperación aumentaba con cada nueva traba que ralentizaba la investigación, y no era capaz de ocultar mi decepción. Las leyes y su lento protocolo parecían estar del lado de esos desgraciados que campaban a sus anchas, y esa impotencia por no poder adelantarme a sus movimientos minaba mi ánimo. Eso, suponiendo siempre que no se tratara de una sola persona, lo cual dificultaría aún más la búsqueda. No podíamos descartar ninguna posibilidad. Aunque yo apostaba por la idea de que fuera un grupo o algún tipo de secta, las marcas encontradas bajo la axila del cadáver daban pie a ello. No obstante, nadie sabía si esos energúmenos habrían dejado de matar o estarían acechando a una nueva víctima en cualquier otro punto del Camino de Santiago; claro que también cabía la posibilidad de que esa especie de juego o ritual hubiese acabado una vez devueltos los dedos amputados. Cualquiera de las dos opciones era válida porque ambas, tanto una como la otra, resultaban absurdas. Ninguna tenía sentido. ¿Por qué habían colocado los dedos en aquella plaza? Eso nadie lo sabía. Quizá pretendían dejar un mensaje a alguien, pero ¿a quién? De ser así, resultaba ilógico que se hubiesen llevado la documentación del cadáver porque nadie podría identificarlo y, por consiguiente, nadie recibiría esa supuesta amenaza de muerte. Todo, absolutamente todo lo relacionado con ese crimen, carecía de sentido. A menos que se tratara de alguien con una mente perturbada o inestable, lo cual podría explicar en parte aquel sinsentido; pero entonces volvía a tirar por tierra la suposición de que fuesen varios los culpables y apuntaba hacia una actuación en solitario.

—No se preocupe. Ya verá como se resuelve pronto —trató de animarme el sargento Peralta al ver mi rostro de preocupación—. Intentaré agilizar los trámites.

—Muchas gracias —respondí sin mostrar mucho entusiasmo.

A continuación, le hice un gesto al agente Ramírez indicándole que nuestro trabajo allí ya había acabado. Debíamos volver para poner al corriente de lo sucedido al comisario Horneros, aunque lo cierto es que no había mucho que contar. La ilusión con la que en un principio afronté aquella investigación contrastaba con la cara de frustración que mostraba al abandonar la plaza. No había encontrado ningún rayo de luz que iluminase mi búsqueda, y los pocos destellos que atisbé me abocaban al riguroso y lento formalismo de los informes periciales o de los forenses.

De nuevo, para salir de allí debía enfrentarme a la espesa barrera de curiosos y periodistas que aguardaban al otro lado del cordón policial; esta había ido engrosando gracias al veloz chismorreo con el que se propagan las malas noticias. Lo macabro ha supuesto siempre una gran atracción para el ser humano, y que hubiesen aparecido dos dedos de una persona en medio de una plaza no dejaba de ser un grotesco espectáculo al que nadie quería faltar.

Y entonces, cuando apenas habíamos recorrido medio metro entre la curiosa multitud, una periodista interfirió en mi camino.

—¿Creen que pueden ser los dedos del cadáver encontrado en Puente La Reina? —preguntó en voz alta.

—¿Cómo ha dicho? —pregunté deteniéndome, clavando mi mirada sobre ella.

—Que si esas extremidades guardan relación con la sangre encontrada hace una semana en Jaca —insistió.

—¡Deténgala, Ramírez! —grité abalanzándome sobre ella.

Ante el desconcierto de los presentes, la agarramos firmemente por los brazos y la llevamos hacia la zona acordonada.

Nadie entendía qué sucedía. Los curiosos se apresuraron a apartarse mientras el resto de periodistas nos increpaban por tratar de ese modo a una de las compañeras que simplemente trataba de cubrir la noticia.

Lo cierto es que en esos momentos ni la misma periodista alcanzaba a comprender qué sucedía, y tras leérsele sus derechos, fue llevada a la comisaría del distrito n.º 2.

El sargento Peralta, que era quien asumía el mando de la investigación en Logroño, permitió que fuese yo mismo quien la interrogase. Al fin y al cabo fue decisión mía arrestarla, y presumiendo el tremendo conflicto que se originaría con la prensa, prefirió guardarse las espaldas en vista de una más que posible demanda.

La periodista arrestada, una muchacha morena de pelo corto y ojos vivarachos, esperaba sentada en una sala a que la interrogasen. Yo la observaba por un cristal espejo de una sala contigua. Estaba nerviosa y visiblemente enfadada porque le habían requisado su equipo de trabajo. No encontraba ningún sentido a su detención y parecía estar deseando salir de allí para tomar las medidas oportunas por la desmesurada actuación policial que, según ella, habíamos llevado a cabo. Mientras, a la espera de que alguien apareciera por aquella sala para darle una explicación adecuada, sacó una cajetilla de Ducados de su chaqueta y se puso a fumar. Al menos no le habían requisado el tabaco cuando la cachearon, y eso, en aquellas circunstancias, ya era de agradecer. La intensidad de sus caladas y su mirada clavada sobre el pomo de la puerta delataban su nerviosismo. Se adivinaba que esperaba ansiosa a que alguien girase aquella maldita manivela para poder fulminarlo con sus arrebatados ojos oscuros. Esperaba ansiosa, y muy enfadada.

A continuación, entré en la sala. Llevaba mi identificación colgada de una cinta al cuello, dejando visible mi nombre y cargo.

—Aún está a tiempo de solicitar un abogado. Si no lo tiene, le podemos asignar uno de oficio —le informé mientras me sentaba delante de ella.

—El abogado lo va a necesitar tu puta madre, gilipollas —contestó en tono arrogante, apoyándose sobre la mesa.

—Yo, de usted, cuidaría las formas. La puedo acusar de desacato a la autoridad. Es una falta grave insultar a un agente de la ley —le advertí.

—Me la trae floja. Yo no he hecho nada y no sé por qué coño me han traído aquí.

—Mire, señorita… Vustelo —dije tras buscar su apellido en el breve informe que me entregaron antes de entrar en la sala—. En estos momentos es usted nuestra principal sospechosa en un caso de asesinato y, por su bien, le aconsejaría que colaborase. Así que deje sus impertinencias para otro momento.

—¿Asesinato? ¿Yo? Venga ya, no me hagas reír. Aquí el único que dice tonterías eres tú. ¿De verdad crees que he matado a alguien y después le he cortado los dedos? ¿Tengo yo pinta de eso? —preguntó blandiendo una sonrisa nerviosa.

—Entonces, ¿cómo sabía que habíamos encontrado un cuerpo en Navarra y una piedra manchada de sangre en Jaca? Esa información permanece bajo secreto de sumario y nadie ha tenido acceso a ella.

—¿Por eso me han traído aquí? ¿Por preguntar eso? Pues vas listo si piensas que voy a contestarte. No tienen razones para detenerme. ¡Ninguna! —gritó—. Conozco mis derechos y se os va a caer el pelo por tratarme como una delincuente. Lo tenéis chungo.

—Bueno, señorita Vustelo, si no desea colaborar, allá usted. Ya sabe que deberá explicarlo ante un juez —le dije levantándome de la silla. Después me dirigí hacia la puerta con la intención de abandonar la sala.

—Espere, señor —me pidió en un tono más respetuoso.

—Inspector Moret, puede llamarme así —contesté al ver que recapacitaba y entraba en razón.

—Perdone, inspector Moret. Estoy algo nerviosa —trató de disculparse—. No me gusta este sitio. Me trae malos recuerdos.

Yo aguardé junto a la puerta, mirándola y esperando que se explicara. La joven parecía preocupada, y era cierto que aquel lugar la incomodaba en exceso; el tembleque de sus manos al encender otro cigarrillo así lo delataba. A pesar de ello, nunca bajó la cabeza ni cedió en su mirada. Sus ojos no se cansaban de retarme, pero tras ellos se podía adivinar un miedo contenido que trataba de disimular fumando tabaco negro sin cesar. Yo continué observándola, intentando aparentar tranquilidad. No quería que sospechara que andaba casi tan perdido como ella. Sabía que me enfrentaba a una mujer con un marcado carácter, un semblante rebelde acentuado por una profunda cicatriz que tenía marcada sobre su ceja izquierda y que se prolongaba hasta la mitad de su frente, la misma que trataba de disimular bajo la cortina de un alborotado flequillo. Por eso permanecí en silencio, esperando a que se animase a hablar.

—Un compañero lo comentó mientras ustedes inspeccionaban la plaza de La Oca —confesó.

—¿Un periodista?

—Sí, un hombre alto con el que tropezó usted cuando trataba de acceder a la plaza. Fue él quien dijo que la policía había encontrado el cuerpo de un hombre de unos cuarenta años en Puente La Reina, que tenía la cabeza destrozada y dos dedos amputados. Luego continuó explicando lo de la piedra manchada con sangre en Jaca. No fui la única que lo escuchó. Había otros compañeros que también pudieron oírlo. Compruébelo si no me cree.

—¿Se refiere a un hombre alto con gafas oscuras y una gorra negra? —traté de recordar.

—Sí. Ese mismo.

La muchacha llevaba razón. Aunque lo recordaba muy vagamente, era cierto que un hombre se interpuso en mi camino con un micro, pero me veía incapaz de visualizar su cara. Aquel encuentro resultó tan rápido que no me fijé en su rostro.

—¿Le importaría colaborar en la realización de un retrato robot? —le pedí.

—Depende —insinuó.

—¿Perdone?

—Sí. Todo depende de cómo termine esta detención —respondió volviendo a la actitud desconfiada inicial—. Supongo que después podré marcharme, ¿no?

—Imagino que no habrá mayor problema, siempre y cuando se mantenga localizada. Además, le rogaría que no publique nada sobre este delicado asunto. Comprenda que su colaboración podría resultar determinante para poder avanzar en la investigación.

—¡Está bien! Haré lo que pueda —contestó suspirando, deseando que acabase ya aquel embrollo.

Después abandoné la sala. Aparentemente, aquella muchacha había dicho la verdad, aunque no terminaba de entender cómo una chica joven que había terminado la carrera de Periodismo podía tener un vocabulario tan vulgar; además, a su lenguaje barriobajero había que sumarle su masculina forma de vestir. Como no me inspiraba mucha confianza, le pedí al sargento Peralta que la investigase; que averiguara dónde estudió, para qué periódico trabajaba y, si era posible, sus movimientos en los últimos quince días. Quería saberlo todo sobre ella. No podía dejar nada al azar porque, a pesar de que pareció sincera en el careo, era la única sospechosa que teníamos. Por otra parte, pedí también que trataran de identificar a ese supuesto periodista que estaba al corriente de todo lo sucedido, era prioritario dar con él para interrogarlo.

5

LAS BASES DEL JUEGO

Regresé a Pamplona acompañado por Ramírez. En las últimas cuarenta y ocho horas ese desgarbado agente se había convertido en una sombra inseparable que me seguía a todas partes, y lo más sorprendente era que parecía disfrutar como un niño con mi peculiar forma de trabajar. Cabía la posibilidad de que interiormente estuviese pidiendo a gritos un cambio de compañero porque la desidia del comisario Horneros también le había salpicado a él. Su renovada actitud así lo indicaba, y el complicado caso en el que estábamos inmersos tal vez suponía el incentivo que estaba necesitando para despertar de ese prolongado letargo en el que languidecía su carrera policial.

—¿Cree que esa chica tiene algo que ver con el crimen? —me preguntó mientras conducía.

—No, parecía sincera. Aunque no entiendo por qué se puso tan nerviosa en el careo. Sus ojos no pestañearon en ningún momento.

—Quizá mienta muy bien. Las mujeres son expertas en eso.

Aquella respuesta no me convenció. Era cierto que la joven parecía ocultar algo, pero no sabíamos qué. Resultaba todo tan volátil que ignoraba cómo continuar con aquella investigación, hasta tal punto que empezaron a rondar por mi cabeza los miedos y una inseguridad que me hizo cuestionar si estaría a la altura del trabajo que me habían encomendado.

—¿Se encuentra bien, inspector? —me preguntó mi compañero.

—Sí. Algo cansado, pero estoy bien.

—¿En qué piensa?

—En todo y en nada. Son tantos los cabos sueltos que a veces me pregunto si seré capaz de resolver este entuerto.

—Tranquilo, cuando menos se lo espere, dará con la respuesta. Siempre ocurre, se lo aseguro.

Las palabras de ánimo de Ramírez no eran suficiente consuelo para tranquilizar mi inquietud. Mi cabeza giraba sin cesar como el bombo de una lavadora, centrifugando todos los datos que había recopilado hasta ese momento, pero no conseguía sacar nada en claro. Me mantuve todo el camino de vuelta abstraído, con la mirada perdida sobre la línea discontinua que dividía la carretera, y así continué hasta que en un momento dado, cuando pasamos ante el cartel indicativo de la pequeña localidad de Puente La Reina, recordé algo.

—Ramírez, ¿se acuerda de la vieja que encontré al final del puente?

—¿Qué vieja? —sonrió.

—Una anciana de pelo canoso. Esperaba a la sombra que había bajo el torreón que daba entrada al pueblo. ¿No la vio?

—No. Desde el coche solo alcanzaba a ver hasta la mitad del puente. La pendiente a dos aguas no me dejaba divisar lo que había al otro lado. ¿Por qué lo dice?

—No sé, lo he recordado de pronto. Pero… no tiene importancia, olvídelo. Supongo que era una de esas oportunistas que se hacen pasar por videntes para ganarse la vida a costa de las miserias de quien solicita sus servicios.

—Timadoras, ese es su verdadero oficio. En los periódicos se anuncian a cientos. Aunque hay que ser analfabeto para creer que unas cuantas cartas del tarot te van a resolver la vida.

—Curanderos, videntes, brujas… Siempre han existido y nadie podrá evitar que sigan aprovechándose de personas que lo creen todo perdido —reflexioné en voz alta.

—Es una pena, pero sucede así —se lamentó Ramírez—. Esa es la realidad y nadie puede cambiarla. Hay quien busca el consuelo en ellas en vez de en un buen psicólogo.

Asentí en silencio.

—¿Y qué le dijo esa mujer? —se interesó Ramírez.

—Nada en concreto, una tontería. Algo como «el juego ha comenzado». Sé que no debería darle importancia, pero cuando me encontré ante ese tablero de la oca que había grabado en el suelo de la plaza de Logroño, me acordé de ella.

—No le dé más vueltas. Ese tipo de gente siempre sabe la palabra adecuada que ha de decir en cada momento. Recuerde que viven de eso, de confundir continuamente a quien le escucha. Seguro que se refería a otra cosa.

—Lleva razón, Ramírez. No sé por qué presto atención a esas bobadas.

—Quizás porque no tenemos nada a que aferrarnos.

—Quizás…

6

DE PUENTE...

Llegamos a Pamplona con el tiempo justo para comer y presentarnos en comisaría. El cielo se estaba encapotando y unos nubarrones acechaban la ciudad con su espeso velo grisáceo. El humor de Horneros no difería mucho del temporal que se avecinaba y nos estaba esperando impaciente en su oficina; bastó con echar un vistazo a su cenicero abarrotado de restos de habanos para intuir que la ausencia de noticias lo estaba destrozando.

—¡Joder, Blázquez! Deje de hacer crucigramas y póngase a trabajar —le recriminaba a su adjunto cuando entramos a la oficina—. Y vosotros, ¿qué habéis averiguado? —nos preguntó, sin tan siquiera saludarnos.

—Poca cosa —respondió mi compañero.

—Ramírez, no le preguntaba a usted.

El pobre hombre agachó la cabeza avergonzado y se retiró a su mesa de trabajo.

—Ahora mismo lo único que tenemos son solo conjeturas —le comuniqué—. Hasta que no encontremos algún indicio fiable no lograremos avanzar en la investigación. De momento, contamos con la declaración de una periodista que dice haber hablado con un individuo que estaba al corriente de todo lo sucedido, pero hasta que nos lo confirmen desde Logroño no podemos hacer nada.

—¿Y cuál es su conclusión personal, Moret?

—Ahora mismo barajo dos opciones completamente distintas. Una, que haya acabado esta macabra venganza con la aparición de esos dos dedos, lo cual complicaría la investigación por falta de pruebas y dificultaría la búsqueda del culpable, pero tendríamos a nuestro favor que todo habría terminado ya; u otra bien distinta en la que el cadáver encontrado solamente sería el principio de un esperpéntico ritual en el que estarían involucradas más personas.

—¿Y sobre las marcas encontradas en la axila del cadáver, qué me dice?

—Nada. Aún no hemos podido relacionarlas con nada.

—¡Pues vaya mierda! Han pasado dos días y aún no tenemos identificado a ningún sospechoso.

—Nos enfrentamos a alguien frío y calculador y, lo que es peor, no sabemos si actúa en solitario. Por lo visto, hasta ahora, lo tiene todo bien planeado y nunca deja nada al azar.

—Hay que atrapar a ese desgraciado como sea.

—No va a ser fácil, comisario. Recuerde que ha actuado en tres provincias distintas sin que nadie lo viese. Lo único que podemos hacer es esperar a mañana, tal vez con un poco de suerte los forenses encuentren una nueva pista entre los restos aparecidos en Logroño.

—De acuerdo —suspiró Horneros—. Entonces mañana, a primera hora, nos reuniremos en el Instituto Anatómico con la doctora Román. Esperaremos a ver los datos que arrojan las últimas pruebas para elaborar una línea de actuación que seguir.

De momento, ese era nuestro gran plan: esperar. No se podía hacer otra cosa porque no había por dónde retomar el caso y, como disponía del resto del día libre, pensé en volver al hostal y echarme un rato. El agente Ramírez se ofreció a llevarme en su vehículo, pero después del viaje relámpago que habíamos hecho esa mañana preferí volver a pie. Pensé que un paseo y respirar aire fresco me podría venir bien para aclarar un poco las ideas.

Esperar. Sonaba ridículo, pero a ese pésimo recurso se reducía el procedimiento policial, a esperar. Cuenta un viejo refrán que el que espera, desespera, y más cuando se trata de una persona tan inquieta como yo. Puedo parecer pesado, pero esperar era algo que me sacaba de mis casillas y era incapaz de asumir con sosiego esas largas horas de inactividad que tenía por delante. El verbo esperar no constaba en el diccionario de mi vida.

Caminé por las calles de la ciudad contrariado, sin apenas disfrutar de la esencia pamplonica que se podía respirar en cada uno de sus coquetos rincones. Mi ego profesional estaba siendo puesto a prueba y solo deseaba resolver con éxito mi primer caso importante. Sabía que me enfrentaba a un reto difícil, pero aclararlo suponía escalar un peldaño más en mi incipiente carrera como inspector. Y sumido en mil dudas caminé meditabundo hasta que fortuitamente me crucé con el escaparate de una tienda de juguetes. Al ver aquel comercio sentí un repentino impulso de entrar y, una vez dentro, decidí comprar un tablero del juego de la oca. Ruborizado le comenté a la dependienta que era un regalo para mi sobrino, aunque en realidad solo era una burda excusa para tratar de engañarme a mí mismo. No quería reconocerlo, pero las palabras de aquella anciana andrajosa que encontré junto al puente y el dibujo grabado sobre el suelo de la plaza de Logroño se habían adueñado de mis pensamientos. Habían calado muy hondo en mí y ya no era libre para pensar con lucidez; quisiese o no, cada una de mis reflexiones estaba contagiada por el halo de misterio que acompañó a las palabras que promulgó aquella extraña mujer.

Inesperadamente, un ensordecedor trueno pareció quebrar el cielo en dos, seguido de una intensa tormenta de verano que se desató en cuestión de segundos. Y como la juguetería se encontraba cerca del hostal, apenas a dos manzanas, pagué el regalo, lo metí en una bolsa y me marché corriendo.

El aguacero arreció tanto que no dio tregua al alcantarillado e inundó varias calles en un abrir y cerrar de ojos. Lo que en un principio eran unos cuantos charcos salteados, se convirtieron enseguida en pequeños arroyos que corrían enrabietados calle abajo, inundando los huecos de los antiguos portones que con el paso de los años habían quedado bajo el nivel de la acera. E intentando proteger el regalo bajo mi chaqueta de cuero, me presenté en el hostal completamente calado.

Decir que llegué mojado a la habitación sería quedarse corto. Y solo con una reparadora ducha de agua caliente logré entrar otra vez en calor. Las tardes estivales de Pamplona ya resultaban bastantes frescas de por sí, pero si además venían acompañadas de una intensa tormenta, entonces la temperatura descendía hasta unas cotas casi otoñales.

Semidesnudo, envuelto en una mullida toalla, me senté en la cama y desembalé el juego que acababa de comprar. Lo abrí lentamente, con pausa, como si se tratara de un meticuloso ritual para el que llevaba tiempo preparándome. Con cuidado fui apartando los trozos de papel mojado que se habían pegado sobre el tablero, hasta descubrirlo completamente. Era un juego que resultaba tan sencillo como vistoso, y acompañándolo, traía consigo una bolsita de plástico que contenía las instrucciones, unas cuantas fichas de colores y dos dados; además del típico tablero cuadrado donde se representaban sesenta y tres alegres casillas ordenadas en forma de espiral.

Instintivamente, mis pupilas se clavaron sobre los dos puentes que aparecían junto a las primeras casillas, nada más empezar el juego; y entonces una conocida premisa surgió como una alegre cancioncilla resonando en mi cabeza:

De puente a puente, y tiro porque me lleva la corriente.

Esa sencilla cantinela que todos, alguna vez, hemos repetido alegremente cuando hemos jugado a ese inocente juego despejaba de un plumazo una de las primeras incógnitas del caso de homicidio que me ocupaba: alguien había matado al individuo que continuaba sin identificar siguiendo una de las reglas básicas de ese juego. No había duda, esa podía ser la respuesta de por qué el asesino se tomó la molestia de trasladar el cuerpo de un viaducto a otro, de puente a puente, y después colocó sus dedos en una plaza que desde hacía siglos mostraba sobre sus losas el trazado de ese curioso tablero de la oca.

En un principio no di crédito a lo que acababa de descubrir. Resultaba completamente rocambolesco, pero si me quedaba algún mínimo resquicio de duda al respecto, esta se disipó en cuanto me percaté de que los números que correspondían a las casillas de los dos puentes, el seis y el doce, coincidían con los que aparecían marcados bajo la axila del cadáver. Eran los mismos que indicaban el lugar donde la víctima dio sus últimos suspiros de vida y donde fueron encontrados sus restos. Pero, de ser así, entonces surgía una serie de nuevos interrogantes: ¿por qué ocurrió concretamente en esos dos puentes?, ¿quizá porque tenían el mismo nombre? Existían cientos de puentes repartidos por cualquiera de las tres comunidades autónomas involucradas y, sin embargo, el autor de los hechos eligió esos dos. Sospeché que ese hecho no era fruto de una coincidencia, sino de un plan bien hilvanado. Por tanto, en uno de esos dos puentes podía hallarse una respuesta esclarecedora; tal vez solo era cuestión de buscar en ellos de forma más concienzuda indicios que pudiesen delatar al asesino.

No me lo pensé dos veces, me vestí con la última muda que quedaba limpia en la maleta, cogí las llaves de mi Renault y me fui a la pequeña localidad de Puente La Reina, al lugar donde había aparecido el cadáver.

Los limpiaparabrisas apenas daban abasto para achicar el agua que caía sobre la luna delantera del coche. La noche estaba ganando el pulso a la tarde y la visibilidad resultaba complicada por culpa del aguacero y de los incómodos destellos de las luces de los vehículos que circulaban en sentido contrario. El asfalto, mojado, barnizado por una recia capa de agua sobre la que se reflejaban los focos de mi coche. Llovía mucho. Y lo hacía como si el cielo se hubiese enfurecido con algún pobre mortal. Llovía mucho, como nunca antes había visto.

El trayecto que normalmente se recorría en unos veinte minutos se duplicó en el tiempo y necesité casi una hora para llegar a mi destino. Puente La Reina era uno de esos típicos pueblos que habían crecido a ambos lados de un antiguo camino de tierra y que ahora, en la actualidad, era atravesado por una estrecha carretera comarcal. Según indicaba el breve informe que me facilitó el comisario Horneros, la localidad contaba con un censo reducido de unos dos mil quinientos habitantes, por eso pensé que no resultaría muy complicado encontrar a esa misteriosa anciana del puente, y cuando llegué al pueblo me dirigí al único bar que aún se encontraba abierto.

—¡Menudo temporal! —comentó el camarero que había tras la barra al verme entrar.

—¡Uf! Parece diciembre —asentí cerrando el paraguas.

—Si fuera diciembre tendríamos metro y medio de nieve en la calle y estaríamos incomunicados —apreció sonriendo—. Dígame, ¿qué le sirvo, amigo?

—Un Martini con hielo, por favor.

—Lo siento, el único alcohol que tenemos aquí es de elaboración propia.

—¡Orujo! Resucita a los muertos —gritó un hombre que había sentado al fondo del local. Por su habla trabada se reconocía fácilmente que estaba algo bebido, aunque tampoco había que ser un lince para darse cuenta de ello, porque le acompañaba media docena de vasos vacíos sobre su mesa.

El camarero aguardó tras la barra con la botella en la mano, esperando que le hiciera un gesto afirmativo con la cabeza para que me sirviera. Lo miré y asentí en silencio.

—¿Y qué le trae por aquí con este tiempo y a estas horas? —intentó retomar la conversación el camarero, tratando de mostrarse hospitalario conmigo.

—Eh... Trabajo en el registro —improvisé—. Sí... Estamos actualizando el censo y empadronando a nuevos vecinos. Con tantos pueblos dispersos por la comarca es muy complicado tenerlo al día.

—¡Qué bien! Ya era hora de que alguien se preocupara por la gente del pueblo. Es lo menos que pueden hacer. Solo se acuerdan de nosotros cuando hay que pagar impuestos o llegan las elecciones —se quejó.

—Lo cierto es que... ya casi he terminado. Solamente me faltan un par de datos, pero para eso antes debo encontrar a una señora mayor, de unos ochenta años de edad... Ayer hablé con ella, pero no me acuerdo dónde me dijo que vivía.

El camarero sonrió.

—Aquí casi todo el mundo tiene esa edad, ¿verdad, Gregorio? —preguntó al hombre del fondo.

—Míreme a mí —dijo abriendo los brazos—. Con ochenta y cuatro años y bebiendo como un berraco. Este orujo es mano de santo.

—Bueno, era una mujer extraña —le indiqué—. Ya me entiende, de esas que con solo una mirada te eriza la piel. Se apoyaba en un bastón y...

—Hijo, mejor vuelva a casa —me sugirió el viejo antes de beberse de un tirón su último vaso.

—¿Cómo? ¿Por qué dice eso?

—Esa mujer solo le traerá problemas. No es trigo limpio —afirmó con los ojos vidriosos.

—¿La conoce?

—Por desgracia todo el pueblo la conoce —se lamentó—. ¡Olvídese de ella!

—¿A quién se refiere? —le pregunté al camarero, que seguía atento nuestra conversación.

Pero este no contestó. Apretó los labios y miró al viejo medio borracho, como pidiendo consentimiento para hablar. El anciano se limitó a levantar su vaso vacío y a encoger los hombros en un claro gesto de que le traía sin cuidado lo que me dijera, siempre y cuando le sirviera antes otra ronda de aquel brebaje. Al fin y al cabo, tampoco tenía por qué preocuparse, yo tan solo era un extraño que había aparecido de improviso bajo la lluvia.

—Aquí nadie se atreve a pronunciar su nombre. Dicen que trae mala suerte —comentó el camarero en voz baja.

—Pero si solo se trata de una anciana.

—No se fíe. Hágame caso. Mejor déjela fuera del censo. De todos modos, aquí nadie la quiere. Seguro que el día que se muera hacen una fiesta para celebrarlo.

—¿Y qué ha hecho esa mujer para que todo el pueblo le tema de esa manera?

—¡Mató a su marido y se comió a su hijo recién nacido! —interrumpió de nuevo el borracho—. Es un demonio.

—No diga barbaridades, hombre —le pedí al escuchar semejante aberración.

—¡Es cierto! —incidió el camarero en un tono más serio—. Cuentan que hizo un pacto con el diablo y que cuando llega la noche practica brujería —continuó con voz prudente, como si temiese que alguien pudiera escucharle.

—¿Y dónde puedo encontrarla?

—Sé que sonará raro, pero suele ir casi todos los días a rezar a una iglesia que hay muy cerca de aquí, aunque ya es muy tarde —dijo mirando un reloj que había colgado en la pared—. Búsquela en su casa, en las afueras. Como nadie quería vivir cerca de ella, el pueblo continuó creciendo en sentido contrario, hacia el otro lado del río. Su casa se quedó aislada, sin vecinos. En cuanto salga del pueblo, en dirección a Estella, la verá. No tiene pérdida, la reconocerá fácilmente porque tiene un gran número sesenta y tres pintado con cal sobre su puerta.

—¡Amigo, vuelva por donde ha venido! —me aconsejó el viejo borracho desde su rincón.

Pero yo no estaba esa noche por la labor de escuchar los consejos de un barril de orujo octogenario y, tras abandonar la taberna, me monté en el coche y me fui en su búsqueda.

12

... A PUENTE

La lluvia había amainado y los tejados de las casas brillaban bajo una aperlada luna blanca. Y tratando de aprovechar esa tregua que me ofrecía el temporal, arranqué el coche y comencé a recorrer el pueblo muy lentamente. Las calles estaban desiertas y por momentos parecía un pueblo fantasma, un lugar olvidado del mundo. Las farolas apenas hacía un rato que se habían despertado y una perezosa iluminación anaranjada tiznaba la calle. Solo el calor de algunas luces hogareñas que se atisbaba tras los ventanales de las casas que había junto a la carretera ratificaba que aún había vida en aquella apartada aldea. Yo continué conduciendo en silencio, con la radio apagada y la incertidumbre encendida, vagando por una carretera desierta llena de charcos que atravesaba el pueblo de punta a punta.

Tres minutos. Eso fue lo que aproximadamente tardé en dejarlo atrás. Y al poco, a un kilómetro escaso, encontré una casa solitaria medio en ruinas pegada a un árbol seco y retorcido que trataba de apoyar el peso de sus ramas sobre un techo completamente vencido. Sí, aquella casa estaba a unos mil metros de distancia del pueblo, apenas a un kilómetro, pero aquella noche me pareció un auténtico abismo.

Detuve el coche en el arcén, a unos cuantos metros de la vivienda, y durante unos instantes permanecí sentando observándola, recordando los consejos del viejo borracho que encontré en el bar. No podía quitarme sus palabras de la cabeza. Contaban que los borrachos y los niños siempre decían la verdad; y niños, aparentemente, no quedaba ni uno por allí; por tanto, solo me quedaban los desalentadores consejos de ese anciano ebrio que destilaba alcohol por cada uno de los poros de su piel.

Abrí la puerta y me bajé del vehículo.

Respiré hondo…

Había dejado de llover y un olor a monte húmedo y a hierba fresca inundó mis fosas nasales. El canto lejano de una lechuza y el sonido del follaje de los árboles meciéndose al compás del viento rompían el tenso silencio que envolvía el lugar. A continuación, me acerqué a la casa. Un número sesenta y tres mal pintado sobre el umbral de la vivienda indicaba que aquella era la dirección que andaba buscando, y llamé a la puerta.

Nadie abrió.

Yo insistí y volví a golpear la puerta de un modo más contundente, aunque sin éxito; parecía que allí no vivía nadie, y pensando que estaba deshabitada decidí echar un vistazo por los alrededores. Me colé por el hueco que dejaba un tramo de verja caída —la madera se había podrido y parte de la valla apenas se sustentaba en pie— y, con cuidado de no hacer ruido, comencé a rodear la casa. A pesar de que la maleza alta dificultaba el paso y el barro, inspeccioné todo su perímetro, percatándome enseguida de una circunstancia bastante curiosa: las cuatro paredes de la casa tenían tapiadas las ventanas. Eran muros ciegos que conformaban una vivienda sin iluminación exterior, es decir, el único acceso que quedaba era a través de la puerta de entrada, y esta, precisamente, se encontraba cerrada a cal y canto. Por tanto, poco se podía averiguar sobre aquel lugar.

Ante aquella tesitura, decidí marcharme. Estaba contrariado, pero era ridículo continuar allí porque, entre otras cosas, mis sospechas sobre la relación que guardaban el cadáver encontrado y un hipotético juego infantil rozaban lo absurdo; y mucho más que una anciana marginada por sus vecinos y que apenas podía mantenerse en pie supiese algo sobre aquel crimen.

Sin embargo, no había dado ni dos pasos cuando escuché a mi espalda cómo las viejas bisagras de la puerta rechinaban al abrirse. Aquel sonido me dejó paralizado y, de forma prudente, me giré hacia la casa. Efectivamente, la puerta estaba entreabierta. Resultaba extraño porque podría jurar que cuando la golpeé se encontraba bien cerrada, pero el caso era que ahora se presentaba ligeramente abierta, invitándome a entrar.

Como no me fiaba, introduje mi mano debajo de la chaqueta y desenfundé la pistola. Era mi arma reglamentaria, lo único que me proporcionaba la confianza necesaria para decidirme a entrar solo en aquel lugar.

Apuntando con ella hacia el interior, terminé de abrir la puerta y entré. Pregunté en voz alta si había alguien. Ese era el método que seguir cuando se accedía a una vivienda sin contar con una orden de registro firmada por el juez.

Pero el mutismo siguió reinando en la casa. Nadie me oyó; y si lo hizo, no respondió. Una penumbra anaranjada alimentada por varias velas encendidas que había sobre un estante al fondo vestía las paredes desconchadas de aquella especie de salón; o al menos eso era lo que parecía aquella estancia que había nada más entrar. Aunque lo realmente extraño era la ausencia de decoración en ella: sin cuadros ni muebles que la dotaran de un ambiente hogareño. Solo una antigua mecedora de madera situada sobre una alfombra deshilachada conformaba el precario mobiliario de aquel lugar. Enfrente, una chimenea en ruinas apagada. Nada más. Aunque el detalle de que hubiese unas cuantas velas encendidas sobre el poyo de la chimenea revelaba que la casa no estaba deshabitada; alguien tuvo que encenderlas y no debía de andar muy lejos.

Tomé aire y, armándome de valor, continué la inspección ocular. Me dirigí con cautela hacia una puerta medio descolgada que daba acceso a una sala contigua. Precedido por mi arma alzada y el seguro del gatillo quitado, atravesé aquel umbral. Era la cocina. Las telarañas y el polvo se habían encargado de hacer olvidar la vida en aquella casa y, en una esquina, sobre un montón de leños de madera perfectamente cortados, la silueta esbelta de un mochuelo disecado parecía vigilar con su mirada inerte a todo el que se atreviera a entrar. No obstante, proseguí. Me acerqué con sigilo hasta la mesa que había en el centro de la cocina. Esta se presentaba engalanada con una vela a punto de consumirse que delataba con su frágil luz el volátil calor de dos tazas humeantes. Las gotas de cera derretida se habían endurecido sobre la mesa formando diminutas estalagmitas grisáceas que cubrían parte de un taco de cartas del tarot que había al lado del candil.

—Veo que al final se ha decidido a jugar —susurró alguien a mi espalda.

Yo me giré como un resorte y encañoné a quien tenía detrás. Mi pulso temblaba agitado por una respiración nerviosa que no era capaz de controlar. Y enfrente, la vieja canosa que con tanto ahínco buscaba; pero, ahora que la tenía delante, no sabía qué decirle.

—Siéntese. Una taza de caldo caliente le sentará bien —me pidió, ignorando que la apuntaba con una pistola.

Un sudor frío recorrió mi frente mientras observaba sin pestañear cómo la anciana se acercaba cojeando a la mesa. Me aferré al arma con las dos manos, sujetándola con fuerza. Mi dedo índice permanecía alerta pegado al gatillo, esperando un movimiento extraño que me sirviese de excusa para disparar.

—Vamos, se le va a enfriar —me riñó, como si hablara con un niño.

De nuevo respiré hondo, tanto que el olor a humedad de aquellas paredes desconchadas llegó hasta mis pulmones, y entonces recapacité sobre mi absurda forma de actuar. Me encontraba encañonando a una mujer indefensa de más de ochenta años de edad que estaba sentada tranquilamente en una mesa de camilla. Joder, solo a un loco se le ocurriría hacer algo así, y yo había adoptado ese ingrato papel. Si había alguien en ese momento que pudiese estar desquiciado, ese era yo, haciendo de intruso en la casa de una anciana desamparada.

Volví a respirar hondo y recapacité.

—Perdone —traté de disculparme mientras guardaba mi arma en la cartuchera—. Creí que la vivienda estaba deshabitada.

—No anda muy desencaminado, pronto lo estará. Como ve, tengo los días contados —comentó con voz cansada. Después se acercó la taza a los labios y dio un sonoro sorbo.

Yo permanecí de pie, inmóvil, mirándola. La tenue luz de la vela que tenía delante se reflejaba sobre una pupila blanca que ocupaba casi la totalidad de su ojo izquierdo. Hasta ese momento no me había percatado de que estaba tuerta. Su lagrimal no dejaba de gotear y había formado bajo su párpado arrugado una madeja de legañas.

—¿Piensa estar toda la noche ahí, de pie como una estatua? Venga, siéntese. Parece un búho esperando a que caiga la noche.

La mujer tenía razón. Había llegado el momento de hacer preguntas y yo continuaba mudo, como si hubiese visto un ánima del purgatorio. Me acerqué a la mesa y me senté frente a ella. Traté de repasar discretamente el aspecto de mi anfitriona, sin poder evitar fijarme en las uñas largas y amarillentas con las que sujetaba el tazón.

—¡Pruébelo! Aún está caliente —insistió, limpiándose la boca con la manga.

—No..., gracias —respondí nervioso. Sin saber si el nudo que tenía en el estómago era fruto de la tensa situación o de la falta de higiene que, precisamente, brillaba por su ausencia en aquel lugar.

—Siempre he dicho que la buena educación solo sirve para pasar hambre —afirmó cogiendo el tazón que me acababa de ofrecer y abocándolo en el suyo—. Usted se lo pierde.

—¿Por qué el juego de la oca? —pregunté.

Ella negó en silencio repetidamente con la cabeza.

—Si quiere respuestas deberá aceptar las reglas del juego —comentó blandiendo una siniestra sonrisa. Al hacerlo, pude comprobar que su dentadura estaba barnizada por la misma tonalidad amarillenta de sus uñas.

—¿Reglas? —pregunté, tratando de seguirle la corriente.

—Sí. Pero le advierto que este es un juego sin retorno, una vez que comience ya nadie podrá detenerlo. No habrá vuelta atrás.

—¿Y en qué consisten esas reglas?

—En realidad es solo una, y muy sencilla: yo pregunto y usted responde. Así de fácil. Si es sincero conmigo, yo lo seré también con usted y responderé a una de sus dudas. Una pregunta por otra. Es lo justo, ¿no?

—Me parece correcto. Acepto el juego —contesté sin apenas pensarlo. Parecía una propuesta sencilla y coherente.

—Muy bien —sonrió—. Me encantan los hombres valientes. Ponga el brazo extendido sobre la mesa.

—¿Cómo dice?

—Quítese la chaqueta y arremánguese la camisa —me pidió.

La verdad es que no entendí lo que pretendía, pero obedecí sin rechistar. Había ido allí a buscar respuestas y estaba dispuesto a hacer lo que me pidiera con tal de que aquella vieja loca se soltara la lengua. Me levanté, y mientras dejaba mi chaqueta sobre el respaldo de la silla y me subía la manga hasta la altura del codo, ella se apresuró a coger un tarro que guardaba junto a un fogón lleno de hollín. Después, una vez que estuvimos los dos otra vez sentados frente a frente, abrió el recipiente y sacó algo.

—¿Qué es eso? —pregunté. La escasa luz que proporcionaba la vela me impedía observar lo que había extraído de aquel cuenco de barro.

Pero la anciana no respondió. Me cogió con fuerza la mano y, con los ojos cerrados, comenzó a susurrar en un lenguaje incomprensible. Parecía un antiguo dialecto, como el rezo de un rito iniciático o algún oscuro sortilegio; y entonces, sin esperarlo, comenzó a arañarme el antebrazo con el objeto que había sacado del tarro. Era algo punzante, como la uña de un animal disecado con la que trazó un pequeño signo. Lo lógico en aquella circunstancia hubiese sido negarse a continuar y haberme apartado inmediatamente de la mesa, pero no. Hice todo lo contrario. Permanecí inmóvil, apretando el puño para contener el dolor que me causaban los desgarros que en ese momento aquella mujer marcaba sobre mi piel. Resultó un ritual breve. Apenas duró unos cuantos segundos, medio minuto quizás, pero fue tiempo más que suficiente para descubrir que me encontraba en el lugar correcto. Lo supe porque la anciana acababa de marcar sobre mi antebrazo una señal exactamente igual que la que aparecía en la axila del cadáver que encontraron días atrás junto al puente de esa misma localidad.

Aquel hecho escapaba a mi razón porque nadie ajeno al grupo de investigación tenía constancia de que existiesen marcas post mórten sobre el cadáver, y resultaba prácticamente imposible que esa anciana pudiese saber cómo eran, a menos que hubiera visto desnuda a la víctima. Pero esa posibilidad quedaba completamente descartada porque se daba la circunstancia de que el cuerpo apareció vestido en el margen derecho del río, en el tramo más inaccesible, y era absurdo pensar que una mujer de su avanzada edad pudiera matarlo, trasladarlo más de cien kilómetros y, posteriormente, conducir hasta Logroño para colocar dos de sus dedos sobre una plaza. No obstante, era evidente que sabía algo sobre lo ocurrido, y yo debía averiguar cuánto. No pude dejar de mirar fijamente la silueta de sangre con forma de tridente que había quedado marcada en mi antebrazo intentando imaginar qué significado tendría.

—¡La huella de una oca! —precisó la anciana con su peculiar voz rasgada—. Esa es la respuesta a la pregunta que no se atreve a hacer. El macho de la manada siempre marca su territorio.

Con aquella apreciación, descubrí que aquel signo no correspondía a ninguna secta satánica ni nada parecido. Estaba equivocado, y lo que creí que podría tratarse de un tridente era en realidad la huella de la pata de una oca. Por tanto, mis conjeturas sobre los dos números que aparecían junto a esa huella eran acertadas: el seis y el doce marcaban las casillas de los dos puentes de un macabro juego que acababa de comenzar, y si quería apresar al asesino antes de que volviese a actuar, no tenía más remedio que tratar de adelantarme a su próxima jugada.

La anciana continuó con su ritual de rezos susurrados, obviando mi presencia. Chupó los restos de sangre que quedaban sobre el objeto con el que me arañó y lo dejó sobre la mesa, junto al montón de cartas. En ese momento fue cuando por fin pude comprobar estupefacto que era una pata de ave con lo que me había marcado. Por las membranas resecas y acartonadas que había entre los tres dedos rígidos, se apreciaba claramente que se trataba de la extremidad de un pato o de una oca muerta, cuya uña central había sido afilada de forma concienzuda para poder usarla como punzón.

—Podría detenerla ahora mismo por conocer esa marca que ha señalado sobre mi brazo —la amenacé.

—Sabe que si lo hace nunca detendrá al asesino.

—¿Por qué ha...?

—Lo siento —me interrumpió, sin apenas dejarme abrir la boca—. Si quiere saber más, antes debe contestar a una de mis preguntas. Esas eran las reglas —me recordó mientras su ojo tuerto continuaba arrojando gota tras gota. Eran lágrimas de cocodrilo, de esas que brotan mientras el depredador se come a su víctima.

Volví a tomar aire. La paciencia no era precisamente mi mejor virtud, pero debía tenerla si quería continuar con aquella conversación.

—Usted dirá —asentí, encogiendo los hombros resignado—. ¿Qué quiere saber?

La anciana cogió las cartas del tarot que había junto a la vela, y tras rascar con una de sus uñas la cera seca que se había posado sobre ellas, comenzó a barajarlas. Acto seguido, las fue echando sobre la mesa cara arriba, mostrándolas.

—Veo a un muchacho que ya no está entre nosotros —comentó señalando una de las cartas—. Hábleme de él.

—¡Basta! —le grité, levantándome enfadado de la mesa—. Puede que haya accedido a seguir su juego, pero esto no formaba parte de lo pactado. No creo en estas fantochadas ni quiero que me echen las cartas. Podrá engañar a gente con problemas que acude desesperada a charlatanas como usted, pero a mí no.

—Todos tenemos problemas. Usted, yo..., todo el mundo los tiene. Pero no tiene por qué preocuparse, no estoy haciendo ningún tipo de magia ni pretendo leerle su futuro —aseguró—. Yo nací con una virtud: veo cosas del pasado, cosas que ocurrieron hace tiempo, y me ayudo del tarot para interpretarlas. Nunca pedí tener este don, y de niña no entendía por qué mis ojos observaban seres que nadie más podía ver. Fue duro convivir con esas oscuras sombras deambulando a mi alrededor, tan desagradable que no se lo deseo ni a mi peor enemigo, y solo con el paso de los años aprendí a asumirlo.

—¿Sombras?

—Sí. Los difuntos que cada uno de nosotros arrastra en su aura.

Un inesperado escalofrío recorrió mi cuerpo al escuchar aquellas palabras, erizando el vello de mi piel. Yo, a pesar de haberme criado en una familia católica, siempre me consideré agnóstico. Nunca creí en nada, y mucho menos en espíritus o fantasmas con cadenas arrastradas que volviesen de ultratumba a vengarse de los que aquí se portaron mal con ellos. Por eso aquella situación me incomodaba. No en vano, opté por seguirle la corriente para tratar de adivinar cuánto había de verdad en sus palabras.

—Supongo que se refiere a Ignacio —contesté—, a un compañero que mataron cuando intentaba detener a unos atracadores que pretendían asaltar la sucursal de un banco. Fue terrible.

—¡Miente! —me acusó la vieja—. Las cartas no muestran a ningún Ignacio.

No pude rebatir su acusación porque, entre otras cosas, lo que acababa de decirle me lo había inventado y aquella especie de bruja lo adivinó sin titubear. Era cierto que nunca tuve un compañero llamado Ignacio ni nadie conocido que muriese en un tiroteo. Con aquella mentira solo pretendía desenmascararla y acabar rápidamente con aquella farsa, pero no fue posible. Ella mantuvo su mirada clavada sobre mí, esperando que cumpliera lo pactado: una pregunta a cambio de otra.

—Berto —confesé en voz baja, avergonzado por haberle mentido—. Se llamaba Berto.

—Continúe —me pidió al comprobar el inmenso dolor que me causaba pronunciar ese nombre.

No sé cómo lo hacía, pero aquella vieja tenía el don de saber cuándo mentía. Así pues, no me quedaba otra opción: o se lo contaba o me marchaba de allí, y comencé a explicarle uno de mis secretos mejor guardados.

—No podría decirle cuándo lo conocí porque si intento recordar alguna imagen de mi niñez o algún recuerdo lejano de mi infancia, él siempre aparece a mi lado. Vivíamos en el mismo edificio y compartíamos clase en el colegio. Y claro, cuando él no bajaba a mi casa a jugar subía yo a la suya. Tan solo existía una planta entre su piso y el mío, tan solo una escalera se interfería entre su vida y la mía. ¡Veintiséis escalones! —recordé en voz alta—. Veintiséis escalones que nuestras infantiles piernas recorrían arriba y abajo decenas de veces al día. Supongo que subir aquellas escaleras era para mí como viajar al mejor parque de atracciones que pudiese existir, porque tras ellas, tras esos veintiséis peldaños, siempre encontraba un mágico mundo de diversión. Resultaba fantástico. Con unos simples palos de madera podíamos convertirnos en unos intrépidos piratas que luchaban con sus afiladas espadas al borde de un peligroso acantilado... Y todo ello sin tan siquiera salir de su habitación. ¡Era genial! —suspiré con melancolía.

»Hablando de él se amontonan en mi memoria los recuerdos de aquel tiempo pasado... El día de nuestra comunión, por ejemplo. Esa señalada fecha en el calendario que todo niño espera con ansiedad sabiendo que con ella llegará algún regalo. Algo tan importante como un balón sin remiendos o una bicicleta con las ruedas nuevas. Recuerdo que en aquella época se puso de moda comulgar vestidos con un traje de marinero y, como íbamos todos iguales, parecía que había llegado la hora de alistarse en la Marina. Pero bueno, aquello no dejaba de ser un día especial en el que cada uno de nosotros se sentía el centro de atención de todas las miradas en aquella coqueta iglesia de barrio. Aún puedo sentir los nervios y mis piernas temblando como un flan al entrar a la iglesia, tratando de repasar mentalmente la petición que debía hacer tras la lectura; aunque el hecho de saber que Berto iba a estar a mi lado me daba más confianza en mí mismo. Él era como ese hermano que nunca tuve y en el que siempre intenté escudar mi infantil timidez.

»También añoro aquellas incansables tardes que pasábamos en el gimnasio dando clases de kárate enfundados en unos impolutos kimonos de color blanco, pegando patadas a un saco colgado del techo. Pero eso no era lo mejor, había días que nos fugábamos para hacer algo que a mí, particularmente, me encantaba: colarnos en el viejo cementerio y jugar al escondite. Supongo que ahora, con el transcurrir de los años, tan solo vería un motón de nichos vacíos. Pero en aquel tiempo, un hueco en la parte más alta resultaba el lugar perfecto para esconderse del pesado enterrador que siempre intentaba pillarnos. El pobre nos buscaba una y otra vez maldiciendo en voz alta a nuestros antepasados. ¡Era fantástico! Como no conocíamos la muerte de cerca no suponía ningún trauma para nosotros tener que ir a jugar allí o meternos en alguno de aquellos agujeros oscuros y alargados. A mí incluso me gustaba el olor a jazmín que se respiraba, y que junto al colorido abanico de flores que adornaban todas aquellas lápidas de mármol, nos animó a bautizarlo como *el parque de las flores*.

»Fue una época inolvidable en la que siempre íbamos juntos a todas partes. Éramos inseparables, hasta el punto de que muchísima gente nos encontraba parecido y preguntaba si éramos hermanos. Crecimos felices, y puede que fuese simplemente porque éramos eso, unos inocentes niños cuya única preocupación era buscar algo con lo que entretenerse y malgastar su preciado tiempo, esos fugaces momentos que transcurrían sin darnos cuenta y que nada ni nadie podía parar…

—Y si fue todo tan idílico, ¿por qué veo tanta amargura tras su mirada? —me preguntó la anciana, sin dejar de clavar su ojo sano sobre mi rostro.

—No quiero hablar más de Berto. Es un tema olvidado que pertenece al pasado. Además, ¿para qué quiere saberlo? Ya nadie puede cambiarlo. Solo importa el presente.

—El presente se construye con los cimientos del pasado y la esperanza del futuro.

—Una frase preciosa, pero vacía. No puedo perder el tiempo en tonterías ni retóricas sentimentalistas. Hay un asesino suelto y debo atraparlo —le recordé.

—Entonces pregunte, es su turno —asintió la anciana, cumpliendo con el trato que habíamos hecho.

—¿Por qué la oca? ¿Qué sentido tiene?

—Muchísimo tiempo antes de ese pasado que usted pretende ignorar comenzó un juego sin final, un ritual que aún continúa vivo. Antes de que hubiese *zebedeos* o cristianos sobre la faz de la tierra, ya eran objeto de culto esas aves que ahora son ignoradas. Tanto las ocas como los gansos eran guías sagrados que conectaban al ser humano con el mundo que había más allá de los vivos, y se les profesaba un gran respeto. Fue tanta la importancia mística que adquirieron esas aves sagradas que si ahora, en la actualidad, dispusiésemos el recorrido del Camino de Santiago en espiral en vez de en línea recta, obtendríamos el auténtico juego de la oca. Contemplaríamos ese sendero olvidado que los antiguos alquimistas transitaban buscando convertir el plomo de su corazón en oro, un camino iniciático que conducía hasta el mismísimo fin del mundo, al abismo de la soledad.

—¿Está afirmando que el Camino de Santiago es un juego de la oca?

—El camino que ahora recorren a diario los fervientes peregrinos es en realidad un gran ritual diseñado por aquellos que conocían los ancestrales secretos de estos lugares, unos secretos que los celtas ya entonces guardaban celosamente. A lo largo de los siglos han venido druidas, sabios e incluso reyes en busca de ese tesoro interior que solo caminando se puede encontrar, a realizar un viaje místico que sirve para buscar la verdadera transcendencia del ser humano.

—Pero… No ha respondido a mi pregunta. ¿Por qué precisamente la oca y no cualquier otra ave o animal? —insistí.

—De noche, los transeúntes del camino se guiaban por las estrellas para caminar hacia el oeste, hacia la tierra de nadie, buscando un «campo de estrellas» que ahora, en nuestro tiempo, conocemos como Compostela. En cambio, de día, cuando esos astros luminosos desaparecían del firmamento, el único guía que seguir era el vuelo migratorio hacia el oeste de las ocas salvajes. Después llegaron ellos, los peregrinos cristianos, y lo desvirtuaron todo.

—¿Y cómo sabía lo de la huella de la pata de oca? Se supone que es una señal ancestral que fue borrada por el paso del tiempo.

—A pesar del transcurrir de los años, el juego ha permanecido vivo oculto en el letargo del olvido. Y ahora hay alguien que ha comenzado a recorrer ese ancestral camino, el auténtico sendero de la oca. El *transeúnte* se hace llamar, un peregrino perteneciente a una sagrada estirpe que intentará alcanzar con éxito la meta marcada hace miles de años por sus antepasados; aunque para ello, antes deberá superar las siete pruebas que exige el ritual del juego.

Yo, como era lógico, escuchaba sin pestañear cada una de las palabras que aquella enigmática mujer pronunciaba. Su historia había conseguido captar mi atención de una forma extraordinaria y mis reticencias iniciales a mantener una conversación con ella se habían esfumado para convertirse ahora en un fascinante diálogo.

—¿Qué pruebas son esas? —pregunté muy interesado.

—Los puentes, la posada, los dados, el pozo, la cárcel, el laberinto y la muerte.

El nombre de la última prueba me hizo sentir un repentino escalofrío. Cuando la anciana pronunció la palabra «muerte» vinieron a mi mente angustiosos momentos de mi pasado más reciente, vivencias que aún seguían ardiendo en la hoguera de mis recuerdos.

—No tiene por qué preocuparse —continuó con su peculiar tono de voz misterioso—. En los próximos días irá descubriendo cada una de esas pruebas.

—¿Iré? —pregunté, extrañado de que me inmiscuyera en ese rocambolesco juego.

—Sí. En todo juego hacen falta varios jugadores, y usted es uno de ellos. El *transeúnte* lo ha retado. Por consiguiente, de ahora en adelante deberá considerarlo su adversario, y lo peor de todo es que le lleva bastante ventaja; él ya ha movido ficha y, por lo que veo, logró superar la primera prueba con éxito.

—Pero yo no elegí participar en ese juego —dije contrariado.

—Es cierto, no ha sido elección suya. Fue el propio juego quien lo eligió a usted.

—¿Y por qué a mí?

—Por su pasado.

—No la entiendo.

—Es muy sencillo. El juego de la oca es un peregrinaje hacia el interior de uno mismo. Eso es lo que realmente buscan los miles de peregrinos que a diario recorren el Camino de Santiago, encontrarse consigo mismos. Caminan hacia el oeste, hacia el punto más occidental de Europa, en busca de respuestas que solo pueden encontrar en un resquicio de su alma. Ese sendero es el reflejo de la vida resumido en un corto espacio de tiempo. En su transcurso los días resultan tremendamente intensos. Caminan kilómetro tras kilómetro en silencio, repasando mentalmente qué fue lo que hicieron mal a lo largo de su vida. Aquí la gente no habla, los códigos de la comunicación son distintos, y quien no sepa comprender una simple mirada nunca logrará entender una larga explicación. Mas todos ellos lo recorren ignorando lo más importante: que siguen una guía secreta que los llevará por un camino de iniciación hacia un viaje que marcará sus vidas para siempre. Y usted, inspector, no es distinto a ellos. Deberá recorrer ese camino interior que lo libere de sus pecados, de ese pasado que no le deja dormir. Solo así logrará adelantarse al *transeúnte* y capturarlo.

—Sigo sin entenderlo. Yo no elegí jugar contra ese asesino —insistí apesadumbrado.

—Hay una razón por la que todos nacemos, y usted, esta noche, debe comenzar a buscarla.

—Entonces si yo...

—Lo siento. Su turno ha acabado. Si quiere saber más deberá responder a otra de mis preguntas.

—¿Pero no se da cuenta de que mientras perdemos el tiempo hablando puede haber alguien ahí fuera intentado asesinar a otra persona? —le recriminé, pensando que era absurdo ese juego que habíamos comenzado.

—Nadie puede cambiar el destino de nadie.

—Pero...

—No contestaré a ninguna pregunta más. Recuerde que antes yo le propuse otro juego, y usted accedió a participar.

—Solo una más, por favor —le rogué.

—Sabe que no puedo, a menos que siga contándome qué ocurrió con su amigo Berto.

Por más que insistí no hubo manera de convencerla para que siguiese hablando. Aquella octogenaria me tenía atrapado de pies y manos, completamente a merced de sus deseos. Y si quería continuar escuchando más curiosidades sobre ese supuesto ritual debía complacerla recordando las miserias de mi más oscuro pasado.

—Nuestra infancia resultó de lo más normal —continué tratando de bucear en los rincones más profundos de mi memoria—, y sin darnos apenas cuenta nos vimos abocados ante las puertas del instituto. Aquello sí que resultó un cambio brutal, un repentino aire de libertad. Los profesores te concedían más espacio para ser tú mismo y creo que fue donde por primera vez me sentí adulto, mucho más independiente. Las chicas vestían de manera diferente, como más desinhibidas, sus reducidas faldas y sus adolescentes pechos comenzaban a brotar como un desbordante manantial de agua fresca.

»Un día, tras varios meses de curso, Berto y yo quedamos con un par de chicas para tomar un helado. Yo me encontraba eufórico. Iba a ser mi primera cita y, si cierro los ojos, aún me parece estar viendo la cantidad de veces que me cambié de ropa y la indecisión que tenía por qué ponerme para causar buena impresión, casi puedo oler el perfume varonil de aquella botella de *Barón Dandy* de mi padre que gasté en una sola tarde —comenté tomando aire—. Bueno, aunque... Si debo ser sincero, con quien realmente quedaron aquellas chavalas fue con mi amigo, porque él sí que resultaba un chico atractivo, de esos que llamaban la atención. En cambio, yo era más bien del montón, más normalillo.

»Si hurgo en mi memoria, aún retintinea en mis oídos la importantísima conversación que manteníamos mientras nos rifábamos a la más pechugona; unas buenas tetas eran un argumento más que convincente a esa edad y era preciso dejar más o menos claro a cuál de ellas le íbamos a tirar los tejos cada uno.

»Los dos comenzamos a reírnos y a partirnos de risa por la conversación tan enriquecedora que teníamos en ese momento, aunque lo cierto es que no necesitábamos mucho para soltar una carcajada ya que con cualquier mínima tontería estábamos riéndonos. El caso es que aquel día, después de tomarnos el helado con ellas, él se marchó con Manoli, la más exuberante, y yo me quedé con Elena, una chica muy simpática, pero más plana que un tablero de planchar.

»Nos fuimos a un parque, y aunque no había hojas secas esparcidas por el suelo ni los pájaros trinaban como cuentan en las novelas de amor, aquel paseo resultó bastante romántico. Los dos, tanto Elena como yo, sabíamos que al final de aquella cita nos esperaba un beso, y cualquiera de las absurdas conversaciones que mantuvimos no hicieron nada más que retrasar ese esperado momento. Aquel fue mi primer beso, quiero decir en la boca, y no estuvo del todo mal, ya que estuvimos una media hora intercambiando flujos bucales y terminé con los labios casi escocidos. Supongo que lo lógico hubiese sido acercarme lentamente a sus labios mirándola fijamente a los ojos, pero la impaciencia me ganó la partida y me abalancé sin pensármelo sobre sus sonrosados labios y la atropellé bruscamente con mi lengua.

»Más tarde, cuando de nuevo me volví a reunir con Berto en el portón de nuestro edificio, le pedí que me narrara con todo lujo de detalles cómo le había ido con Manoli. Pero, para mi asombro, Berto no había intentado ni meterle mano; simplemente se limitó a charlar con ella y a darle un pequeño pico al despedirse. ¡Joder, qué tonto! —pensé—. Con las tetas que tenía la chavala y lo guapo que era él. Si llego a estar yo en su lugar esa no se escapa viva. Pero bueno, la vida era así de injusta y estaba tan mal repartida…

»Nuestras peripecias en el instituto fueron innumerables —recordé con nostalgia—. Se podría decir que tuvimos una juventud normal y corriente, así hasta que llegamos a los esperados dieciocho años. Por aquel entonces estábamos acabando el instituto e, inevitablemente, llegaría pronto el momento de marcharse a la universidad.

»Mis notas eran mediocres, pero casi siempre pasaba de curso sin arrastrar asignaturas suspensas. En cambio, Berto era todo un empollón, el mejor de la clase, y también sería justo decir que gracias a él aprobé más de un examen. Siempre me explicaba pacientemente las Mates y la Física, asignaturas que se me atragantaban una y otra vez; aunque él ponía todo su empeño al explicármelas para que pudiese aprobarlas.

»Así, hasta que llegó aquel fatídico mes de junio, época de los últimos exámenes de fin de curso y de las duras pruebas de selectividad. Y recuerdo perfectamente que fue un viernes cuando decidimos salir a dar una vuelta para tomarnos unas cervezas e intentar descongestionar un poco nuestras saturadas mentes de tanto estudio. Nos fuimos a donde se encontraba la movida, y aquella noche, sin esperármelo, mi vista se cruzó con la de una atractiva muchacha.

»Era un ángel. No había visto nunca a una chica tan guapa. Una morenaza que no dejó de perseguirme con la mirada. Sus ojos felinos combinaban de maravilla con una esmerada sonrisa que dejaba entrever una dentadura perfectamente alineada a base de aparatos ortodónticos. Bueno, el caso es que no pude dejar de mirarla porque aquellos labios húmedos, brillando bajo la tenue luz de aquel local, parecían invitarme sinuosamente a que me acercara…

»Y así lo hice. Decidido, tomé aire, me aparté el flequillo y, muy lentamente, me acerqué a ella. Sin pensármelo, me presenté y le susurré al oído que no sabía por qué no podía dejar de mirarla, que me había cautivado con sus misteriosos ojazos. Después comenzamos una graciosa conversación en la que yo intentaba decirle todo lo que ella quería escuchar y, a su vez, ella sonreía asintiendo con agrado a lo que yo decía. Todo marchaba sobre ruedas, suave como la seda, y si no pasaba nada raro…, la tenía en el bote. ¡Qué suerte! —pensé—. Pero la alegría duró el tiempo justo que tardó uno de sus amigos en acercarse a nosotros para hacerme una pregunta que, sin esperármelo, cambió mi vida:

»—¿Tú no eras maricón?

»—Perdona, ¿cómo dices? —le contesté un poco descolocado. Sin comprender por qué había llegado a esa absurda deducción.

»—Nada, hombretón. Como siempre te he visto con Berto, pensaba que a ti también te gustaban los tíos —trató de explicarme.

»No respondí. Le pegué un puñetazo con todas mis fuerzas en su cara de cretino y le partí la nariz, o al menos eso fue lo que me pareció porque sangraba como un cerdo en una matanza; y, sin apenas darme cuenta, me encontré envuelto en una pelea descomunal. Volaron sillas, botellas y todo lo que pillamos a mano. Y de la chica con la que había comenzado a charlar, nada de nada, desapareció como por arte de magia. Resultado: un dedo de mi mano derecha fracturado y el labio roto; y Berto, algún que otro rasguño y todos los botones de la camisa arrancados. ¡Ah! Pero eso sí, nuestro orgullo quedó impoluto, reluciente como la dentadura de la chica que acababa de conocer. Después nos marchamos del local a toda prisa, antes de que viniese la policía.

»Regresamos apresurados a casa con un aspecto más que lamentable, aunque debo admitir que el camino de vuelta resultó algo más tenso de lo habitual. No sabía qué sería mejor: si preguntarle a Berto sobre lo que me dijeron o esperar a que él sacase el tema. Y entonces, sucedió lo segundo:

»—¿Qué ha pasado? Te has puesto como un loco a pegar hostias a todo el mundo —me preguntó sorprendido.

»—Ese desgraciado se ha acercado a mí y me ha vacilado. Y para chulearse de mí le faltan cojones a ese y a siete más como él —le contesté intentando tomar un poco de aire, recuperándome del trajín de la pelea.

»—Pero, Álvaro, creo que le has partido la nariz. Joder, ¿has visto cómo sangraba?

»—¡Me da igual! Así cada vez que se cruce conmigo se lo pensara dos veces antes de decirme algo.

»—¡Creo que te has pasado! —exclamó Berto—. ¡Tampoco sería para tanto!

»—¿Sabes qué me ha dicho ese gilipollas de mierda? —le pregunté alterado—. Me ha insinuado que éramos maricones. ¿Será posible? Si nada más que de pensarlo me dan ganas de ir otra vez a buscarlo y...

»—Bueno, tranquilízate. Tampoco ha dicho nada del otro mundo. No tendría nada de malo que te gustasen los hombres. Hay mucha gente a la que le pasa.

»—¿Qué coño estás diciendo? ¿Estás de broma? —le recriminé. No podía creer que tratara de disculpar a ese imbécil.

»—¡Venga! Cálmate, Álvaro —me pidió.

»—¿Cómo, que me calme? A ver si ahora va a resultar que es cierto que eres maricón y yo no lo sabía —le grité enfadado.

»Pero Berto, en vez de negarlo rotundamente, apartó la mirada y amagó la cabeza. Aquel inesperado silencio heló por un instante mi acalorado corazón. Su muda respuesta indicó que aquel cretino del bar tenía razón. No me lo podía creer. A mi mejor amigo, a mi hermano de juegos, le gustaban los tíos; y me ofusqué tanto que no supe qué decir en ese momento.

»—¡Venga, Berto! No me digas que es verdad.

»—Me temo que sí —respondió con voz quebrada.

»—Mira, Berto, lo último que necesito esta noche es una broma de ese tipo —comenté sonriendo de forma nerviosa—. Así que no me jodas y cuéntame qué coño está pasando

»—No está pasando nada, Álvaro. Lo que te han contado es cierto. Soy homosexual.

»—Ahora resulta que me he partido el labio por nada —le recriminé—. Se supone que eres mi mejor amigo y no me cuentas nada, que no sé nada de ti. Todo el mundo sabe que eres un puto maricón menos yo.

»—Álvaro, déjame que te lo explique…

»—¿Qué me vas a explicar? —grité enfadado—. ¿Que no confías en mí? Me has estado ocultando una cosa tan importante y ahora quieres que te crea. Yo no me merecía esto, Berto. Te he tratado siempre como un hermano y me he partido la cara por ti mil veces. Además, sabes muy bien que nunca he dado un paso sin antes consultártelo. Y ahora, precisamente ahora, me entero de que no sé nada de ti, de que no te conozco.

»Berto comenzó a llorar. Supongo que herido por las groserías que escupí; pero es que en aquel momento me sentí completamente traicionado, puede incluso que hasta perdido. El mundo se me vino encima e imagino que me asusté. Por unos instantes me encontré vagando en medio de una espesa niebla de sinsentido. Una inesperada nube de incomprensión nubló nuestra amistad y sentí pánico por él, por lo que suponía aquella confesión, por el jaleo que se montaría en cuanto se enterasen en su casa; y sentí pánico por mí, por no saber cómo afrontar aquella situación. Aquel inesperado cúmulo de incertidumbres cegó repentinamente mi mente. Me bloqueó. Y encima Berto no dejaba de llorar. Aunque parezca mentira, era la primera vez que lo hacía delante de mí. Había compartido con él risas, bromas…, pero llorar, nunca lo había visto llorar. Y fue precisamente eso, el contemplar sus lágrimas resbalar por su rostro lo que me empujó a continuar aún más con mi hiriente discurso:

»—Ahora comprendo por qué te gustaba tanto ir al gimnasio. Supongo que disfrutabas como un loco viendo a todos los tíos bañándose en pelotas. Aunque…, todavía no sé qué me duele más, que me lo hayas ocultado o que te gusten los tíos. Te juro que por más que lo intento no lo entiendo, Berto; pero lo que sí tengo muy claro es que no quiero volver a verte más. ¡Ni se te ocurra pasar por mi casa!

»Dicho esto, me giré y me marché, sin mirar atrás. Quería escapar como fuese de aquella mentira. Ese que estaba allí conmigo no era mi amigo y sentía que no lo conocía, por más que lo miraba solo veía a un extraño, alguien completamente desconocido.

»Él se quedó allí, solo, destrozado, sentado en un sucio portal y llorando por la terrible puñalada que su mejor amigo le acababa de asestar en su frágil corazón.

»Yo continué corriendo, sin concederme un pequeño respiro para descansar; solo deseaba llegar a casa para meterme en la cama y pasarme toda la noche llorando. Sí, ha oído bien, llorando. Por mi ofuscada mente comenzaron a pasar miles de preguntas, infinidad de dudas a las que mi inmadurez no encontraba respuestas.

»No solo acababa de perder a mi mejor amigo, porque con él también se marchó mi colega de siempre, mi inseparable hermano. No podía imaginarme la vida sin él, y supongo que fue en ese preciso momento cuando realmente me di cuenta de que todo lo habíamos hecho juntos. A veces uno no aprecia lo que tiene hasta que lo pierde. Creí que él sería parte de mí, algo mío; pero esa noche, muy a mi pesar, comprendí que debía prescindir de esa parte tan importante de mi infancia.

»A pesar de ser altas horas de la madrugada, cuando llegué a mi casa me duché para quitarme las manchas de sangre, aquel energúmeno sangró tanto que me puso completamente perdido. Después me acosté y apagué la luz de mi dormitorio. Quería estar a oscuras y no ver nada ni a nadie, necesitaba cerrar los ojos y que aquella maldita pesadilla acabara de una puñetera vez. Sin embargo, por más que lo intenté no pude pegar ojo en toda la noche, no conseguí quitarme de la cabeza lo ocurrido y el simple sonido de mi respiración se clavaba en mis oídos como si fuese un punzón. No me perdonaba no haberme dado cuenta de que mi amigo era homosexual.

»Aquella ducha fría me hizo recapacitar sobre la cantidad de burradas que le dije y lo duro que fui con él; pero es que me pilló de improviso, no me lo esperaba. Resultó un trago muy difícil de digerir porque nunca sospeché que a Berto le pudiesen gustar los hombres. Sé que no tenía que haberle recriminado nada, pero me cogió en caliente y perdí el control; dije cosas que no sentía; y, si realmente las pensaba, tampoco debería habérselas dicho. En fin, ya todo estaba hecho y no había vuelta atrás. Lo mejor era que cada uno siguiese su camino y creí conveniente que los nuestros no se cruzasen de nuevo. Él debía hacer su vida y yo la mía.

Por unos instantes no pude continuar con la conversación porque un nudo ahogó mi garganta. La fecha de aquella noche había quedado marcada en lo más profundo de mi alma y me dolía recordarla. Supongo que la anciana se dio cuenta de ello y prefirió esperar callada, dejando que el sosiego viniese poco a poco otra vez a mis atormentados recuerdos. No quiso atosigarme porque sabía que necesitaba desahogar las penurias que durante tanto tiempo arrastré conmigo.

—Si no llega a ser por aquel desgraciado del bar, en la vida hubiera sospechado que a Berto le gustaban los hombres —continué relatando—. Nunca noté en él ningún amaneramiento ni gesto afeminado que hubiese delatado su orientación sexual. Siempre se comportó como yo, como cualquier chico de nuestra edad, e incluso diría que salió con muchas más chicas que yo. Por desgracia, yo aún no sabía que daba igual a quien se amara, que no importaba si era a otro hombre o a una mujer, porque lo verdaderamente importante era ser fiel con uno mismo y no esconder nunca lo que tu corazón siente, pero todo esto lamentablemente lo comprendí mucho tiempo después.

—Gracias por compartirlo conmigo —me dijo la anciana. Después comenzó a recoger las cartas que había sobre la mesa.

—La verdad es que no sé por qué le cuento todo esto —comenté arrepentido—. No tiene ningún sentido esta conversación.

—Lo tiene. Aunque usted no lo crea, lo tiene —me aseguró—. Este juego que usted y yo hemos comenzado le ayudará a encontrarse consigo mismo.

—Pero a quien yo debo encontrar es al asesino —repliqué contrariado, mirando mi reloj y preocupado por lo tarde que era.

—¿Y cómo quiere encontrarlo si anda perdido? No se da cuenta de que esta noche ha comenzado un viaje hacia su interior que le ayudará a crecer como persona. Yo seré su guía iniciática, quien le ayude a peregrinar por el sendero que conduce a lo más profundo de su alma. Seré la gran oca que marque el camino a su polluelo.

—Déjese de polluelos y vayamos al grano. Ya he cumplido con mi parte del trato y le he contado lo que usted quería saber. Así que ahora ayúdeme a atrapar a ese desgraciado.

La anciana calló. Cogió la pata de la oca que había junto a la vela y la pasó sobre las cartas del tarot mientras repetía ese absurdo ritual de murmullos y caras raras que yo tanto detestaba y, tras unos segundos, comenzó a hablar.

—Una chica. La próxima víctima será una joven de dieciocho años —aseguró—. Su nombre estará compuesto por nueve letras.

—¿Una joven? ¿Dónde ocurrirá?

—Eso no puedo decírselo.

—¿Por qué?

—Porque no soy yo quien se enfrenta al *transeúnte*, sino usted. El juego continúa y la siguiente prueba ha comenzado.

—Pero no puede dejarme así, debe ayudarme. Yo le conté todo lo que usted quiso saber —le recriminé.

—Se equivoca. Usted me contó lo que no podía callar por más tiempo.

—Pero necesito saber más. Tal vez haya algún modo de salvar a esa chica.

—Entonces continúe hablando sobre Berto, profundice en su dolor.

—¡Está loca! No sé qué coño hago aquí perdiendo el tiempo —le recriminé enfadado—. Sabía que era absurdo venir. Soy un estúpido.

Me levanté de la silla completamente desquiciado por haber cedido ante las embaucadoras historias de aquella loca trasnochada y cogí mi chaqueta. Ella, por el contrario, permaneció sentada sin inmutarse, recogiendo sus cartas tan pausadamente que parecía que el tiempo se había detenido en aquella casa; después apagó la vela de un soplido, indicando que había concluido el ritual esotérico y nuestra conversación.

—¿Así es cómo engaña a la gente, verdad? —continué, intentando desahogar mi frustración. Aunque el manto de oscuridad en el que había quedado la habitación la protegía de mi ira.

—Si piensa que soy su enemiga se equivoca, inspector —contestó. Su voz quebrada parecía provenir de ultratumba, de entre unas sombras que en ese momento le daban amparo—. Solamente trato de ayudarlo y, tarde o temprano, se dará cuenta de ello.

—¿Ayudar? Esa palabra no entra en su vocabulario —afirmé abandonando la cocina y dirigiéndome hacia un tímido rayo de luz que se colaba por la puerta de entrada que había quedado entreabierta.

—¡Volverá! —afirmó la vieja, sabiendo que aún podía oírla—. ¡Volverá!

Abandoné la casa a toda prisa y me monté en el coche. Estaba harto de tanta estupidez; pero, a pesar de que intenté evitarlo, algunas de sus palabras habían calado muy hondo en mí, habían conseguido traspasar la frágil línea que separaba la razón de la insensatez. Quisiese o no, la historia que me contó sobre ese ancestral juego encajaba a la perfección con el caso que investigaba, y fue precisamente esa similitud y la falta de pistas que seguir lo que me mantuvo sentado en aquella mesa, con el trasero pegado a la silla y escuchando con atención cada una de sus palabras. Por suerte, todo eso quedó atrás en cuanto giré la llave de contacto y arranqué el coche. Bastaron unos cuantos minutos de reflexión durante mi vuelta a Pamplona para darme cuenta de que aquella conversación había rozado lo absurdo. Yo era un profesional serio y cualificado, y debía comportarme como tal. No podía dejarme influenciar por las ocurrencias de una vieja trastornada y en lo sucesivo debía andarme con pies de plomo antes de tomar una decisión que pudiera poner en peligro la investigación.

13

Cuando llegué a la capital navarra, la noche se había apoderado ya plenamente de sus calles. La ciudad comenzaba a quedarse desierta y sus gentes regresaban cansadas a casa después de una intensa jornada laboral. Yo, que aún seguía dándole vueltas al asunto, en vez de volver a mi habitación, me dirigí directamente a la biblioteca de la ciudad —era época de oposiciones y permanecía abierta las veinticuatro horas para que los estudiantes pudiesen estudiar—. Antes, por el camino, había telefoneado al agente Ramírez para reunirme allí con él.

—¿Ha recopilado todo lo que le pedí?

—Sí, inspector —afirmó abriendo un maletín que traía consigo—. Aquí tiene reveladas las fotos de la plaza de La Oca de Logroño y del viaducto de Puente La Reina. Este es el retrato robot del sospechoso que se ha elaborado siguiendo la descripción que facilitó la periodista que detuvimos, y el informe sobre lo que pude averiguar de ella. También le adjunto un mapa de España en el que he marcado en rojo el itinerario del Camino de Santiago, siguiendo la ruta francesa que va desde Roncesvalles hasta Santiago de Compostela, tal y como me pidió. ¡Ah! Y un bocata de jamón con tomate.

Probablemente ese bocadillo fue lo mejor de aquel ajetreado día. El pan olía a recién hecho y las lonchas de jamón las habían cortado tan finas que se deshacían en la boca. El tomate, refregonado con un poco de aceite, como bien mandaban los cánones de un buen bocata, y me abalancé sobre él igual que lo hubiese hecho un náufrago que acabara de ser rescatado.

—¿Está bueno? —me preguntó al ver que lo mordía con entusiasmo.

—Sabe a gloria. Muchas gracias. Lo mejor que he catado en estos últimos días.

—Lo ha hecho mi madre.

—Ahora comprendo por qué no se ha independizado. Con una madre así cualquiera se marcha de casa —contesté relamiéndome.

—¿Ha averiguado algo? —me preguntó el espigado agente sin poder evitar que se le escapase una sonrisa.

—No estoy muy seguro, pero diría que sí —afirmé echándole un vistazo al retrato robot que habían mandado por fax desde la comisaría de Logroño—. ¿Qué sabemos de la periodista? —le pregunté a Ramírez con la boca llena.

—Se llama María Dolores Vustelo Ases y, en realidad, no es periodista. Esporádicamente hace fotos que luego vende a un periódico local, una actividad que compagina con la de camarera en un restaurante situado en el casco antiguo, aunque solamente trabaja en el turno de la noche. De día no se le conoce ocupación alguna.

—¿Nada más?

—Tiene un pasado un tanto convulso. No conoció a sus padres y se crio en un orfanato en Santiago de Compostela. A los dieciséis años fue detenida por conducir borracha y sin carné, por lo que se la internó durante ocho meses en un correccional. Además, tiene varias denuncias pendientes por peleas y altercados con la policía.

—¿Con la policía?

—Estuvo viviendo de *okupa* en una vieja fábrica que había en las afueras de Lugo.

—¡Vaya, no es precisamente una hermanita de la caridad!

—Y eso no es todo. Hace año y medio la detuvieron por posesión de marihuana. Fue en Burgos, alegó que era para consumo propio.

—Santiago, Lugo, Burgos...Y ahora Logroño. ¿No le parecen muchos cambios?

—Según he podido averiguar, se trasladó hace un par de meses a Logroño. Al parecer allí todavía no ha sido fichada, aunque supongo que con sus antecedentes tan solo será cuestión de tiempo. Algún día volverá a resurgir en ella esa fiera indomable que lleva dentro.

—Esa puede ser la razón por la que estuvo tan nerviosa en el interrogatorio —deduje—. No era la primera vez que la detenían.

—¿Por qué me ha citado aquí y no en la comisaría? —preguntó Ramírez, extrañado de que nuestro punto de encuentro fuese una biblioteca.

—¿No crees que va siendo hora de que empieces a tutearme? Si vamos a ser compañeros deberíamos olvidarnos de los formalismos —le pedí.

Ramírez, sin abandonar su peculiar timidez, asintió con la cabeza.

—Te he hecho venir aquí porque necesito ojear unos libros. ¿Podrías buscar información donde se relacione el juego de la oca con el Camino de Santiago? Mientras, yo echaré un vistazo al resto de la documentación que has traído.

—Perdona..., inspector...

—Álvaro —le apunté sonriendo.

—Bueno... Eso, Álvaro. ¿Has dicho el juego de la oca?

—Sí. Después te lo explicaré, ¿vale?

El agente Ramírez obedeció, aunque el desconcierto que mostraba su cara no pudo ocultar lo que su educación callaba. Lo que acababa de pedirle sonaba un tanto estrambótico, por no decir ridículo, pero no iba a ser él quien me lo dijera. Se fue directo al mostrador sin rechistar y pidió a la bibliotecaria que le indicara por dónde debía comenzar a buscar.

Yo continué indagando y, cómo no, comiéndome aquel suculento bocadillo de jamón. Cogí el boceto que habían elaborado con el rostro del supuesto asesino y lo observé detenidamente. Aquella cara no se parecía en nada a la del hombre que se cruzó en mi camino y, aunque el fortuito encuentro apenas duró unos cuantos segundos, estaba seguro de que, si se hubiese parecido en algún rasgo, lo habría recordado. A primera vista, aquel retrato robot no encajaba en el perfil del periodista que me abordó con un micrófono, y comencé a plantearme seriamente si aquella joven que interrogué en la comisaría de Logroño dijo la verdad.

Después, tras dejar aparcado momentáneamente aquel retrato, cogí las fotos que había tomado Ramírez en la plaza de Logroño. Que hubiese plasmado un juego de la oca en aquellas losas, además de resultar impactante, le daba más fuerza a las palabras de la anciana. Y de ser así, aquellos dos dedos tan solo eran parte de un enrevesado mensaje que no terminaba de entender. Si el asesino quiso llevarnos hasta ese punto concreto de la ciudad debía ser porque allí había algo importante que estaba relacionado con su macabro ritual, pero ¿qué? Repasé las fotos una a una, buscando algún indicio que se nos hubiese podido pasar por alto, hasta que encontré una que llamó mi atención. En ella se apreciaba una losa donde aparecían grabados dos dados. Resultaba curioso porque teníamos una foto de dos dedos y otra de dos dados. ¿Por qué será?, me pregunté. Instintivamente deduje que si los dedos marcaban las casillas de las últimas jugadas, quizá ahora esos dos dados que había grabados sobre el suelo de la plaza indicaban cuál podía ser la siguiente tirada. Sobre el primero de ellos se podían ver de forma muy clara dos de sus lados, donde aparecían cinco y seis puntos negros respectivamente; mientras que sobre el segundo dado, se alcanzaban a ver hasta tres de sus caras, las cuales marcaban los números dos, tres y cuatro. Es decir, si sumaba cada una de las caras que mostraba esa losa fotografiada obtenía como resultado el número veinte.

Foto n.º 4
Plaza de La Oca, Logroño.

Como no tenía un tablero del juego a mano, saqué de un bolsillo de mi chaqueta las instrucciones que compré en la juguetería y comprobé qué casilla correspondía al número veinte. Aparentemente, no tenía ningún sentido, porque en ella no había nada extraño, ni pruebas que realizar ni ocas que te invitasen a tirar de nuevo los dados. Era una casilla más de las tantas que había en el tablero, pero el hecho de que siguiera a la número diecinueve, *La Posada*, me hizo sospechar que tal vez había errado en alguna de mis deducciones. Volví a mirar la foto de los dados, a sumar los puntos de sus caras, y de nuevo el resultado se repetía: veinte. Intuía que me estaba equivocando en algo, pero no sabía en qué.

Ante aquel fracaso decidí olvidarme momentáneamente de los dados. Cogí el mapa y lo extendí sobre la mesa. La idea era intentar adivinar la ruta que seguiría ese *transeúnte* que la anciana mencionó. Tenía entendido que la ruta francesa del Camino de Santiago era una de las más antiguas que existían y, aunque comenzaba en Roncesvalles, el verdadero punto de partida en nuestro país se iniciaba justo en el cruce de caminos que confluían en el propio Puente La Reina, en Jaca. Ese era precisamente el lugar donde comenzó todo, donde se encontró la piedra manchada de sangre; coincidiendo a su vez con la primera de las siete pruebas que proponía ese supuesto juego. De ese modo, si el denominado *transeúnte* escogió esa ruta y había resuelto con éxito las casillas de los *puentes* que aparecían al comienzo del juego, solo era cuestión de prever cuál sería el siguiente punto donde volvería a actuar para atraparlo. Además, ya sabía que la nueva prueba a superar era *La posada*, y quizás era cuestión de buscar entre los siguientes albergues del camino o en las próximas paradas de peregrinos. Pero entonces volvía a surgir el mismo problema de siempre: ¿en cuáles? Había cientos de ellos a lo largo del Camino.

Visualizando el mapa, tras dejar atrás Jaca, Pamplona y Logroño, el itinerario continuaba hacia el oeste, en dirección a Burgos, y si el *transeúnte* iba a pie, calculé que podía caminar una media de unos veinte kilómetros diarios. Seis o siete horas era lo que normalmente andaban los peregrinos en cada jornada, y si hacía dos días que habían aparecido los dedos en Logroño, entonces el supuesto asesino se podía encontrar unos cuarenta o cincuenta kilómetros más adelante.

Ajustándome a esa deducción, traté de marcar sobre el mapa el itinerario que seguir, observando claramente que se dirigía hacia la localidad de Santo Domingo de la Calzada y, si no estaba mal informado, ese pequeño pueblo era considerado por los peregrinos la siguiente parada importante del Camino de Santiago.

—¿Qué pasa? Parece que has visto un fantasma —me preguntó Ramírez al ver mi cara de perplejidad. Traía consigo un montón de libros que apenas podía sujetar.

—¡Santo Domingo de la Calzada! Seguro que vuelve a actuar allí, en alguno de sus albergues —pensé en voz alta.

—¿Por qué hablas en singular? —preguntó, dejando los libros sobre la mesa.

—Tal vez me estoy precipitando, no lo sé, pero creo que se trata de una persona que actúa en solitario. Aunque aún no tengo muy claro si se trata de un hombre o de una mujer.

—¿Y qué tiene que ver con la oca? No encuentro el paralelismo entre el asesino y un inocente juego de niños.

—Ramírez, puede que se trate de un juego, pero no de niños. Así es como ha llegado hasta nuestros días, pero debes saber que bajo esa apariencia de divertido pasatiempo se esconde uno de los rituales más macabros que jamás haya existido. En aquella época quemaban en la hoguera a todo aquel que practicaba la brujería, por eso se ocultó bajo el formato de un inocente juego.

—No lo entiendo, pero por la cara que has puesto intuyo que hay algo muy oscuro detrás de todo esto.

—Créeme, lo hay —aseguré.

—¿Y a qué esperamos para actuar? Demos caza a ese bastardo.

—No es tan fácil, Ramírez. Ahora mismo todo se reduce a suposiciones, a meras conjeturas, y si me equivoco podría mandar mi carrera de inspector a la mierda. No debemos precipitarnos.

—Sabes que cuentas con mi apoyo —me dijo dándome unas palmaditas sobre la espalda.

—Gracias, pero ahora lo único que podemos hacer es estar alerta y esperar.

—¿Esperar a qué?

Entonces respondí a su pregunta enseñándole un papel.

—¿Qué es eso? —preguntó Ramírez.

—Las instrucciones de un juego de la oca que compré esta mañana. Según se indica aquí, la siguiente prueba que deberá superar el *transeúnte* será *La Posada.*

—¿Y qué se supone que ocurrirá ahora?

—El jugador que caiga en la casilla diecinueve, correspondiente a la prueba de *La Posada* —comencé a leer en voz alta—, deberá permanecer dos turnos sin tirar los dados. Es el castigo que debe asumir por detenerse a descansar en medio del camino.

—¿Qué significa, inspector?

—No tengo ni la menor idea —me lamenté.

—¡Espere...! —me pidió mientras buscaba entre los libros que había traído—. Aquí está. Se titula *El Camino de las Ocas*. Antes le he echado un vistazo y dentro, en su página central, aparece el desplegable de un extraño tablero de la oca. ¿Quiere verlo? Por el reverso vienen escritas las reglas que se deben seguir —comentó entusiasmado.

Aquello más que un libro parecía una reliquia. Se trataba de uno de esos ejemplares antiguos de tapas de cartón, y sus hojas amarillentas daban fe de la cantidad de tiempo que llevaba olvidado en una estantería. Comprobé las páginas centrales que señaló mi compañero, y tenía razón, aparecía el dibujo de una especie de espiral de casillas numeradas que finalizaba en una gran pata de oca. Ante aquel curioso descubrimiento procedimos a leer la serie de normas que se tenían que seguir para recorrer con éxito el juego que aparecía al dorso, fijándonos con más detenimiento en la que hacía referencia a *La Posada*:

Si se cae en ella se cederá a los placeres, tal vez a la lujuria o la gula, o incluso a ambos a la vez. Por tanto, el peregrino que se quede allí ha de pagar un precio que consistirá en empollar el nuevo huevo de la gran oca.

Eso era lo que indicaba, dejando bien claro que debíamos mostrar una especial atención a los hostales o albergues que hubiese cerca del camino. Algo que, por otra parte, era prácticamente imposible de controlar. Ante aquella contrariedad, decidimos aplazar la investigación hasta el día siguiente; era de madrugada y el cansancio comenzaba a hacer mella, impidiendo que pudiésemos pensar con claridad. Quizá por la mañana lo veríamos más claro.

14
LA PATA DE OCA

Eran las nueve de la mañana de un veintiuno de junio cuando nos volvimos a reunir en el Instituto Anatómico Forense de Pamplona. Tan solo había que echar un vistazo a nuestras caras para adivinar que nos encontrábamos dando palos de ciego, no teníamos una base sólida sobre la que argumentar nuestra investigación y los ánimos comenzaban a crisparse.

—¡Sorpréndame, doctora! —dijo en tono chulesco el comisario Horneros a la forense.

—Los restos encontrados en Logroño coinciden con la dactiloscopia del cadáver —afirmó ella.

—En castellano, por favor. Esos términos no los entiende ni la madre que me parió.

—Los dedos que han aparecido pertenecen a la víctima del caso que nos ocupa. Las huellas así lo confirman.

—¿Algo más? —preguntó Horneros.

—No. Hasta el momento eso es todo. Nadie ha reclamado el cadáver y, por tanto, seguimos sin identificarlo.

—Inspector Moret, supongo que usted tampoco habrá avanzado mucho en su investigación, ¿no?

—Se trata de alguien que actúa en solitario —afirmé con rotundidad, ignorando su habitual tono de sarcasmo—. Puede ser una especie de peregrino que ha comenzado un macabro ritual.

—Me parece que ve usted muchas películas, inspector —apuntó jactándose.

—La cicatriz en forma de tridente que encontró la doctora bajo la axila izquierda del individuo corresponde a la huella de una pata de oca —planteé, sin prestar la más mínima atención al cinismo de Horneros—. Y en cuanto a los dos números celtas, el seis y el doce, no indicaban una fecha. Esas dos cifras coinciden con las casillas de los puentes de dicho juego.

—¡El juego de la oca! —respondió con una sonora carcajada—. Perdone que no pueda contener la risa, pero es que esto ya roza la payasada. ¡Ha muerto una persona! —recordó gritando—. Y usted me viene con gilipolleces. ¿Eso es lo que le enseñaron en la academia?

—Déjeme que se lo explique, comisario. Si cogiésemos el recorrido en espiral del juego de la oca y lo dispusiéramos en línea recta, obtendríamos la ruta peregrina que comienza en Roncesvalles.

—¿La ruta francesa? ¡Bravo! Se ha lucido, muchacho. ¿Alguien tiene otra teoría más estúpida? —ironizó.

—Comisario, ¿no ve que le está hablando en serio? —interrumpió mi compañero, tratando de echarme un cable.

—Hombre…, señor Ramírez, pero si resulta que sabe hablar. Yo pensaba que era usted mudo —se mofó.

—No estamos en disposición de descartar nada —me apoyó la doctora—. La mente humana es capaz de ingeniar el más atroz de los crímenes. Por favor, continúe, inspector Moret.

—Gracias, doctora Román. Yo apostaría a que volverá a actuar, y que lo hará en uno de los albergues que hay entre Logroño y Burgos. Posiblemente cerca de Santo Domingo de la Calzada. Deberíamos avisar al gobierno de Castilla y León para que alerte a la Guardia Civil; sería conveniente aplicar el código dos de alerta en las zonas rurales que más asiduamente transiten los peregrinos.

—¿Y puedo saber qué riguroso proceso de investigación ha usado para llegar a esa deducción? —se interesó Horneros.

—*La Posada* es la siguiente prueba que aparece en el juego.

—No me toque los cojones, Moret. He tenido que pedir muchos favores para que usted pudiese llevar este caso, y ahora me sale con el puto jueguecito de la oca. Sabe que necesitamos pruebas circunstanciales, una base sólida de investigación a la que aferrarnos, y ahora mismo no tenemos nada. ¿No comprende que no podemos alertar a una comunidad autónoma entera? ¡Es una locura!

—Inspector Moret, ¿cree que podríamos estar ante un asesino en serie? —me preguntó la doctora Román.

—En mi opinión, no. Pero no es descartable.

—¡Están desvariando! —clamó el comisario agitando los brazos—. Tenemos un cuerpo en el frigorífico. ¡Uno! Solamente un cadáver, y ustedes se ponen a hablar de un asesino en serie. Creo que han perdido el juicio.

—Comisario, lo único que pretendemos es abarcar el mayor número de posibilidades, no podemos dejar nada al azar —le indicó la doctora—. Y, por favor, tranquilícese. Usted también es parte de esta investigación y necesitamos su ayuda.

—¡Está bien! Lo intentaré. Pero procuren no dejarse guiar por tanta fantasía. Investiguemos el caso desde un punto de vista factible y serio.

—Inspector Moret, ¿le importaría continuar con su explicación? —me rogó la doctora en un tono más pausado.

—Normalmente, los asesinos en serie suelen dejar un periodo de enfriamiento entre cada asesinato, pueden ser varios días o incluso semanas, y su motivación se basa en la gratificación psicológica que les proporciona dicho acto; en este caso en concreto sería cumplir con las normas dictadas por un macabro juego. Sus crímenes suelen llevarlos a cabo de una forma similar y las víctimas, a menudo, comparten alguna característica común o un mismo perfil. Es por esto por lo que sugiero que se le preste una especial atención a los peregrinos que viajen en solitario. Ese podría ser el denominador común que les sitúe en el punto de mira del asesino.

—¿Y cómo hacemos para no levantar una alarma generalizada? Comprenda que no podemos avisar en un año santo de que anda un loco suelto matando peregrinos —expuso Horneros.

—Tiene razón, comisario. Pero debemos alertar a las autoridades competentes de que existe esa posibilidad, aunque sea de modo preventivo. Piense que desconocemos los patrones de conducta a los que se atiene ese perturbado.

—¿Y qué descripción damos de él? ¿Cómo lo reconocerán?

—Ya le he dicho que podría ser tanto un hombre como una mujer. Este tipo de criminales suelen ser complicados de capturar porque pueden presentar personalidades múltiples; aparentan ser gente normal y corriente, como cualquiera de nosotros. Por desgracia, a veces bajo una conducta afable se esconde un ser despiadado, motivado por algún tipo de humillación que ocurrió en su infancia. Son personas que pueden anular la capacidad de sentir empatía por el sufrimiento de otros y convertirse en auténticos depredadores.

—De acuerdo, alertaremos de ello a quien corresponda. No sé cómo, pero le aseguro que lo haremos.

—Eso no es todo —apunté con semblante serio.

—No me joda, ¿aún hay más? —preguntó el comisario.

—Los dedos de la víctima fueron cortados tratando de simular la pata de una oca. Es la firma que caracteriza al *transeúnte*.

—¡Es cierto! —corroboró la forense—. Al amputar los dedos índice y anular, la mano queda con tres dedos separados entre sí emulando la pata de un ave.

—¡Joder, joder, joder! No me gusta nada el cariz que está tomando esta investigación —afirmó preocupado Horneros—. Y dejen de llamarlo *transeúnte*. Bastante rocambolesco es ya de por sí este caso como para poner nombres peliculeros al asesino. Si es tal y como decís, seguro que ese maldito cabrón ya ha elegido a su próxima víctima. Debo informar a Madrid, este asunto se nos escapa de las manos.

—¿Pero podemos seguir trabajando en el caso? —preguntó Ramírez.

—No lo reconozco, Ramírez. Creía que no tenía sangre en las venas.

—No nos retire del caso, por favor —le pedí.

—Lo intentaré, pero no les prometo nada. No sé durante cuánto tiempo os podré dar cobertura. Recordad que cada autonomía tiene su propia jurisdicción; no obstante, nos mantendremos alerta.

15

Una vez concluida la reunión y marcadas las pautas que seguir, cada cual se marchó a su lugar de trabajo.

En cambio, la doctora Román y yo, en lo que ya parecía una vieja costumbre, fuimos los últimos en abandonar el Anatómico.

De nuevo coincidimos en el ascensor, aunque esta vez bajamos directamente a los aparcamientos del sótano. La ausencia de diálogo provocó un cierto clima de incomodidad, pero lo cierto es que en ese momento ninguno de los dos nos atrevimos a romper el hielo. La tensión del caso que nos ocupaba parecía haber aplacado los ánimos de conversar; no obstante, ella no dejó ni un segundo de mirarme de reojo. La soledad a veces puede parecer atractiva, aunque quienes tenemos el infortunio de sufrirla de cerca día tras día la consideramos una de las peores lacras que puede atormentar al ser humano. Y supongo que ese halo de nostalgia que me perseguía era lo que atraía a la doctora Román; aunque intentase disimularlo, no podía evitar coquetear con sus ojos cada vez que me miraba. Y así, sumidos en ese tenso silencio, el ascensor se detuvo en el garaje y abrió sus puertas.

—¿Un almuerzo? —propuso ella de improviso viendo que me marchaba hacia mi coche sin mediar palabra—. ¿Me dejas que te invite?

—Sí…, estaría bien —asentí—. Desde que pisé Pamplona no he podido almorzar tranquilo ningún día. Por una razón u otra, siempre aparece Ramírez con sus prisas y me deja sin probar bocado.

—Genial. Te llevo en mi coche —sugirió con una sonrisa.

Como apenas llevaba unos días en la ciudad pensé que sería lo mejor, circular por el centro de una población que no conocía y en plena hora punta no era una idea muy gratificante. Además, Ester parecía una de esas mujeres incapaces de admitir un no por respuesta. Así que me monté en su impecable Audi de color azul metalizado y me dejé llevar...

—¿De dónde surge esa vocación por ser inspector? —preguntó ella encendiendo el último cigarro que le quedaba en la cajetilla.

—La verdad es que no lo sé. Desde niño, cuando alguien me preguntaba qué quería ser de mayor, contestaba que inspector de policía. Supongo que las aventuras del teniente Colombo marcaron las noches de los miércoles de mi infancia. Para mí era el mejor día y mientras cenaba delante del televisor me tragaba el esperado episodio semanal. Verlo enfundado en su gabardina blanca y escuchar su voz afónica era lo máximo, además siempre se las apañaba para encontrar la pista que resolvía algún complicado caso. Eso es todo. Así de simple.

—¡Vaya! Esperaba una respuesta más profunda.

—Y puede que la haya... —confesé con voz melancólica—, pero de momento la reservo para mí.

—Lo siento. No pretendía incomodarte —trató de disculparse al atisbar un gesto reacio en mi cara.

—No, no te preocupes. Después de lo de ayer, pocas cosas me pueden incomodar... —comenté recordando la larga conversación que mantuve la noche anterior en la casa de la anciana.

—Ayer. ¿Qué ocurrió ayer?

—No sé, fue algo extraño. ¿Alguna vez le has contado tus secretos más íntimos a un desconocido?

—No. Ni se me ocurriría. ¿Por qué?

—Por nada. Olvídalo —contesté intentando cambiar el tema de conversación. Prefería no recordarlo y dejar el asunto definitivamente zanjado.

—Te noto ausente, distraído. ¿Te encuentras bien?

—Sí. Es solo que no quisiera equivocarme en este caso. No quiero fallarle al comisario. Al fin y al cabo, ha sido él quien me ha permitido continuar con la investigación.

—Pues no será por lo agradable que se muestra contigo. ¡Es un borde!

—Lo que diga ya no me afecta. El monstruo de su pasado lo ha devorado y no creo que sea capaz de ser agradable ni consigo mismo. Y lo cierto es que me da pena porque nunca en mi vida me crucé con alguien tan hastiado. Cada poro de su piel destila un amargo sentimiento de culpa e imagino que su alma jamás logrará alcanzar el sosiego que merece. A veces, cuando habla, trato de observarlo desde la distancia, y siento que su vida se ha convertido en una de esas escaleras mecánicas que hay en los grandes almacenes, una de esas que no cesa de bajar y bajar continuamente, y donde cada uno de sus peldaños desaparece una y otra vez bajo el suelo para volver a aparecer de nuevo más arriba. Y así siempre, manteniendo ese ciclo agónico y rutinario del que es incapaz de escapar. A Horneros le sucede lo mismo, parece desear que los días que le queden de vida desaparezcan bajo sus pies, igual que ocurre con esos interminables escalones, no cesa de bajar peldaño tras peldaño, y al final acabará consumido por el infierno de la soledad.

Noté que aquellas palabras hicieron reflexionar a la doctora Román, la cual continuó conduciendo en silencio, tratando de analizar si su vida se estaría convirtiendo también en eso, en un círculo vicioso de trabajo y soledad.

—¿Fumas? —me preguntó, preocupada por si el humo me molestaba.

—Lo dejé hace tiempo.

—Es el último, pero si quieres podemos compartirlo —sugirió.

—Gracias, pero no. Hace tres años que no lo pruebo, me trae malos recuerdos.

—¡Vaya! No sabía que un cigarrillo pudiese tener una historia tras de sí.

—Cualquier cosa, por insignificante que parezca, puede traerte a la memoria una parte del pasado. Yo llevo tiempo intentando dejar atrás muchos errores, y uno de ellos es el tabaco.

—La verdad es que yo también debería dejarlo, pero no tengo fuerzas ni voluntad para hacerlo.

—¿Te importaría girar a la izquierda? —le pedí de improviso.

—¿Cómo? —preguntó sorprendida.

—Creo que ese motorista nos está siguiendo —le indiqué mirando por el espejo retrovisor.

La doctora, atendiendo mi petición, giró por la primera calle que encontró a su izquierda.

—Sí, es cierto —confirmó ella, mirando también por el retrovisor—. Nos sigue. ¿Qué hago?

—Nada. Continúa circulando tranquila, aparentando que no nos hemos dado cuenta —le sugerí mientras desenfundaba mi arma.

A continuación, saqué el cargador de la culata, quité la primera bala de la recámara y la guardé en el bolsillo de mi pantalón.

—¿Por qué haces eso? ¿Es de fogueo?

—Nunca uso balas de fogueo.

—Entonces...

—Nunca fui supersticioso, pero soy de los que piensan que cada bala tiene grabado en pólvora el nombre de su destinatario. Todas, menos esta que he guardado en mi bolsillo. Es una bala especial.

—No te entiendo.

—Quizá algún día te lo explique, pero ahora necesito que prestes atención al volante y conduzcas.

El Audi de la doctora Román continuó su itinerario seguido muy de cerca por un misterioso motorista enfundado en un mono de color negro. Ignorábamos de quién se trataba porque su rostro quedaba oculto bajo un brillante casco del mismo color que su atuendo.

—¿Quién puede ser? —preguntó Ester preocupada.

—No lo sé, pero no tardaremos en averiguarlo. Cuando llegues al próximo semáforo, detente.

—De acuerdo —asintió.

Noté cómo la frente de la doctora se empapaba de un sudor frío y sus pulsaciones se disparaban. Aquella situación la superaba y cada uno de los metros que faltaban hasta el semáforo que asomaba encendido en verde al final de la calle le pareció una eternidad.

—¡Está en verde, Álvaro!

—Da igual. Tú detén el coche justo antes de cruzar la calle.

Ella asintió con la cabeza.

Al llegar a la altura de la señal luminosa, Ester pisó a fondo el freno y detuvo el vehículo bruscamente. Entonces aproveché para salir del coche y comencé a correr, arma en mano, hacia la moto que nos seguía.

—¡Alto! ¡Detente! —grité varias veces apuntándole con mi pistola.

El motorista, al verse descubierto, frenó en seco.

Durante unos segundos permaneció parado, contemplando cómo me aproximaba corriendo. Parecía no tener miedo y me esperó girando repetidamente el puño del acelerador de modo amenazante. Al abrir gas el sonido del motor resoplaba por el tubo de escape de manera atronadora, como si fuese el bufido de un toro enfurecido. El tiempo pareció detenerse y, mientras me aferraba a mi arma con las dos manos, el motorista hacía lo propio con el manillar de su vehículo. Estábamos frente a frente, pero sin poder mirarnos a los ojos. Los míos quedaban ocultos tras unas gafas de sol oscuras, y los de mi perseguidor, bajo la visera de un casco negro resplandeciente. Y eran precisamente esos ojos que ninguno de los dos podíamos ver de nuestro oponente lo que aumentó la intensidad del momento. Cuando se reta a alguien, los ojos son los que indican el verdadero temor que siente el adversario, el termómetro que indica el miedo que aflora en su interior, mas ninguno de los dos alcanzábamos a ver los del otro.

—¡Baja lentamente de la moto y tírate al suelo, con las manos extendidas! —grité—. Sin hacer movimientos bruscos.

Pero el motorista hizo caso omiso a mi petición y continuó sin soltar la maneta del freno, acelerando repetidamente. Me retaba con los bramidos de su motor al rojo vivo.

—Lo repetiré por última vez: ¡baja de la moto!

Pero este volvió a acelerar, soltó el freno y, derrapando sobre su pierna de apoyo, giró la moto en sentido contrario y trató de huir.

No me lo pensé. Efectué dos disparos, de los cuales uno acertó de pleno en el hombro izquierdo del fugitivo, haciéndole perder el control y estrellarse contra unos contenedores de basura que había junto a la acera.

Me acerqué corriendo hasta el lugar donde había caído y, al observar que se mantenía en el suelo inerte, pedí por teléfono refuerzos y una ambulancia.

Sin dejar de apuntarle me acerqué lentamente. No me fiaba. Podía estar fingiendo que estaba inconsciente. El olor de la basura esparcida por el asfalto contaminaba la escena del accidente y uno de los contenedores contra los que había chocado atrapaba una pierna del accidentado. Por suerte nadie más había sufrido daños. Disparar en plena vía pública resultaba peligroso, pero a mí esa mañana me dio igual, no estaba dispuesto a que ese tipo se escapara.

Tras apartar un par de bolsas de basura, intenté quitarle el casco.

—¡No! No lo hagas —me pidió Ester.

—¿Por qué?

—Es mejor que se lo quiten en el hospital. Podría tener una fractura en el cuello.

—Es increíble. ¿Te preocupas por un sospechoso que nos seguía?

—No sabemos qué intenciones tenía.

—¡Me da igual! Quiero verle la cara y saber quién es. Me trae sin cuidado lo que pueda ocurrirle.

—Pero a mí no. Soy médico.

Aquella contestación y el sonido de una sirena acercándose me hicieron desistir. En apenas unos minutos, el personal sanitario que se personó allí lo montó en una camilla y lo evacuó en una ambulancia. Fue todo tan rápido que apenas tuve tiempo de cachear a fondo al sospechoso. Aquello se llenó enseguida de policías. Seguro que si el herido hubiese sido yo la ayuda médica habría tardado una eternidad y no habría aparecido ningún efectivo policial en mi ayuda. Al menos, aunque fuese de forma precipitada, pude comprobar que mi perseguidor no iba armado; tan solo llevaba una especie de carta minuciosamente doblada en el bolsillo delantero de su mono.

—¿Contenta? —le pregunté a la doctora, culpándola por el hecho de no haberme permitido ver el rostro.

—¿No has pensado que si se recupera podrás interrogarlo?

Ella tenía razón, pero no la escuché. Tenía prisa por saber qué había escrito en la carta que cogí del bolsillo del motorista. El sobre estaba abierto. Habían rasgado su parte superior, pero aún contenía dentro un trozo de papel doblado. Así que lo saqué y lo leí:

Alejandra

Un nombre de mujer. Eso era lo único que aparecía escrito. No había más mensajes, solamente una palabra escrita a la antigua usanza, a pluma y tintero. Y en el sobre tampoco aparecía escrito el destinatario ni el remitente, estaba también completamente en blanco. Aquello no aclaraba nada, no obstante la doblé de nuevo y la guardé en mi bolsillo. Mientras, Ester observaba atenta mi extraño proceder.

—Inspector Moret, le estaba buscando —me llamó el agente Ramírez desde el otro extremo de la calle. Acababa de llegar en uno de los vehículos oficiales que acudieron a mi llamada—. ¿Se encuentra bien?

—Ramírez, te dije que podías tutearme —le recordé.

—Lo siento, es la costumbre. Debes acompañarme.

—¿A comisaría otra vez? ¿Qué quiere Horneros ahora? —suspiré—. ¿No puede vivir sin mí?

—No, no es eso. Debemos ir al aeropuerto. Hay un helicóptero esperándonos. Han llamado de Villafranca, en la localidad de Montes de Oca. Ha desaparecido una chica de un albergue.

Al escuchar el nombre de aquella localidad supe enseguida que me había equivocado en mis deducciones. La realidad era bien distinta a como yo la había imaginado. Aparentemente el *transeúnte* había vuelto a actuar y su macabro juego continuaba adelante sin que nadie pudiera ponerle trabas. Seguía actuando a sus anchas.

—¿Cómo ha ocurrido? —me interesé.

—No dispongo de más datos. La comandancia de la Guardia Civil de Burgos quiere que te persones en el lugar de los hechos. Dijeron que solo hablarían contigo, al comisario lo han dejado al margen.

A mí lo que dijese la Guardia Civil me la traía floja. Cogí mi teléfono y llamé rápidamente a Horneros.

—Soy el inspector Moret, comisario. ¿Qué debo hacer?

—¡Me cago en la puta madre que los parió! Me han dejado fuera del caso esos malditos picoletos —maldijo completamente fuera de sí.

—No moveré un dedo mientras usted no me lo pida. Sabe que sigo a sus órdenes —le dije.

—¡Qué órdenes ni qué cojones! Las directrices vienen desde Madrid. El caso es suyo, inspector. Yo ya no pinto nada aquí. Así que vaya y detenga a ese maldito cabrón.

—De acuerdo, comisario. ¿Pero podría pedirle antes un favor?

—Suéltelo —suspiró.

—Llámeme en cuanto sepa algo sobre el sospechoso que nos seguía.

—Delo por hecho. Me voy ahora mismo para el hospital con el agente Blázquez. Ya le diré algo.

—Gracias, comisario. Le mantendré informado.

—Inspector... —apuntó Horneros, en un tono de voz más sosegado.

—Sí, dígame.

—Cuide de Ramírez. ¡Es buena gente!

—No se preocupe. Lo haré.

Mi compañero tenía razón: aunque no lo pareciera, el comisario en el fondo era un buen tipo, y yo me había dado cuenta de ello. Por eso quise llamarlo antes de actuar, para mostrarle el respeto que sentía por él. Valoraba mucho todo lo que había hecho para que yo pudiese continuar al frente de esa investigación que últimamente me había robado el sueño.

Mientras, la doctora Román observaba la escena en silencio un par de metros más atrás, e intentar describir su cara con pocas palabras resultaría complicado, y más cuando vio que me marchaba en un coche con mi compañero sin tan siquiera despedirme. Sé que no estuvo bien, pero ella tenía que asumirlo; en cuanto alguien mencionaba algo que estuviese relacionado con la investigación, el mundo dejaba de girar para mí. Detener a ese adversario anónimo que me retaba en el juego de la oca se había convertido en mi única obsesión.

18
El transeúnte

Volar en helicóptero no era precisamente algo que me apeteciese mucho. Son aparatos muy inestables y los viajes en ellos pueden ser de todo menos tranquilos; además, las montañas rusas nunca estuvieron hechas para mí. Durante el vuelo, Ramírez aprovechó para informarme sobre sus últimas indagaciones. La noche anterior se la pasó en vela buscando datos en ese viejo libro que se llevó prestado de la biblioteca, tomando apuntes sobre cualquier curiosidad que girara en torno a ese ancestral rito que con el paso del tiempo acabó siendo un juego para niños. Y no contento con ello, parte de la mañana la dedicó también a bucear en el pasado de la anciana que vivía en las afueras de Puente La Reina.

—Margot Atienza Ureña. Así es como se llama la vieja que vive en el n.º 63 —comentó mientras sacaba unos documentos de su maletín.

—¿Qué has podido averiguar de ella?

—No mucho. Y lo poco que sé resulta confuso. Llegó al pueblo siendo muy joven, cuando apenas contaba diecinueve o veinte años.

—¿Y qué tiene eso de extraño, Ramírez?

—Pues que apareció una mañana sola y embarazada. No tenía familia y su aspecto era más que lamentable. Los vecinos, en un gesto de hospitalidad, intentaron ayudarla en todo lo que pudieron: le cedieron un viejo corral para que viviera y las aldeanas acordaron turnarse para llevarle cada día un plato de comida. Así, hasta que llegó la noche que dio a luz. Dicen que esa madrugada se encerró y no permitió que nadie le ayudara en el parto. Alumbró sola, dando unos gritos tan desgarradores que erizaron a todos los que esperaban fuera. Los que pudieron oírlo aseguran que resultó sobrecogedor.

—¿Y…?

—Nada más. Nadie supo qué parió, si fue niño o niña. Algunos vecinos dicen que nació muerto y lo enterró de madrugada en la parte de atrás de la que ahora es su casa, otros incluso aseguran que se comió a la criatura tras nacer.

Aquella historia no me era del todo desconocida porque coincidía en parte con lo que contó el camarero de la taberna, y no me sorprendió.

—Solo son habladurías. ¿Has traído el mapa? —le pregunté.

Ramírez asintió con la cabeza. Lo sacó y lo extendió sobre sus rodillas. Acto seguido, intenté ubicar la situación del pueblo de Villafranca sobre él.

—¡Mierda! Lo sabía —me lamenté.

—¿Qué pasa, Álvaro?

—Villafranca es la localidad que hay justo después de Santo Domingo de la Calzada. Esa era la razón por la que sumaban veinte las caras de los dados que fotografiaste en el suelo de la plaza de Logroño. Debí suponerlo. Si Santo Domingo correspondía a la casilla diecinueve, el asesino volvería a actuar en la siguiente. ¡Seré idiota! Lo tuve delante de mis narices y no lo supe ver.

—Tranquilízate, nadie lo habría acertado. Es muy difícil adivinar lo que trama ese trastornado.

—Pero es que estaba clarísimo. En Villafranca es donde comienzan los Montes de Oca. ¿Lo entiendes? Su propio nombre nos indicaba el camino.

—Déjalo, no te martirices más.

Me quedé en silencio maldiciendo mi suerte. La impotencia vino a saludarme y sentí cómo mi respiración se volvía pesada, como si me faltase aire. Al parecer, la ansiedad estaba volviendo a mi vida, un sentimiento de angustia que creía haber superado años atrás y que ahora asomaba de nuevo al balcón de mi alma para robarme el poco sosiego que me quedaba.

Ramírez, que se había dado cuenta de ello, me agarró por el brazo y, con un gesto de complicidad, trató de cambiar la conversación.

—¿Y la doctora? —me preguntó con una pícara sonrisa.

—¿Perdona? —respondí ruborizado.

—Podías haberle dicho que viniera, al fin y al cabo es la forense que asignaron para este caso.

—Tienes razón. Supongo que ha sido una falta de consideración por mi parte.

—Su cara era un poema. Ni tan siquiera te has despedido de ella cuando nos hemos marchado. Y creo que le gustas. Se le nota en la forma de mirarte.

—Puede ser…, pero no quiero cogerle cariño. No puedo permitirme ese lujo.

—Pues es una pena, parece buena chica. Además, no estás en situación de despreciar un bombón como ese.

—¿Por qué lo dices?

—Hombre, no te faltará mucho para cumplir los cuarenta, y te aseguro que si llegas soltero a esa edad te quedas para vestir santos. Mírame a mí, con cincuenta y seis años y viviendo todavía con mi madre.

—No exageres, hombre. Solo tengo treinta y siete. Pero… Es mejor así, créeme. Por el momento no quiero atarme a nada ni a nadie.

—En fin, tú sabrás. Yo solo te advierto de que no le des mucha tregua a la soledad porque el día menos pensado se abalanzará sobre ti y te abrazará con sus agrios tentáculos.

—No puedo estar con nadie porque aún perdura en mis labios el sabor del último beso que di —le confesé.

—¿Tan importante fue?

—Sí, porque no fue un beso cualquiera.

Ramírez no preguntó nada más. La tristeza que ahogaba mi rostro suplicaba un poco de silencio. Siempre han existido recuerdos enterrados en lo más profundo del alma de un hombre que con el transcurrir del tiempo se convierten en secretos íntimos, y este era uno de ellos. Un beso, un simple gesto de cariño hacia otra persona, suponía para mí un abismo difícil de superar, y Ramírez no quiso ser quien lo hiciese florecer de nuevo con sus preguntas.

19

La posada

Sobre las 15:30 horas llegamos a uno de los improvisados helipuertos que la guarda forestal de Castilla y León solía habilitar en la época estival para los casos de incendio. Entendieron que no era conveniente aterrizar en el mismo pueblo porque podían generar un clima de alarma entre sus contados vecinos; era una aldea tranquila donde a duras penas vivían un centenar de personas.

Desde allí nos trasladaron en un vehículo todoterreno hasta el albergue de San Antonio Abad, al lugar donde había desparecido la joven. El trayecto, siempre por estrechos y bacheados caminos de tierra, apenas duró unos diez minutos; pero fue tiempo más que suficiente para constatar la gran devoción que levantaba aquel itinerario entre los fervientes peregrinos. Estos, al escuchar el vehículo acercarse, se apartaban a uno de los lados del camino para dejarnos paso. Los había solitarios que trataban de apoyar su cansancio sobre un improvisado bastón, otros tantos que caminaban en parejas y algún que otro grupo más numeroso que marchaba en fila india; mas todos ellos contaban con un punto en común que, a pesar de ser auténticos desconocidos y venir desde los puntos más remotos del planeta, les hacía parecer una gran familia de nómadas. El perfil de los peregrinos era casi siempre el mismo: caras cansadas por el peso de las mochilas, cuerpos sentados en piedras del camino y cojeras producidas por ampollas reventadas en las plantas de los pies. Aun así, siempre saludaban con un esmerado gesto de alegría, una ligera sonrisa que guardaban en la despensa de su alma para mostrar a quien se cruzara con ellos que con ese sufrido y prolongado esfuerzo alcanzarían al final del camino una merecida recompensa: reencontrarse consigo mismo. Esas fueron las palabras exactas que la anciana me dijo aquella noche, que todos buscaban redimir sus pecados y limpiar su conciencia. Y entonces, repentinamente, vino a mi mente lo que predijo al echar las cartas del tarot: la próxima prueba será *La Posada*, asegurando que en ella, una joven cuyo nombre estaría compuesto por nueve letras, sería la siguiente víctima.

Aquel vaticinio me hizo recapacitar. Volví a sacar la carta que cogí del bolsillo del motorista y me dispuse a contar una a una las letras del nombre que aparecía escrito.

—¡Nueve! —exclamé en voz baja.

—¿Qué ocurre? —me preguntó Ramírez al ver cómo palidecía súbitamente.

—*¡Alejandra!* Tiene nueve letras —afirmé sorprendido.

—¿De dónde has sacado ese sobre?

—Lo llevaba el motorista que nos seguía en Pamplona, y me estoy temiendo que va a coincidir con el nombre de la chica que ha desaparecido —le expliqué.

—¿Crees que puede guardar relación con el caso?

—Aún no lo sé, pero intuyo que no tardaremos mucho en averiguarlo. Estoy esperando una llamada de Horneros que lo confirme.

Cuando llegamos a las inmediaciones del albergue de San Antonio Abad, el pueblo aparentaba estar en calma, viviendo ajeno a lo que estaba sucediendo. Como había sido el propio inspector jefe de la Brigada Central de Madrid quien tomó las riendas de la investigación, se presentó en el lugar procurando no levantar revuelo. No obstante, mandó peinar un radio de quince kilómetros alrededor de Villafranca para asegurar la zona. El asunto había tomado un cariz un tanto dramático con la desaparición de aquella joven y el Ministerio del Interior no estaba dispuesto a que aquello fuese a más; cuanto antes se zanjase, mejor.

—Buenas tardes. Inspector Álvaro Moret, de Huesca —me presenté nada más bajar del Land Rover.

—Sé quién es. Soy Lasarte, estoy al frente de la investigación. Le informo que desde este mismo momento pasa a formar parte de la Brigada Central que dirijo. Las competencias han pasado a ser de ámbito nacional, por lo que dispone de luz verde para moverse por cualquier punto del país y se le asignará un teléfono de uso interno. Ahora, una vez aclarada su vinculación al grupo de actuación, debo preguntarle si es cierto que elaboró unos informes en los que aseguraba que todo este entramado forma parte de un hipotético juego de la oca.

Asentí con la cabeza.

—Entonces... Explíqueme qué se supone que ha pasado hoy aquí.

—Hay un peregrino que está recorriendo el camino siguiendo las premisas de un antiguo ritual —afirmé con rotundidad—. La oca era un juego ancestral que servía como guía de iniciación, y la persona que ha decidido revivirlo deberá superar varias de sus pruebas si quiere alcanzar con éxito su meta. Sabíamos que hasta el momento ese supuesto *transeúnte* había superado con acierto la primera de ellas y, por lo visto, ahora está llevando a cabo la siguiente prueba del ritual.

—¿Y en qué consiste esa supuesta prueba?

—Exactamente no lo sé.

—Quien cae en la casilla de *La Posada* pierde varios turnos —apuntó Ramírez.

—¿Cómo dice? —preguntó el inspector jefe con cara de extrañeza, sin saber quién era el que acababa de interrumpir nuestra conversación.

—Es el agente Ramírez, mi adjunto —le expliqué.

—Pues siento decirle que ya no lo necesita. El agente puede volver inmediatamente a su puesto habitual de trabajo.

—Perdone que le contradiga, inspector jefe, pero hemos comenzado juntos en esto y...

—De acuerdo, déjese de cháchara —dijo resignado, sin querer perder mucho tiempo—. Continúe, agente Ramírez.

—Buceando en las estanterías de la biblioteca encontramos un viejo libro que hacía referencia a lo que ha ocurrido ahora aquí —expuso el agente—. *El Camino de las Ocas* se titula, y en él aparecen las reglas que debía seguir quien se atreviera a adentrarse en ese recorrido que actualmente conocemos como el Camino de Santiago. Estas son sus páginas centrales —comentó sacándolas de su maletín—. Aquí están.

Cogí las hojas con un claro gesto de alivio. Ramírez, con su intervención, acababa de echarme un cable donde agarrarme, y en aquella situación, fue bastante de agradecer. Después busqué la página donde se explicaban las reglas del rito iniciático y leí la segunda de sus premisas en voz alta:

—*La Posada*. Si se cae en ella se cederá a los placeres; tal vez a la lujuria o la gula, o quizás a ambos. Por tanto, el peregrino que se quede allí pagará en sus propias carnes uno de los más caros peajes; además, deberá permanecer en esa casilla durante varias jugadas.

—¿Y eso a dónde nos conduce? —preguntó el inspector jefe, dando muestras de que seguía sin entender nada.

—De momento hasta aquí, a este albergue —indicó Ramírez—. Antiguamente fue un hospital en el que se atendía y procuraba descanso a los peregrinos. Por consiguiente, esta sería la posada que se indica en el juego y aún puede que, en algún lugar de estas instalaciones, esté retenida la chica.

—Imposible. Hemos revisado el edificio de arriba abajo y no hemos encontrado nada.

Mientras Ramírez se aplicaba a exponer con todo lujo de detalles lo que había podido averiguar sobre aquel antiguo hospital y trataba de encontrar una respuesta coherente a lo sucedido, mi mirada quedó atrapada en unos signos que ya comenzaban a resultarme familiares. Aparecían grabados a cincel y martillo sobre una de las piedras de sillería que conformaban el pórtico de entrada al albergue. Cogí mi cámara y tomé una foto. Quizá podía ser una pista que seguir.

Foto n.º 5
Huella grabada en piedra.

—¿Qué hace, inspector? —me preguntó Lasarte extrañado al verme con una cámara de fotos.

—¡Una pata de oca! —le indiqué al observar en una de las piedras del muro una especie de tridente.

—¿Cómo dice?

—La primera señal que hay junto a la puerta nos indica que nos encontramos ante una de las casillas del juego. Los otros dos probablemente sean signos celtas que corresponden al número veinte.

—Siento contradecirle —apuntó un hombre que había cerca de ellos. Estaba sentado con otro muchacho en uno de los bancos situado delante de la entrada—. Perdone, pero no he podido evitar escucharle. Soy el encargado del albergue —se presentó estrechándome la mano—. Ese grabado que ha llamado su atención es una marca de los antiguos maestros canteros. Si se fijan con atención podrán verlo en infinidad de iglesias y monumentos que hay repartidos a lo largo del camino. Es un símbolo medieval.

—¡Qué más da si es un tridente o una pata de oca! Ha desaparecido una persona —objetó el inspector Lasarte, cansado de escuchar tanta retórica.

—¿Cómo se llamaba la chica? —pregunté.

—Alejandra Martínez López —respondió el otro hombre que le acompañaba y que había permanecido sentado en el banco. El pobre apenas tuvo ánimo para levantarse a saludar. Su carta de presentación se reducía a unas profundas ojeras marcadas sobre una piel blanquecina manchada de pecas y que, junto a una descuidada perilla pelirroja de varios días, no eran capaz de ocultar la amargura que se había posado sobre su rostro.

—¿Y usted quién es? —pregunté.

—Antonio Rodríguez, el monitor encargado de dirigir la excursión —respondió con un cerrado acento murciano, aunque su pesar por lo ocurrido apenas le permitía dar el habla—. Somos de Archena, y cada verano reunimos un grupo para recorrer una ruta diferente del Camino a Santiago. Este es el cuarto año consecutivo que lo hacemos.

—¿Cuándo la han echado de menos?

—Esta mañana. Como ayer no hacía mucho calor, recorrimos más kilómetros que de costumbre y llegamos completamente rendidos al albergue. Cenamos, repartimos las camas y nos acostamos pronto. Hoy, al levantarnos, hemos observado que su catre estaba vacío. La verdad es que en ese momento no le dimos más importancia, hay quien suele madrugar para no hacer cola en los aseos o sale del albergue a fumarse el primer cigarrillo del día. Pero tras almorzar, cuando íbamos a coger los macutos para reanudar la marcha, la echamos de menos. Su mochila y su calzado estaban allí, pero Alejandra no aparecía por ningún lado. Es el primer año que viene. Acababa de cumplir dieciocho años y aún no sé cómo voy a explicárselo a sus padres —contestó rompiendo a llorar.

—No se preocupe, seguro que no anda muy lejos. Ya verá como la encontramos —trató de consolarlo Ramírez.

Con disimulo, le hice un gesto al inspector Lasarte para que me acompañase. Quería contarle algo en privado.

—El *transeúnte* actúa siempre al amanecer —afirmé mientras nos apartábamos un poco.

—¿Qué le hace pensar eso?

—La piedra manchada de sangre en Jaca, el cadáver de Puente La Reina, e incluso los dedos que encontraron en Logroño. Todos ellos aparecieron al amanecer, igual que sucede ahora con la desaparición de esta chica —reflexioné—. Hace unos días hablé con alguien, una anciana que jugaba a ser vidente, y me habló de este supuesto juego. Es más, vaticinó lo que ha ocurrido hoy aquí. Me dijo que una joven cuyo nombre estaría compuesto por nueve letras sería la siguiente en desaparecer. Y así ha sucedido. Como puede comprobar, Alejandra tiene ese número de letras —le dije mostrándole el papel donde aparecía el nombre escrito.

—¿De verdad cree usted en esas charlatanas, inspector? Ese tipo de gente dice muchas cosas, y claro, alguna de ellas al final acaba cumpliéndose. Pero solo ocurre por pura estadística. Recuerde que viven de eso, de timar a la gente.

—Sí, yo opino igual que usted —traté de justificarme—, pero no sé por qué razón esa mujer parecía sincera. Me advirtió sobre el Camino de las Ocas, de un milenario sendero que tanto los druidas como los alquimistas recorrían al amanecer, cuando las estrellas se apagaban y dejaban de indicar el camino hacia el oeste. Comentó que eran las ocas salvajes con su vuelo migratorio las que cogían el relevo diurno para marcar el camino que seguir. Quizá por eso el asesino actúa siempre al amanecer, cuando la luna se acuesta y el sol comienza a despuntar al alba.

—Mire, todo eso, ahora mismo, son solo especulaciones. Comprenda que no podemos ir contado que un loco anda suelto matando peregrinos al amanecer.

—Esas palabras ya las escuché antes —me lamenté.

—Estoy procurando ser objetivo. Y si usted no lo es, lamentablemente deberá dejar el caso —me reprochó cansado de escuchar tanta fantasía—. Si quiere trabajar conmigo necesito que su perspectiva de la investigación sea mucho más amplia y que no se encuentre coartada por una absurda ocurrencia. Se ha cegado con ese imaginario juego de la oca y no es capaz de ver más allá. ¡Debe ajustarse a la realidad!

—Supongo que tiene razón —asumí cabizbajo.

—Compréndalo, inspector Moret. ¿Cómo le cuento a nuestros superiores de Madrid que nuestra investigación se basa en los vaticinios de una vieja pitonisa? Es ridículo. Además, debería dejar de llamarle *transeúnte*.

En ese momento, comenzó a sonar mi móvil. Era el comisario Horneros, y llamaba para ponerme al corriente de lo ocurrido con el motorista en Pamplona.

—Hola, comisario. ¿Cómo van las cosas por allí? —pregunté.

—Van de culo, como de costumbre —contestó con su habitual mal humor.

—¿Qué sucede?

—¿Cómo cojones se te ocurre liarte a tiros en medio de la calle? Encima, luego te vas y el marrón me lo como yo. La alcaldesa está que trina y la prensa no deja de malmeter desde que se han enterado, tengo la puerta del hospital tomada por un ejército de reporteros oportunistas.

—No creo que sea para tanto, comisario.

—Moret, le ha disparado a una chica que iba paseando en moto.

—¡Una chica! No puede ser. Estoy seguro de que quien conducía esa moto nos siguió durante un buen trecho. La doctora Román puede confirmarlo.

—En cuanto regrese, venga directamente al hospital.

—De acuerdo. Así lo haré —contesté resignado.

No pude evitar dar un suspiro al colgar el teléfono. Parecía que me había mirado un tuerto y todo me salía completamente al revés y, lejos de aclararse el asunto, se enredaba cada vez más. ¡Joder, había disparado a una joven! ¿Cómo era posible? Apostaría el cuello a que quien venía siguiéndonos era alguien peligroso… En fin, lo mejor era regresar a Pamplona lo antes posible para tratar de aclarar lo sucedido. Y, por otro lado, en cuanto a la entrevista que mantuve con aquella anciana, pensé que en lo sucesivo sería mejor no nombrarla, los ánimos estaban ya suficientemente caldeados como para ir afirmando que mi principal confidente era una trasnochada pitonisa.

—¿Podemos volver a Pamplona, inspector Lasarte? Necesito interrogar a un sospechoso —solicité.

—Vaya, al fin escucho algo coherente. De acuerdo. Aproveche que el helicóptero debe regresar a su punto de origen, pero manténgase localizado —me pidió.

—No se preocupe.

—Eso quisiera yo, no tener que preocuparme... —suspiró—. Montaremos el centro de operaciones en Burgos. Allí le espero.

—¿Con Ramírez? —pregunté.

—¡Qué remedio...!

Escuchando al inspector jefe de la brigada comprendí que para ocupar un cargo de relevancia en la academia de policía era requisito imprescindible ser un engreído. Confirmando a su vez que a mayor rango, mayor grado de estupidez. Era lamentable, pero no había nadie lo suficientemente sensato que se preocupara en escuchar las opiniones de los compañeros. Solo era válido encontrar pruebas y, ante esa circunstancia, opté por mantener desde ese momento una línea paralela entre mi investigación y la de la propia brigada. Era lo mejor. Aparentar que acataba las órdenes que recibía desde Madrid sin rechistar y continuar con mis averiguaciones en un segundo plano, sin llamar la atención de mis superiores.

20

Tras regresar a Pamplona, Ramírez pidió permiso para volver a su casa y ver a su madre. Era evidente que se preocupaba por ella; al fin y al cabo, se trataba de una persona de avanzada edad que permanecía la mayor parte del día a solas y sin salir de casa. Además, se palpaba que mantenían un relación madre e hijo muy especial.

Yo, en cambio, pedí un taxi nada más aterrizar y me dirigí directamente al hospital. Por mi cabeza solo pasaba la reprimenda que me echaría Horneros en cuanto lo tuviese delante. Escuchar sus impertinencias era el precio que debía pagar por haber dejado que intercediese por mí ante la brigada central, pero no me importaba porque era algo que ya tenía más que asumido.

Al llegar encontré varios periodistas apostados junto a la entrada del hospital, aunque al ir vestido de paisano no tuve ningún problema para pasar desapercibido. Mi camisa era una pura arruga y estaba pidiendo a gritos visitar urgentemente una lavandería. Como no esperaba que se fuese a alargar tanto la investigación, apenas llevé un par de mudas en la maleta.

—¿Cómo ha ido todo? —preguntó el comisario en tono cordial al verme llegar. Algo que, conociendo su temperamento, sonaba realmente extraño.

—Sospechamos que quien está detrás de la desaparición de la joven es la misma persona que acabó con la vida del individuo del puente —contesté gratamente sorprendido por su buen talante—. ¿Han logrado identificar el cadáver?

—No. La doctora Román sigue trabajando en ello, pero aún no lo ha reclamado nadie —se lamentó.

—Y la joven de la moto, ¿quién es?

—María Dolores Vustelo. La muchacha que interrogaste en la comisaría de Logroño.

—¿La que dijo ser periodista? —pregunté sorprendido.

—La misma.

—¿Y qué hacía aquí, en Pamplona?

—No lo sabemos. No hemos podido sacarle ni una sola palabra. Dijo que solo hablaría con usted.

—¿Está consciente?

—Para nuestra desgracia, sí. Su puntería, inspector, no es tan buena como su labia y solo le causó una herida superficial en el hombro —comentó con retintín—. Perdió el conocimiento al golpearse contra los contenedores de basura, pero desde que despertó no ha parado de maldecir a todo bicho viviente que ha entrado en la habitación. La están medicando por vía intravenosa, no ha hecho falta hacerle ninguna transfusión de sangre.

—Bueno, pues... ¿A qué esperamos? —suspiré, tomando aire—. Comprobemos cómo me recibe.

Me asomé de forma prudente a la habitación donde estaba ingresada, esperando la pertinente lluvia de groserías. Ya había tenido oportunidad de conocer su extenso vocabulario en la sala de interrogatorios de Logroño y sabía a qué atenerme.

—¿Puedo pasar? —pregunté desde el pasillo, asomando ligeramente la cabeza.

—Si prometes no dispararme otra vez...—respondió enfadada. Estaba en la cama con el hombro vendado y vestida con uno de esos pijamas descoloridos de la Seguridad Social. Al verme entrar se apresuró a taparse.

—No sabía que eras tú —le dije tratando de disculparme—. ¿Por qué nos seguías en la moto?

—¿Recibes a balazos a todo el que intenta acercarse a ti?

—Ya te he dicho que lo siento. Si te hubiese reconocido no te habría disparado. Además, no obedeciste cuando te pedí que detuvieses la moto.

—Estaba asustada y no sabía si sería buena idea hablar contigo...

—Bueno, pues aquí me tienes. Soy todo oídos.

—Anoche llegué tarde al apartamento —recordó—. Hubo mucho trabajo en el restaurante y terminamos tarde. Me duché, cené algo y me acosté. Y cuando estaba a punto de vencerme el sueño, escuché unos pasos en el salón. Alguien había entrado y estaba abriendo los cajones de mis armarios. Con cuidado de no hacer ruido, me levanté y eché el pestillo de mi dormitorio, pero supongo que me oyó porque acto seguido sentí como se marchaba apresurado y cerraba de golpe la puerta de entrada. Durante diez minutos esperé en mi habitación en silencio, sin salir; y cuando por fin me decidí a abrir, volví a escuchar algo. Él seguía allí, en mi apartamento, y había simulado que se marchaba para engañarme y hacerme salir.

—¿Y qué hiciste?

—Nada, no pude hacer nada. Volví a encerrarme. Me daba pánico salir y no tenía ningún teléfono a mano. Permanecí tras la puerta, esperando a que se marchara.

—¿No intentó hacerte daño?

—No, ni tan siquiera se acercó a la puerta de mi habitación. Esperé toda la madrugada, hasta las ocho de la mañana, y cuando salí ya no estaba, no había nadie. Había revuelto mi estudio fotográfico y velado todos los negativos. Ese desgraciado estropeó los carretes y parte de mi trabajo.

—¿Y por qué crees que lo hizo?

La muchacha apartó la mirada y calló.

—¡Si no me lo dices no podré ayudarte!

—Lo fotografié —afirmó.

—¿Cómo?

—Cuando tropezó contigo en la plaza de Logroño, tomé una fotografía. Fue algo espontáneo. Llegaste con tu compañero avasallando, abriendo paso entre la multitud, y le hice una foto cuando se abalanzó sobre ti con el micrófono. Supongo que se dio cuenta y por eso vino a por mí. Pero lo que no entiendo es cómo supo dónde vivía.

—¿Y por qué no me lo dijiste cuando te interrogué? Esa foto hubiese sido crucial para atraparlo.

—No lo sé. Supongo que porque nunca me he fiado de la policía —respondió avergonzada.

—¡Está bien! No te preocupes, ya estás a salvo. Con un poco de suerte no tardaremos mucho en atraparlo. Llamaré al sargento Peralta, de Logroño, para que mande unos agentes a tu apartamento, quizá logren encontrar alguna huella que pueda ayudarnos a identificarlo.

—Eso no fue todo —continuó la joven—. Sobre la mesa del salón dejó un sobre, una especie de carta.

Al escuchar aquello, la saqué de mi bolsillo.

—¿Es esta? —le pregunté enseñándosela.

—Creo que sí. ¿Por qué la tienes tú?

—La encontré en tu ropa.

—¿Y qué significa ese nombre que había escrito en ella?

—La verdad es que esperaba que me lo explicaras tú.

—No tengo ni idea.

—Ese nombre coincide con el de una chica que ha desaparecido esta mañana en los Montes de Oca. Se llama Alejandra, y si en las próximas veinticuatro horas no tenemos noticias de ella, te meterás en un buen lío. Debes saber que por el momento eres la única sospechosa que tenemos.

—¡Yo no he hecho nada! —alegó.

—Si es así no tienes por qué preocuparte, pero resulta curioso que siempre aparezcas en el lugar oportuno.

—¿No crees nada de lo que te he contado, verdad?

—Por desgracia, no importa lo que yo crea. Los hechos están ahí y hay que remitirse a ellos.

—Ya veo que eres como todos —me recriminó exaltada; su carácter era tan fuerte que le hacía olvidar las magulladuras que tenía por todo el cuerpo—. Pensaba que podía confiar en ti, pero no, eres igual de estúpido que los demás.

—¡Cálmate! Con esa actitud no solucionaremos nada. De momento te has ganado un voto de confianza, pero no sé durante cuánto tiempo podré mantenerte al margen de lo ocurrido. Yo solo soy un simple inspector adjunto y este asunto comienza a escapárseme de las manos; ha pasado a ser un problema de ámbito nacional.

—Lo siento —se disculpó.

—Debiste llamarme antes de venir, para eso te di mi número. Era más sencillo que perseguirme en una moto.

—No pude —respondió apartando la mirada—. Se llevó tu tarjeta.

—¿Cómo?

—Estaba encima de la mesa del salón, donde dejó la carta.

—¿Estás de broma, verdad?

Ella volvió a callar. Posiblemente intuía el tremendo embrollo en que se estaba metiendo. Lo lógico hubiese sido ponerla a parir por haber dejado que ese desgraciado se llevara la tarjeta con mi número de teléfono, pero aún se encontraba convaleciente por la caída y necesitaba descansar. No había perdido mucha sangre y, probablemente, en un par de días, le darían el alta hospitalaria. Por eso supuse que lo mejor sería dejar las preguntas para más adelante y me despedí.

—¿Volverás? —me preguntó al ver que me marchaba enfadado—. No conozco a nadie aquí, en Pamplona.

—Pues ya somos dos. Yo tampoco soy de esta ciudad.

—¿Volverás? —insistió—. Las noches en un hospital suelen ser muy largas.

—Lo intentaré, María Dolores —le dije, sin prometerle nada.

—Si no te importa, llámame Lola.

—Haré lo que pueda…, Lola.

Era la primera vez que la veía realmente preocupada y sin mostrarse arrogante. Incluso se olvidó de parecer antipática y dejó asomar a la niña asustada que llevaba dentro. Además, no me importaba en absoluto tener que pasar la noche con ella porque el catre del hostal no era mucho más cómodo que el sillón de un hospital. En cuanto a la posibilidad de que el *transeúnte* supiese dónde ella vivía me preocupaba bastante.

Acto seguido llamé a la comisaría de la Rioja, al sargento Peralta. Le pedí que corroborara la versión de Lola; necesitaba saber hasta qué punto podía confiar en ella. Si era cierto que había visto la cara del culpable y lo había fotografiado, corría el riesgo de que ese demente volviese de nuevo a buscarla, pues era la única que podía identificarlo.

Por otra parte, como intuía que la doctora Román estaría enfadada por cómo terminó nuestra última cita, decidí llamarla. No era muy tarde y pensé que si la invitaba a una copa tal vez no se negaría.

—Hola, Ester sin hache —la saludé cuando escuché que descolgaba el teléfono.

—¡Hombre, inspector Moret, me alegro de que aún recuerde mi nombre! —ironizó, dejando de tutearme.

—Discúlpame. Sé que no fui muy galante, pero…

—Pero… ¿Qué?

—Me preguntaba si seguía en pie lo de compartir un cigarrillo a medias.

—Lo siento, pero llegas tarde. Ya me lo he fumado —dicho esto, colgó.

Ester estaba enfadada, y con razón. Antepuse mi trabajo a su amistad y ahora era ella quien me pagaba con la misma moneda. Volví a llamarla. Sin embargo, no respondió, ni tan siquiera se molestó en descolgar el teléfono. Por más que lo intenté, no logré contactar con ella. Y ante aquel panorama tan desalentador solo me quedaba la opción de regresar al hostal y recluirme en la soledad de mi habitación a esperar que cayera la noche, hacer tiempo para volver al hospital y acompañar a Lola. Pero como ya apunté antes, si había algo que odiaba eran precisamente esas dos palabras: soledad y esperar. La primera de ellas, la soledad, era una circunstancia que yo había elegido libremente como modo de vida; mientras que esperar era algo que iba en contra de mi manera de ser. Mi temperamento no me permitía dejar pasar las horas en balde acostado sobre una cama mirando al techo e, igual que hice la noche anterior, cogí mi viejo Renault y me acerqué al número sesenta y tres de Puente La Reina. Para qué negarlo, estaba deseando ver otra vez a esa tuerta canosa de uñas amarillentas. Desde que me reuní con ella no había podido quitármela de la cabeza porque cada una de las palabras que escupió por su boca supuso un nuevo enigma por descubrir. Quizá si la trataba con un poco de amabilidad lograría que me ayudase a encontrar a esa chica que había desaparecido.

21

Confesiones

Cuando llegué a Puente La Reina volví a aparcar el coche en el mismo lugar, a unos cuantos metros de la casa. El viento arreció y zarandeaba el viejo alcornoque que había junto a la entrada como si fuese una bandera.

Cogí una linterna del maletero y me acerqué decidido a la vivienda. Al llamar a la puerta, esta cedió. Aparentemente, la habían dejado abierta adrede, sin preocuparse de quién pudiese entrar; aunque tampoco creo que nadie se animara a hacerlo porque aquel antro daba auténtico pavor. Sus bisagras chirriaron y el olor a humedad me recibió como si fuese un perfecto anfitrión. La oscuridad estaba esperándome dentro cubriendo de negro las paredes de la casa. Y en cuanto a las velas, esa noche no había ninguna encendida.

Encendí la linterna y me introduje con cuidado en la morada. Al fondo se veía el respaldo de la mecedora frente a una chimenea apagada. Y de acompañante, el silencio, una ausencia sonora que se clavaba en los oídos. Solo el sonido intermitente de las ramas del viejo alcornoque golpeando el tejado de la casa rompía el mutismo de mi incursión. Continué inspeccionando el lugar, en tensión, sujetando con fuerza la linterna; la tenue burbuja de luz que quedaba reflejada sobre el suelo era la que marcaba mi itinerario, la que indicaba hacia dónde debía ir. Me asomé a la cocina y alumbré la mesa que compartí con la dueña de la casa. Estaba exactamente igual que la vez anterior: una vela apagada, un taco de cartas y una pata disecada de oca la engalanaban. Mis ojos, por un instante, quedaron presos con aquellos restos de ave disecada que había sobre la mesa, contemplando con atención la garra que arañó mi antebrazo; y cuando me dispuse a acercarme, escuché una voz quebrada decir:

—La luz de esa linterna no alumbrará su camino.

Era la anciana. Estaba sentada en la mecedora que había frente a la chimenea, acariciando un gato gris jaspeado. Yo podría jurar que no había nadie cuando entré, que la casa estaba vacía, pero el caso es que ella me esperaba allí, sentada tranquilamente.

—¿Nunca enciende la luz? —le pregunté.

—La claridad de la luz solo sirve para que se escondan los cobardes.

—Ya veo que tiene refranes para todo.

—No son refranes, sino la experiencia de una larga vida repleta de penurias.

—¿Y su familia? ¿Por qué vive sola?

—Me repudiaron. Tuve que marcharme porque en aquel maldito pueblo todos me señalaban. Pero no me fui sola, llevaba un bebé en mis entrañas.

—Y si ocurrió así… ¿Dónde está su hijo?

—Inspector, ¿ha olvidado que usted y yo pactamos un juego? —me recordó.

—Lo siento, pero no tengo tiempo para juegos. O contesta a mis preguntas o me veré forzado a detenerla, señora Margot. Es así como se llama, ¿verdad? Si quiere podemos continuar con esta conversación en comisaría.

—Felicidades, señor inspector. Ya veo que sabe mi nombre.

—Sí. Sé todo sobre usted.

—No hacía falta que se tomara tanta molestia. Tan solo tenía que habérmelo preguntado.

—¿No se da cuenta de que usted puede ayudarme a detener al *transeúnte*? Necesito su ayuda.

—Yo nunca se la he negado, inspector. Es más, sabe que siempre digo la verdad porque soy la única que conoce al pie de la letra el juego de la oca. Sin embargo, le recuerdo que cada una de mis respuestas tiene un precio.

—¿Pero qué es lo que pretende con ese absurdo juego de preguntas?

—Conocer a la criatura que vive dentro de usted, inspector. Eso que lo atormenta día y noche y le impide dormir.

—Hoy ha desaparecido una chica llamada Alejandra. ¿Cómo sabía su nombre? —le pregunté.

Pero ella comenzó a canturrear y a balancearse en la mecedora, acariciando tranquilamente a su felino moteado e ignorándome.

—Lo siento, pero si no colabora me veré obligado a detenerla —le advertí, abriendo mi chaqueta y mostrándole las esposas que colgaban de mi cinturón.

—¡Hazlo y esa chica morirá, bastardo! —gritó. Al hacerlo, el gato se asustó y salió despavorido.

Entre el grito y la espantada del animal me quedé petrificado, alumbrando con mi linterna su cara amenazante. Su ojo tuerto resplandecía como un charco de leche a la luz de la luna y sus cejas canosas se fruncieron delatando que estaba muy enojada.

—¡De acuerdo! Usted gana —asentí, tratando de sosegar su ánimo.

—No olvide nunca que es usted quien ha venido a mí. Yo estaba aquí, en mi casa, y ha sido usted el que ha perturbado mi tranquilidad.

—Mire, no entiendo por qué es tan importante para usted conocer mi pasado, pero si eso la hace feliz, se lo contaré. Aunque antes deberá contestar a una de mis preguntas.

La anciana asintió en silencio.

—¿Cómo sabía que constaba de nueve letras el nombre de la chica desaparecida en *La Posada?*

—El nueve, junto al siete, son los números que rigen el juego. Cada una de sus pruebas o de sus casillas está vinculada a ese número esotérico. Sesenta y tres casillas hay en el juego de la oca. Si observa, la suma de sus dos cifras, seis y tres, suma nueve. Y siete son las pruebas que superar, que multiplicado por nueve vuelve a dar como resultado sesenta y tres. Todo resulta un juego de números e imágenes como fórmula para la transición de conocimientos prohibidos que los antiguos peregrinos debían llegar a desvelar si estaban preparados para ello. Aunque solo los elegidos lograban descifrar los enigmas escondidos a lo largo del camino. El número nueve corresponde a la letra *Thet* y coincide con el noveno arcano del Tarot, que no es otro que *El ermitaño*, *El iniciado*. Y esto alude a la Tierra y a su fuerza telúrica sobre cuyos raíles transita el camino de la oca, el lugar donde se ocultan el siete y el nueve. Sesenta y tres casillas, es decir, siete veces nueve. Igual que las marcas de la vieira.

—¿La vieira? ¿Se refiere a la concha que llevan los peregrinos colgada del cuello?

—Sí, la misma. Esa concha refleja en realidad la pisada de una pata de oca y, si cuenta sus líneas, comprobará que también son sesenta y tres. Ni una más ni una menos.

Lo que contaba aquella anciana resultaba increíble, mas era cierto. Y ante esa tesitura solo se podía hacer una cosa: escuchar atentamente cada una de sus palabras. Quizá fuese la única forma de avanzar un poco en la investigación.

—Sobre ese largo sendero que hace las veces de tablero de juego aparecen intercaladas varias casillas de ocas —prosiguió la anciana—. Se alternan cada cinco y cada cuatro casillas, sumando de nuevo nueve, así repetidamente durante todo el recorrido. Y solo siguiéndolas con sabiduría, de oca a oca, se logra alcanzar la casilla final.

—Es increíble. Nunca hubiera imaginado que ese juego siguiese una estructura matemática —comenté sorprendido.

—Ahora ha llegado su turno. Hábleme sobre Berto —me pidió.

—¿De verdad le interesa mi amistad con Berto?

Ella asintió con un ligero movimiento de su cabeza.

—Pues, como le dije, dejamos de vernos. Cada uno siguió su camino —respondí de forma concisa, sin muchas ganas de continuar.

La anciana me miró, y lo hizo de tal manera que parecía estar perdonándome la vida.

—No volví a verlo más —afirmé nervioso.

Ella notó que me sentía incómodo hablando sobre ello.

—Sus ojos dicen lo contrario —aseguró.

—Ya le dije que nos enfadamos al terminar el instituto. Después me fui a Madrid a estudiar la carrera de Criminología, conocí a una chica y... poco más.

—Hábleme de ella.

—Se llamaba Ángeles y, como su nombre indica, era un ser maravilloso. Estudiaba Magisterio y la verdad es que fue un punto de apoyo importante en la capital. Un año después estábamos compartiendo piso.

—¿Se llamaba?

—Se llamaba y se llama —puntualicé—. Hablo en pasado porque lo dejamos hace tres años.

—¿Quién dejó a quién?

Respiré hondo.

—Ella me dejó a mí. ¿Pero eso qué importa?

—¿Fue por culpa de Berto, verdad?

Callé. Opté por dar un silencio por respuesta.

—Lo imaginaba. Esa es la hoguera que aún hierve en su corazón.

—Acabé la carrera. Me licencié y comencé a hacer las prácticas en una comisaría de Toledo. Seguía con Ángeles, pero ella tuvo que quedarse en la capital. Como no tenía las oposiciones aprobadas fue trabajando esporádicamente de interina. Eran contratos cortos haciendo suplencias por toda la comunidad de Madrid. A pesar de la distancia, nuestra relación marchaba estupendamente y de vez en cuando hacíamos alguna escapadita de fin de semana. Fue un tiempo genial —recordé con melancolía.

—¿Y?

—Un día, sin esperármelo, me encontré con Berto. Yo estaba con unos compañeros tomando unas copas y de repente alguien me chistó por detrás. Al girarme, él estaba allí. Se acercó, me saludó y después me presentó a su pareja, un muchacho llamado Jorge que estudiaba Arquitectura con él. Lo cierto es que me alegró que fuese tan cordial conmigo. Muchas veces había pensado en cómo sería nuestro reencuentro, si me guardaría rencor por todo lo que le dije aquella noche. Pero no, él era distinto a los demás, un ser noble que supo ocupar con dignidad ese puesto de hermano que siempre hubo vacante en mi vida.

»Sin pretenderlo, aquel bar se convirtió en nuestro punto de encuentro. Fuimos coincidiendo varias veces y, poco a poco, retomamos nuestra amistad perdida. Conoció a Ángeles y quedamos una noche para cenar los cuatro. Y precisamente en el transcurso de esa velada, intenté disculparme por el daño que pude ocasionarle años atrás.

»—Berto, me ha dado mucha alegría reencontrarme contigo y quisiera pedirte perdón por...

»Pero no pude terminar de disculparme porque un nudo se apoderó de mi garganta. La lengua se me quedó seca y un repentino mutismo embargó la velada. Los tres me miraron, expectantes por que terminara la frase que había comenzado y que durante tanto tiempo llevaba esperando decir. Sin embargo, no pude articular ni una palabra más, y fue entonces cuando una inesperada lágrima me traicionó. Supongo que ese insignificante detalle desmoronó por completo mi discurso y descubrió ante todos la amargura que durante tanto tiempo oculté.

»—Álvaro, si yo no supiese que lo sientes, no estaría aquí —se adelantó a decir Berto—. No he venido hoy aquí buscando tus disculpas. Lo he hecho para disfrutar de tu compañía, de tu presencia, de tu amistad... Porque aunque hubiese mucha distancia entre nosotros, aunque el tiempo nos haya separado durante algunos años, yo siempre te he sentido muy cerca de mí. Sabía que en algún pequeño rincón de tu corazón me tenías una habitación reservada. Y aunque un día cerraste sus ventanas, sé que lo hiciste creyendo que así no podría volver a entrar; pero, equivocadamente, las cerraste antes de que yo saliese. Lo único que conseguiste con ello es que no me marchara libremente de esa habitación y me dejaste atrapado para siempre en ese bello cautiverio hasta hoy. Porque, precisamente hoy, cuando tú has creído llorar, cuando has pensado que una lágrima te traicionaba, te has equivocado. No era una gota transparente lo que ha brotado de tu interior. En realidad era yo él que afloraba en forma cristalina desde dentro de ti al volver a encontrar esas hermosas ventanas abiertas. Era yo el que encontraba de nuevo la ansiada libertad. Y eran tantas las ganas de volver a ver tu rostro que la mejor forma de hacerlo era resbalando suavemente por él, recorriendo cada milímetro de tu cara, hasta llegar a la comisura de tus labios, y así poder sentir el tacto de tu boca.

»Como comprenderá aquellas palabras de Berto fueron catastróficas. Logró que los que lo acompañábamos en la mesa nos pusiésemos a llorar emocionados. A continuación, se levantó de su silla y, mirándome fijamente, abrió los brazos. Yo, con los ojos completamente inundados, me levanté y lo abracé. Fue un instante mágico, sincero, tanto que aquel abrazo pareció no terminar nunca. De repente, unos aplausos nos devolvieron a la realidad. Eran Ángeles y Jorge que, emocionados, nos aplaudían mientras se aproximaban a nosotros para felicitarnos y abrazarnos, culminando aquel instante formando una gran piña todos juntos.

»Tal vez le sorprenda, pero ocurrió así. Supongo que quien haya perdido alguna vez a un amigo lo entenderá. Comprenderá que en aquel instante acababa de recuperar a alguien muy cercano.

»Tras calmarnos un poco continuamos con la comida, y después, mientras Jorge y Ángeles se tomaban un café, Berto y yo aprovechamos para hablar un poco sobre nuestras vidas.

»—¿Te va bien con Jorge? —me interesé.

»—Jorge es lo mejor que me ha pasado —me dijo—. Ha sido un apoyo primordial y gracias a él he encontrado la estabilidad emocional que buscaba. Es un cielo, y juntos hemos creado nuestro propio mundo. Hemos sido capaces de comprendernos y amarnos de una forma muy sencilla. No sé qué sería de mí sin él. Y a ti, ¿cómo te va con ella?

»—De maravilla. Ángeles es un encanto y estoy pensando en pedirle que se case conmigo —le confesé.

»—Yo pensaba que ya estabais casados. Se os ve tan bien.

»—No, todavía no. Pero ya va siendo hora de formalizar nuestra relación. Supongo que vendrás a mi boda.

»—Claro que sí, para mí sería un verdadero placer.

»—Berto, llevo mucho tiempo queriéndote hacer una pregunta —le dije cambiando radicalmente de tema—. ¿Cuándo descubriste que te gustaban los hombres?

»—No lo sé exactamente, Álvaro. Antes de eso, creo que de lo primero que me di cuenta fue de que las chicas no me atraían. Cuando quedábamos con ellas no entendía por qué le dabas tanta importancia a besarlas o meterles mano. Yo no sentía esa necesidad física que a ti te llevaba como loco. Mi cuerpo me pedía algo distinto. Por aquel entonces no sabía todavía concretamente qué, pero sentía que nuestros caminos en el amor iban a ser completamente diferentes. Fue como una lenta evolución. Mi mente tuvo que ir descartando opciones, hasta que por fin encontré ese sentimiento de amar que se encontraba oculto en lo más hondo de mi océano interior. Allí, en aquellas solitarias profundidades, me encontré; conocí al verdadero Berto, a ese desconcertado chico que buscaba un tesoro sumergido que no encontraba. Un preciado tesoro con forma de beso que no había conocido jamás, porque, a pesar de que en mi vida había dado muchos besos, ninguno de ellos me hizo sentir ese instante mágico del que todos hablaban. Quería saborear ese beso que me hiciese flotar, volar entre las nubes, ese beso que se tiene que dar con los ojos cerrados para no cegarse con el deslumbrante brillo de los labios de la persona amada.

»—¿Y lo encontraste? —pregunté al verlo tan entusiasmado.

»—No, todavía no ha llegado, pero sueño con encontrarlo algún día. Supongo que pensarás, ¿y Jorge? Es alguien a quien quiero y adoro; pero el beso del que yo te hablo es mucho más difícil de encontrar. Hay personas que ni en toda una vida lo encuentran, que incluso mueren sin conocerlo.

»—No lo entiendo, Berto. ¿Tan especial tiene que ser? Un beso es eso, simplemente un beso.

»—No, Álvaro, no es tan sencillo. El beso es el único gesto que delata lo que siente la persona que te lo da. Es el único acto humano que no puede ocultar el sentimiento con que se realiza. Hay besos de amistad, en los que notas cariño y simpatía. Suelen ser los más comunes, los que te encuentras fácilmente a diario. Hay otros de amor, en los que sientes pasión e incluso aceleran tu ritmo cardiaco; besos que encuentras en tu pareja y que muestran la complicidad que existe entre dos amantes. También los hay falsos, los besos de Judas, esos que resultan vacíos y solo son un mero trámite. Sin embargo, yo no te hablo de ninguno de esos. Busco uno que te hace sentir mágico, el mismo que logró que *Blancanieves* regresara de nuevo a la vida. Ese gesto puro y sincero que te transporte a otro lugar, a otro mundo, ese que resulta irrepetible y que jamás se olvida.

»—Creo que ya sé a qué te refieres —le dije tras reflexionar sobre la profundidad de sus palabras, pues nunca antes me había planteado la importancia que podía tener un beso.

»—¡Sí! —exclamó Berto—. ¿Y crees que lo has encontrado?

»—Supongo que sí. Cuando besé a Ángeles por primera vez sentí algo así.

»—Me alegro por ti —respondió con los ojos vidriosos—. Porque encontraste eso que yo tanto anhelo.

»Y eso fue todo, así reanudamos nuestra amistad, ¿contenta? —le pregunté a la anciana que escuchaba sin pestañear mi explicación.

—De momento, sí —respondió sin mucho ímpetu. Después se mantuvo en silencio.

22

El bastón del peregrino

Por fin había llegado mi turno. Debía ser inteligente para buscar una pregunta adecuada que me ayudase a resolver el caso. De lo contrario, tendría que seguir contándole mi vida por episodios y, la verdad, no me apetecía en absoluto.

—Hábleme del *transeúnte* —le pedí.

—Es alguien que nació con una misión: realizar ese rito olvidado que supone el juego de la oca. El *transeúnte* desciende de una familia de peregrinos que, a través de los tiempos, ha mantenido viva esa tradición. Su padre, su abuelo y todos sus antepasados han transitado por el Camino de las Ocas, superando cada una de sus pruebas. Y ahora ha llegado su turno.

—¿Y por qué ha elegido precisamente este año? —continué preguntando, su respuesta había sido muy concisa y quería saber más.

—Porque el día de Santiago cae en domingo. Es año jubilar —apuntó.

—¿Está segura de que es ese el verdadero motivo?

—Completamente. El *transeúnte* deberá honrar su linaje porque su apellido está estrechamente ligado a la madre de todas las ocas. Su vida y su futura descendencia dependen de ello, y solo si consigue recorrer las sesenta y tres casillas y superar sus siete pruebas con éxito en un año santo, logrará que este juego continúe vivo y perdure en el tiempo.

—¿Su descendencia? ¿Qué tienen que ver sus hijos en todo esto? —insistí. Parecía que por un instante se había olvidado de nuestro trato.

—En su momento lo sabrá. Todo tiene su explicación, y usted, como parte activa de este juego, también tendrá la posibilidad de ganar o perder.

—¿Perder? ¿Qué puedo perder yo?

—Su bastón.

—¿Mi bastón? ¿A qué se refiere? Sea más precisa.

—Todo peregrino que recorre el Camino necesita un bastón, algo sobre lo que apoyarse.

—Yo no tengo ningún bastón. Es absurdo lo que dice.

—Tarde o temprano el Camino se lo entregará. Lo necesitará para recorrerlo.

—Mire, estoy tratando de ser amable con usted. Por favor, ¡dígame qué ha querido decir con «su futura descendencia»!

—Lo siento. Ya conoce nuestro acuerdo: una pregunta por otra —me recordó, dando muestras de que manejaba los tiempos de nuestra conversación a su antojo.

—Pero yo he sido mucho más preciso. Le he contado mi historia con todo lujo de detalles.

Ella se mantuvo en silencio.

—No es justo. No está siendo sincera conmigo —me lamenté.

—¿Por qué dice eso?

—Usted dijo que el camino era un despertar, una manera de acercarse a Dios.

—Y lo es. Pero... ¿Y si el *transeúnte* no busca a Dios? —respondió de forma tajante—. Nunca le he mentido. El camino es un despertar interior, y puede que haya despertado el asesino que el *transeúnte* lleva dentro.

Al escuchar aquello fui yo el que se quedó momentáneamente sin palabras. Esa vieja loca tenía respuestas para todo, incluso para despertar el pánico de quien la escuchaba.

—Solo una pregunta más —le rogué—. ¿Es hombre o mujer?

—Eso no debería preocuparle. Un ser maligno puede cohabitar lo mismo en el cuerpo de un hombre como en el de una mujer. Los hijos de la oca no distinguen de sexo. Son crueles por naturaleza. ¿Sabe que el ganso picotea a la hembra que elige? A veces, incluso, llega a matarla.

—No me ha contestado.

—No tengo por qué hacerlo. Su turno de preguntas acabó hace tiempo.

Asentí en silencio. No me quedaba otro remedio que ceder porque aquella loca disfrutaba escuchando mis penurias.

—¿Qué más quiere saber? —le pregunté resignado.

—La verdad, solo la verdad. ¿Qué ocurrió con Berto?

—Ya se lo conté. Eso fue todo —aseguré.

—No sabe mentir. Sus ojos lo delatan.

—No pasó nada más. Por mucho que se empeñe, esa historia ya está acabada.

—Puede que acabara, pero no me ha contado cómo.

Al escucharla, opté por apagar la linterna. Era la única manera de que no pudiese leer la tristeza de mis ojos. Y una vez a oscuras, continué sumergiéndome en las páginas más recientes de mi pasado.

—Ángeles me regaló un fin de semana en París por nuestro aniversario. No estábamos casados, pero ella siempre preparaba algo especial en la fecha en que nos fuimos a vivir juntos. Para nosotros era un día muy señalado y nos encantaba celebrarlo. Sin embargo, la noche de antes me llamó Berto llorando. Estaba solo en su apartamento, destrozado porque Jorge se había marchado, y me pidió que fuera. Necesitaba compañía.

»Cuando llegué a su piso estaba completamente angustiado, llorando como un loco abrazado a su almohada. Por lo visto habían discutido y Jorge se marchó enfadado, jurando que no volvería nunca más. No me gustó su aspecto. Hacía unos meses que no lo veía y ya no frecuentaba el bar donde solíamos vernos. Había perdido peso y el color de su piel se mostraba amarillento. Decidí quedarme esa noche para hacerle compañía. No dejó de llorar ni un segundo, y a las cinco de la madrugada comenzó a vomitar. Tenía fiebre, y cuando empezó a retorcerse como el rabo de una lagartija decidí llamar a una ambulancia.

»Estuvimos el resto de la noche en el hospital. Los minutos en la sala de espera resultaron eternos, uno tras otro pasaban sin que nadie me diera una explicación, y cuando esta llegó me destrozó por completo. Berto presentaba un cuadro de cáncer pancreático, y lo peor es que estaba en un grado muy avanzado. Los médicos me dijeron que al encontrarse en un lugar muy difícil de detectar se había extendido por todo el cuerpo. El color pajizo que presentaba indicaba que tenía metástasis y había que operar urgentemente.

»Llamaron a sus padres, pero se negaron a ir. Nunca aceptaron que su hijo fuese homosexual y no querían verlo. Y decidí quedarme con él para no dejarlo solo.

»Después de la intervención estuvimos viviendo seis meses juntos en el apartamento que yo tenía alquilado. Tuve que pedir vacaciones anticipadas para estar con él en la primera sesión de quimioterapia. Fue duro, terriblemente cruel. Los días posteriores al tratamiento vomitaba y se retorcía de dolor por los suelos; de día, de noche... Así cada veintiún días. Esa era la tregua que nos daba la quimio, veintiún días y vuelta a empezar.

»Cuando se me acabaron los días de vacaciones tuve que pedir una excedencia, alegué asuntos personales. Ángeles se enfadó conmigo, no entendió mi forma de actuar. Pero yo sentía que era lo que debía hacer. Por desgracia, Berto no aguantó mucho más. A los pocos meses volvió a ingresar. Desde entonces no he podido olvidar esa última noche en el hospital. Fue curioso porque nunca, en todo el tiempo que estuvo enfermo, me preguntó por sus padres. Supongo que sabía la respuesta de su ausencia y la asumió con resignación y en silencio.

»Sus últimas palabras fueron para recordar ese beso que durante tanto tiempo buscó. El beso de *Blancanieves* lo llamaba. Suena gracioso, pero era algo muy importante para él. Un beso especial que fuese capaz de transportarle a un mundo mágico. Probablemente lo buscó en cada uno de los contados días que tuvo de vida, aunque nunca logró encontrarlo.

»De pronto, comenzó a gritar y a retorcerse en la cama. Fue como un ataque inesperado que le hizo agitarse y doblegarse de dolor. Alarmado, salí de la habitación pidiendo ayuda.

»Varias enfermeras acudieron y comenzaron a atenderle. Sus gritos dieron paso a una respiración forzada, casi agónica; parecía como si algo dentro de él quisiera salir fuera, abandonar su cuerpo. En aquel momento, no lo entendí, pero ahora ya sé lo que era: su vida quería marcharse y dejarlo allí, abandonado en aquella cama de hospital. Sí, era ella, su vida, la misma que quería escapar de aquel cuerpo destrozado por un despiadado cáncer, la misma que quería acabar con aquella continua agonía. Esa intransigente enfermedad había ganado la batalla. Ella sola agotó el último suspiro de Berto y me robó a mi mejor amigo. Por eso la odio con todas mis fuerzas, porque me hizo sentir impotente, porque se rio de mí, en mi propia cara. Ese miserable mal fue nuestro peor enemigo, acabó con los dos al mismo tiempo, con su vida y con la mía.

»Salí de aquella habitación hundido, sin saber qué hacer ni qué pensar. Sabía que mis ojos nunca más se cruzarían con los suyos, que no volvería a encontrar en sus labios aquella espléndida sonrisa. Algo muy dentro de mí trataba de imaginar que aquel que había allí tumbado sin vida no era Berto, solo un trozo de carne y huesos. Porque él era mucho más que eso, era vida, alegría y risas, muchas risas...

»Una enfermera salió y me dijo que podía entrar para despedirme de él, pero me negué, no podía hacerlo. Para mí, allí dentro no había nadie conocido. Para mí ya se había marchado, él ya no estaba.

»Tenía ganas de llorar, pero las lágrimas no brotaban.

»Tenía ganas de gritar, pero mi voz no respondía.

»Tenía ganas de correr, de huir, de escapar de aquella terrible pesadilla...

»La enfermera volvió de nuevo a salir y me pidió que me acercase:

»—Perdone, ¿es usted Álvaro? —preguntó.

»—Sí, ¿por qué?

»—Debajo de la almohada encontré esto, y he pensado que sería para usted —me dijo mostrándome un sobre que llevaba escrito mi nombre. Después, se introdujo de nuevo en la habitación para continuar con su trabajo.

»Puede que en aquel momento me mostrase un tanto descortés con ella, pero el ansia por saber qué contenía aquella carta me hizo olvidar darle las gracias. La abrí apresurado, como si mi vida dependiese de ello, y la leí. Aún recuerdo cada una de las palabras que en ella venían escritas porque, desde entonces, desde hace tres años, noche tras noche, la suelo leer:

»Hola, Álvaro:

»Esta carta comencé a escribirla la primera noche que te quedaste a cuidarme, y lo hice porque en ese momento contemplé algo extraordinario ante mis ojos. Lo que había delante de mí no era un hombre, ni tan siquiera algo humano o un ser de este mundo. En aquel momento descubrí un ángel, una maravillosa criatura que se despojó de sus ropas, de sus miedos y de todo lo mundanal que lo rodeaba para que yo, su amigo, no sufriese.

»Por eso no quiero que pienses que esta carta es una despedida, ni tan siquiera un adiós. En realidad es un «hola», para decirte que vengo a quedarme aquí, contigo, porque de nuevo he quedado preso dentro de esa pequeña habitación de tu corazón que siempre has tenido reservada para mí. Ahora soy yo el que quiere que cierres esas amplias ventanas que un día abriste para mí. Ahora soy yo el que quiere permanecer encerrado en ese precioso cautiverio que se esconde bajo tu pecho. No pienses que me voy al cielo o al infierno, porque este destino es mucho más valioso que cualquiera de esas dos opciones; tu corazón es mi destino, mi añorado descanso.

»Sabes que durante toda mi vida busqué un beso, ese mágico gesto de amor que me trasportase a otro soñado mundo. Yo siempre supe que tú eras su dueño, que tú eras mi príncipe azul, pero nunca me atreví a pedírtelo; me has dado tanto en esta vida que no podía pedirte algo tan importante. Ese beso que yo buscaba no podía darse, tenía que regalarse; debía aflorar en ti el deseo de

entregármelo, si no nunca hubiese sido mágico. Supongo que me marcharé sin él, sin haberlo saboreado, pero no importa, porque todo lo que he recibido de ti a cambio supera con creces ese esperado instante, ese hermoso regalo.

»Gracias, Álvaro. Gracias por comportarte como un hermano, como un amigo, como un beso. Gracias por ser ese soñado beso que siempre me ha acompañado, porque sin tú dármelo siempre lo he sentido en mí, durante mi alegría y mi enfermedad, en mi infancia y en mi plenitud. Gracias, Álvaro, mil veces... ¡Gracias!

»Tuyo, siempre en tu corazón, Berto.

»Eso es todo —concluí, sin poder evitar que una lágrima se asomase al balcón de mis ojos.

La anciana no dijo nada. Amparada en la oscuridad continuó sentada en su mecedora. Pero, aunque mi linterna estuviese apagada y no pudiera verla, sentía su presencia. Su respiración era tan lenta que en algunos momentos ni se escuchaba, mas yo podía sentirla; el vello erizado de mi piel así lo confirmaba.

—¿Y Ángeles? —se interesó.

—Ella no quiso esperarme. Eligió otro camino distinto al mío.

La señora Margot calló, asumiendo que había llegado mi turno de preguntas.

Recordar la muerte de Berto allí, ante una desconocida y completamente a oscuras, resultó duro, pero debía seguir preguntando si quería salvar la vida de la chica que había desaparecido.

—¿Qué hará ahora el *transeúnte*? —pregunté.

—Es una pena, inspector, que malgaste su tiempo en preguntas que ya conoce —se lamentó—. Debería saber que la siguiente prueba son *Los Dados.*

—Lo había intuido, pero no he logrado encontrar ningún lugar en el mapa que guarde relación con esos dos dados.

—El camino continúa bajo dos arcos desnudos. Dos torres indicarán el lugar elegido por el *transeúnte* y, bajo ellas, dos dados mostrarán la siguiente tirada. La sangre de Alejandra iluminará el camino que seguir.

—¿Qué quiere decir con eso? ¿Ha muerto Alejandra?

—No, no ha muerto. Ya le dije que sería ella quien incubará el nuevo polluelo de la oca.

—Nada de lo que dice tiene sentido. Está jugando conmigo.

—Desde el principio le advertí que todo era un juego, y usted, una pieza más. Cuanto antes lo asuma, mejor.

—¿Y, supuestamente, qué papel desempeña usted, señora Margot?

—Podría decirse que soy como una de esas contadas casillas de las ocas que hay a lo largo del recorrido. Las que ayudan a ir más rápido por el tablero. Recuerde: «de oca a oca...».

—«...y tiro porque me toca» —concluí la frase, recordando el juego infantil.

—Así debe ser. Por eso ha venido ya dos veces a verme —afirmó—. Yo soy la oca que le permite darse un pequeño respiro entre jugada y jugada, la que le ayudará a avanzar por ese tenebroso tablero. Puede que ahora no lo entienda, pero con el transcurrir del tiempo encontrará sentido a cada una de mis palabras. Lo único que debe hacer es no olvidarlas nunca.

—Si no es más precisa, nunca podré alcanzar a ese demente. No lo comprende, señora Margot. Esto que usted considera un juego puede costarle la vida a muchos inocentes. Si no me ayuda le aseguro que nunca más volverá a verme por aquí. Si no lo hace, romperé el pacto que usted y yo acordamos.

Como de costumbre, ella permaneció callada, esperando que perdiese los nervios. Pero no, me mantuve en calma, sabiendo que ella quería que ocurriese lo contrario. Mis pupilas hacía rato que se habían acomodado a la oscuridad, pero ante su silencio, decidí encender la linterna. Era absurdo continuar allí, en aquella casa, si ella no tenía la más mínima intención de ayudarme.

Pulsé el interruptor de la linterna y, para mi sorpresa, no había nadie. La mecedora estaba vacía y no había ni rastro de la anciana. La llamé varias veces en voz alta, pero no contestó. Estaba claro que para ella todo se resumía a un burdo juego, sin embargo, para mí no tenía ni puta gracia. Una muchacha de dieciocho años había desaparecido y yo me había prometido encontrarla y, llegado a ese punto, me daba igual tener que saltarme todas las normas del código judicial para lograrlo.

Me marché de allí cabreado, jurándome que no volvería a poner un pie en aquel antro, y me fui directamente al hospital.

23

Antes de entrar a la habitación en donde Lola estaba ingresada, me confirmaron desde Logroño que su apartamento se encontraba completamente patas arriba. Alguien lo había registrado, tal y como ella expuso; y para mí era primordial saber si me había mentido. Después llamé a mi compañero. Debo admitir que Ramírez se había convertido en un apoyo importante. Confiaba plenamente en él y sus ganas de colaborar conmigo en la investigación me estaban sirviendo de mucha ayuda.

—Dígame… —respondió con voz plomiza.

—Perdona que te despierte, Ramírez.

—No te preocupes, Álvaro. Me había quedado dormido en el sofá leyendo notas de este viejo libro. No te puedes imaginar lo que estoy aprendiendo sobre el *Camino de las Ocas.*

—¿Cómo está tu madre?

—Bien, gracias. Pero supongo que no has llamado para preguntarme por ella.

—Toma nota de todo cuanto voy a decirte. No quisiera que se me olvidara ni una palabra. *El camino continúa bajo dos arcos desnudos. Dos torres indican el camino elegido por el* transeúnte *y, bajo ellas, dos dados mostrarán la siguiente tirada. La sangre de Alejandra iluminará el camino que seguir.*

—¿Has bebido? —me preguntó al observar la incoherencia de mis palabras.

—Luego te lo explico con más calma. Necesito que localices cerca de Burgos dos arcos en ruinas, dos torres de un castillo o alguna cosa similar. En cuanto sepas algo, me llamas. No importa a la hora que sea. Pasaré la noche en el hospital.

—¿Qué has averiguado del motorista? —me preguntó.

—La motorista —puntualicé.

—¿Cómo?

—Era la fotógrafa que interrogué en Logroño.

—¿Y te vas a quedar ahí, con ella? Dios mío, ahora sí que no entiendo nada.

Ramírez estaba hecho un lío, pero lo peor era que yo andaba más o menos igual de perdido que él. Y ante esa tesitura, supuse que lo mejor sería intentar desconectar un poco; tal vez por la mañana, con la luz de un nuevo día, lo vería un poco más claro.

El día había resultado terriblemente largo y estresante. No había tenido ni un solo minuto de sosiego, y si volví al hospital fue porque se lo había prometido a Lola, aunque aquello estaba abocado a convertirse en una situación completamente caótica: por la mañana le disparo y por la noche intento cuidar de ella. A simple vista mi modo de actuar carecía de sentido, pero llegado a ese punto, ¿cuál era la forma correcta de proceder? Una parte de mí se sentía culpable por haberle disparado, mientras que otra trataba de excusarse pensando que había hecho lo que procedía. En fin, un embrollo que absorbía cada uno de mis pensamientos.

Tener que volver a entrar en la habitación de un hospital me traía a la memoria recuerdos pasados, y no precisamente muy buenos. Ese olor característico a productos sanitarios y desinfección avivaba en mí los fantasmas que acompañaron la muerte de Berto, unos remordimientos que llevaba tiempo intentando superar. Además, no era el mejor lugar para terminar un día tan caótico como el que había llevado; habían sido muchas vivencias en un reducido espacio de tiempo y sabía, por experiencia propia, que las noches hospitalarias solían ser largas y exasperantes, en las que los riñones eran siempre los que se llevaban la peor parte.

Cuando entré ella estaba dormida, tapada con una sábana hasta el cuello. Resultaba extraño porque en el hospital hacía algo de calor; supuse que tal vez estaría destemplada o tendría algunas décimas de fiebre.

Me acerqué y me quedé de pie junto a su cama mirándola, fijándome en la aparente tranquilidad de sus párpados cerrados. La cicatriz que recorría su frente hasta la ceja izquierda era lo único que rompía la armonía de su sosiego. Dormir bien era algo a lo que yo ni siquiera podía aspirar. Cerrar los ojos y que las amarguras del día no enturbiasen mis sueños era un lujo del que ya ni me acordaba. Hacía tiempo que el sosiego se marchó de mi vida. Eran muchas noches acumuladas en las que la soledad abría las puertas de mi insomnio sin piedad, y algo tan simple como dormir tranquilo suponía un pecado mortal que podía traicionar mis mejores recuerdos.

Tomé asiento junto a ella, en un sillón de piel sintética y brazos de madera plastificados. Y, sin poder apartar la mirada de su hombro vendado, saqué mi arma. Su tacto frío y acerado se paseó repentinamente entre mis dedos. Para disparar a alguien había que ser igual de frío que el metal de esa pistola, saber mantener el pulso firme y no dudar a la hora de apretar el gatillo. El comisario dijo que no la alcancé de pleno por culpa de mi mala puntería, pero yo sabía que no fue así. La realidad era muy distinta. Antes de dispararle, me aseguré de quitar la única bala que podía resultar mortal. Llevaba mucho tiempo reservándola para alguien, aunque en ese preciso momento aún no sabía para quién sería. Yo sé que no fallé. Apunté al exterior del hombro y ahí fue exactamente donde hice blanco. Si fallé, fue adrede.

Recordando todo aquello y aprovechando el sueño de Lola, desmonté el arma y la descargué. Saqué otra vez la primera bala, la que llevaba un nombre escrito en pólvora, y la acerqué a mi oído. Esperaba que ella me susurrara el nombre de su destinatario, mas no lo hizo. Se mantuvo muda o, quizá, no se atrevió a decírmelo. Quizá aún no había llegado la hora de dispararla. Quizá cuando tuviese a ese maldito cabrón delante me gritaría su nombre. En fin, supongo que eran tantos «quizás» que aquella bala no supo responderme, pero yo sentía que no tardaría mucho en encontrar a su dueño. No tenía la menor duda.

Lola abrió los ojos lentamente y me vio contemplando la bala. En ese momento descubrió que el brillo de mi mirada se había perdido entre la pólvora de un proyectil sin nombre, y entonces extendió su brazo, pidiéndome que se la entregara con la palma de su mano abierta.

—No era para ti —le dije.

—¿Para quién es entonces?

—Esa es la pregunta que vengo haciéndome desde hace tres años.

—Eso es mucho tiempo.

—Te aseguro que parece mucho más cuando no se puede dormir, como una eternidad.

—Mis noches no son mucho mejores que las tuyas —aseguró—. Puede que hoy haya sido el primer día que he podido dormir tranquila. Y aunque parezca absurdo, ha sido gracias a ti.

—¿A mí o a la bala que te disparé?

—A ti. Tú eras su dueño, ¿no?

—No, Lola. La única bala que me ha pertenecido ha sido esta que ahora tengo en mi mano. Una noche la sentí muy cerca, pero ella no quiso ser para mí, me repudió.

—No te entiendo.

—No tienes por qué entenderlo. Todas las balas tienen un nombre grabado, y en esta no estaba escrito el mío.

—¿Por qué has venido? —me preguntó tras un breve silencio.

—No lo sé. Puede que esté huyendo de la soledad.

—Creí que te gustaba, que era eso lo que buscaban los hombres fríos y duros como tú.

—La soledad es buena cuando es uno mismo quien la elige. Si se alarga en el tiempo te hunde en la miseria.

—Pareces un cura hablando.

—No creo que sea precisamente Dios quien ilumine mi vida. Es más, hace tiempo que se olvidó de que existo.

—¿Estás enfadado con él?

—Mucho. Nunca le había pedido nada, y cuando lo hice, no me escuchó.

—Debías de querer mucho a esa persona que tanto añoras.

—El amor no salva vidas.

—Es triste lo que dices.

—Tan triste como real.

Aquella contestación finiquitó nuestra conversación. Mi silencio y los sueros volvieron a cerrar los párpados de Lola durante el resto de la noche.

24
Año jubilar. Año de juego

Por la mañana, nada más abandonar el hospital, me acerqué a la comisaría. Quería saludar a Horneros y escuchar su punto de vista sobre el cariz que había tomado el caso; eran muchos los años que llevaba de servicio y tal vez sabría cómo enfocar la investigación. Necesitaba darle un giro radical y focalizar todos mis esfuerzos en detener al asesino. No sabía por qué, pero sentía que los días pasaban muy rápido y no avanzábamos nada. Por otra parte, le había dado mi palabra al comisario de que lo mantendría al corriente y estaba dispuesto a cumplirla.

—¿Hay sitio para un portero de discoteca? —le pregunté al entrar en la oficina, recordándole el piropo con el que me recibió cuando nos conocimos.

—No me tire de la lengua, inspector Moret. Ya sabe que soy muy jodido cuando me enfado. Además, sigue vistiendo como un cateto —contestó sonriendo.

—Comisario, quería comentarle algo.

—Suéltelo.

—¿Recuerda si alguna vez ocurrió algo parecido?

—Últimamente os explicáis todos como el culo. Pregúntemelo de otra manera porque no lo entiendo.

—Verá. Creo que cabe la posibilidad de que lo que está ocurriendo ya haya sucedido anteriormente. Me gustaría que averiguara si en años jubilares anteriores se encontraron cuerpos de peregrinos que murieron de forma extraña mientras recorrían el Camino. Casos que se quedaran sin cerrar o sin explicación aparente.

El comisario Horneros miró a su ayudante, al agente Blázquez, y le hizo un ademán con la cabeza para que se pusiese a buscar en los archivos inmediatamente.

—¿Qué sospecha, inspector? —me preguntó.

—Me parece que no es la primera vez que esa especie de peregrino asesino actúa. Probablemente se trate de un rito familiar que se viene realizando generación tras generación, cada treinta o cuarenta años. Cuando uno de los hijos se encuentra en plena madurez, comienza un juego iniciático que sirve para honrar el linaje de sus antepasados.

—¿Está insinuando que sale de caza?

—Más o menos, pero en este caso sus presas son los peregrinos.

—¡La madre que me parió! ¿Tiene idea de quién pueden ser, inspector?

—De momento, no. Solo me baso en una antigua leyenda que se rumorea por los pueblos que circundan el Camino; aunque eso, seguramente, no sea lo peor de todo.

—Continúe.

—Una de las consignas que marca ese macabro ritual consiste en empollar el polluelo de la nueva oca. Es decir, una de las víctimas del *transeúnte* deberá convertirse en la madre de su primer hijo. Necesita un primogénito que continúe la estirpe, y ha de engendrarlo durante el juego.

—¿Cree entonces que la muchacha desaparecida...?

—Sí, puede que la haya violado. En la descripción que se hacía sobre la casilla de *La Posada* hablaba de caer en la tentación de la gula y la lujuria. Esa sería la única manera de asegurarse de que tendrá descendencia y continuará vivo el juego.

—Pero si es casi una niña. ¡Maldito cabrón! —maldijo Horneros, golpeando la mesa con el puño cerrado. Probablemente veía reflejada en esa chica la hija que años atrás perdió—. Entonces debemos descartar la posibilidad de que el *transeúnte* sea una mujer —apuntó de repente.

—Yo ya lo había descartado, comisario. Era prácticamente imposible que una mujer pudiese trasportar un cuerpo más de cien kilómetros campo a través, entre puente y puente.

—Aquí tiene, comisario —dijo Blázquez apareciendo con una montaña de carpetas—. Estos son los expedientes que coinciden con los años que fueron jubilares.

—¿En carpetas? ¿Cómo es que hay tantos? —preguntó Horneros extrañado.

—Algunos son tan antiguos que no aparecen ni en la base de datos del ordenador. Están sin clasificar —aclaró el agente.

—En cada siglo hay catorce años jubilares —apuntó Ramírez, que entraba por la puerta. Acababa de llegar a la comisaría y traía consigo el viejo libro que se llevó de la biblioteca—. Según se especifica aquí, siguen una secuencia numérica que se repite cada 11, 6, 5 y 6 años. Así sucesivamente.

—Entonces, si estamos en el año 1993, ¿en qué año buscamos? —preguntó Blázquez.

—Supongo que habrá que investigar unos treinta años atrás, aunque no puedo asegurarlo —calculé, basándome siempre en la descripción que hizo Lola del sospechoso. Esa era la edad que debía de tener en la actualidad el asesino.

—Aquí contamos con expedientes de los años 1948, 1954, 1965, 1971 y 1976 —indicó Blázquez—. Recordad que en aquellos tiempos aún no había ordenadores. El único archivo que aparece informatizado data del año 1982 y, seguramente, es porque alguien se preocupó de introducirlo.

—Debemos buscar en 1954 o 1965. Si alguna mujer hubiese sido violada por esas fechas, su hijo tendría ahora treinta y ocho o veintisiete años respectivamente. Son las únicas fechas que encajan en el perfil del sospechoso.

—Entonces, de ser así, el *transeúnte* sería también el fruto de una violación anterior —dedujo el comisario—. ¿Está seguro, inspector? —preguntó.

—No puedo asegurar nada. Solamente buscando en los informes correspondientes a esas fechas saldremos de dudas.

Mientras el comisario y el agente Blázquez se repartían los expedientes de esos dos años en concreto y se sumergían en un papeleo que parecía inacabable, aproveché para sentarme en el escritorio del fondo con Ramírez. Quería escuchar las averiguaciones que había hecho.

—Sobre *Los Dados* no pude avanzar mucho. No he encontrado ningún punto del recorrido que encaje con esos dos arcos o torretas que mencionaste —comentó preocupado. Después, tras quedar pensativo durante unos instantes, me preguntó en voz baja—. Sé que no es de mi incumbencia, pero... ¿fuiste a ver a esa anciana de Puente La Reina, verdad?

Yo asentí avergonzado.

—Lo suponía.

—Ramírez, tal vez no me creas, pero esa mujer parece saberlo todo —le dije tratando de justificarme.

—No tienes por qué sentirte mal por ello. Lo importante es atrapar a ese desgraciado, y si para eso tenemos que entrevistarnos con el mismísimo diablo, lo haremos. Recuerda que ese es nuestro trabajo.

—Lo sé, pero nada es gratuito. Cada respuesta que logro sonsacarle me cuesta sudor y lágrimas.

—No importa, Álvaro. Lo importante es el fin.

—Es tan extraña esa mujer. Podría estar horas y horas escuchándola. Parece como si ella ya hubiese vivido antes esta situación. ¿Has podido averiguar algo más sobre su vida?

—No. La única información que existe sobre la señora Margot comienza en ese pueblo donde vive ahora. Antes de eso, no hay nada. Es como si no tuviese pasado.

—Ramírez, debemos intentar averiguar algo más sobre *Los Dados*. Es la única manera de atraparlo.

—Espera —me pidió, parecía que había recordado algo. Abrió el libro que traía consigo por una página que había señalado y comenzó a leer: *En el tablero de juego encontrarás dos casillas separadas entre sí que corresponden a la prueba de «los dados». Si el jugador tiene la fortuna de caer en la primera de ellas, el propio nombre de la última casilla donde antes se encontraba le llevará hasta la siguiente.*

—Entonces, según indica ese libro, existen dos casillas iguales y con el mismo nombre.

—Sí, igual que sucede en la prueba de los puentes, también hay dos casillas de dados. Y encontrando los primeros te llevarán hasta los segundos. Es cuestión de averiguar dónde pueden estar.

—Tiene que ser cerca de Burgos. Allí es donde acaban los Montes de Oca. Si Alejandra desapareció ayer, el *transeúnte* puede encontrarse hoy a unos veinte kilómetros del albergue de Villafranca —calculé—. A cada día que transcurra sin noticias del asesino debemos sumarle esa distancia. Recuerda que es lo que se suele recorrer en una jornada de peregrinación.

—Estamos muy cerca, lo presiento —dijo Ramírez—. Por lo menos ya sabemos que se trata de un varón que ronda la treintena y que va en dirección a Burgos.

—No creas que resultará tan fácil. Debe de haber cientos de peregrinos que se ajusten a esa descripción.

—¿Y si buscamos algo que guarde relación con esa casilla? —me preguntó repentinamente Ramírez—. En el libro dice que el nombre de la última casilla transitada nos llevará a la siguiente.

—No podemos seguir al pie de la letra lo que se dice en él. No es más que un libro.

En ese momento llegó Ester a la comisaría. Ella no se percató de mi presencia y se fue directamente hacia el escritorio de Horneros.

—¡Hola! —la saludé tímidamente desde el fondo de la sala.

—Hola, señor inspector. ¿Todo bien? —respondió con retintín, tratándome de un modo distante.

Al comprobar que aún estaba enfadada, me levanté y me acerqué a ella.

—¿Cuánto tiempo le va a durar el enfado? —le pregunté sonriendo.

—Hasta que las ranas críen pelos —contestó.

—Y si la invito a comer, ¿cree que se le pasará?

—Si está intentando comprar mi perdón, olvídese. Lo tiene crudo.

—¿Qué la trae por aquí, doctora Román? —le preguntó Horneros, sin abandonar su búsqueda entre los expedientes. Al percatarse de que nuestra conversación subía de tono prefirió intervenir sutilmente.

—La Guardia Civil de Burgos me ha enviado estas pruebas al laboratorio. Pensé que querría echarles un vistazo.

—No quiero saber nada de esos *huelebraguetas* de mierda —respondió refiriéndose a la benemérita, enojado porque lo dejaran al margen de la investigación— . Páseselas al inspector Moret. Él es quien lleva el caso.

Ella resopló. Y Horneros sonrió disimuladamente.

—Tome —dijo entregándomelas con desgana.

—Preferiría que me las explicara usted, doctora Román —le pedí, siguiendo el juego del comisario e intuyendo que ella estaba deseando marcharse y perderme de vista.

—En la almohada del albergue han encontrado halotano.

—¿Y qué se supone que es eso?

—Un tipo de anestesia. Antiguamente se utilizaba con los seres humanos, pero en la actualidad se usa solamente en veterinaria. Sospechamos que alguien usó halotano para dormir a la chica.

—¿En veterinaria? —insistí extrañado.

—Principalmente en las granjas de aves, sobre todo si se trabaja con patos. Los duermen antes de sacrificarlos para extraerles el hígado. Dicen que si el animal no sufre el paté resultante es de mayor calidad.

—Un somnífero para patos. Eso ratifica mis sospechas. La quería viva para que empollase el huevo.

—¿De qué habla?

—Lo siento, doctora Román, es confidencial —apuntillé.

Ante aquella negativa su cara cambió súbitamente. Fue la gota que colmó el vaso de su paciencia y se marchó sin despedirse, muy enfadada. No sé cómo me las apañaba, pero siempre conseguía que acabara disgustada conmigo. Y puedo asegurar que no era esa mi intención, simplemente pretendía jugar un poco con ella. Por lo visto, no se me daba bien hacerme el gracioso.

—Ya se lo dije: la soledad acecha su vida a pasos agigantados —me sermoneó Ramírez.

—Pero si hablaba en broma. Nada más.

—Ella es demasiado seria para comprender su ironía —respondió mi compañero.

—¡Moret, escuche esto! —dijo Horneros exaltado—. El 25 de junio de 1965 aparecieron las extremidades, piernas y brazos de un varón de raza blanca en las proximidades del río Aragón. No se pudo identificar el cadáver hasta nueve días después, cuando se logró localizar la cabeza y el tronco bajo los arcos de un puente en la localidad de Puente La Reina. La víctima era un peregrino británico que recorría en solitario el Camino de Santiago. ¿Le suena?

—Lo sabía. Este rito se repite en el tiempo cada tres décadas.

—Y siempre sucede cuando comienza el verano —apuntilló Ramírez.

—¿Por qué lo cree así? —preguntó Horneros, sorprendido por la sagacidad de mi compañero. Probablemente en los años que lo conocía nunca lo había visto tan centrado en su trabajo.

—Es la época en la que las ocas salvajes comienzan su migración. Además, si el ritual se revive cada treinta años, tendríamos tres transeúntes en cada siglo.

—¿Y? —pregunté extrañado por su apreciación.

—Recuerde que el nueve es múltiplo de tres, el número iniciático que rige ese juego. Estuve casi toda la noche estudiando las normas que vienen escritas en este antiguo libro. En él se explica detalladamente la importancia del *Camino de las Ocas* y la influencia espiritual que provocaba en todo aquel que se atrevía a recorrerlo. Si nos fijásemos en un tablero de dicho juego, todas las casillas que contienen la oca siguen una estructura matemática en torno al nueve, en que dos números impares preceden siempre a dos números pares. Es decir, las ocas ocupan las casillas 5 y 9, 14 y 18, 23 y 27, y así sucesivamente. Aparece una oca cada cinco y cada cuatro casillas, las cuales vuelven a sumar nueve. Y todo esto tiene que ver con el gremio de constructores medievales y sus dos símbolos representativos: la oca y el caracol.

—Ramírez, su explicación ha estado genial, pero ¿adónde nos conduce? —preguntó Horneros.

—Es muy sencillo, comisario —respondí yo—. El juego de la oca sería el ritual y la espiral del caparazón del caracol marcaría el camino que seguir. La conclusión es que todo es secuencial, repetitivo. Si lográramos saber cómo actuaron los anteriores *transeúntes* podríamos prever cuáles serán sus siguientes movimientos.

—¡Creo que tengo otro! —exclamó Blázquez desde su escritorio, abriendo una nueva carpeta—. Corresponde al 7 de julio de 1965. Desaparece una novicia llamada Margarita de Jesús en un albergue anexo a un convento. Las compañeras de congregación la echaron en falta al amanecer, antes de rezar la oración matutina. No se tuvo noticias de ella hasta nueve meses después.

—¿Apareció muerta? —preguntó Horneros.

—No, embarazada.

—Podríamos tratar de localizarla —sugirió Ramírez—. A lo mejor aún vive y puede contarnos qué sucedió.

—¡Buena idea! No se preocupe, yo me encargo de eso —se ofreció Horneros—. No obstante, seguiremos buscando en los archivos. Me encantaría jubilarme atrapando a ese desgraciado.

—¿Por qué nadie relacionó esos casos, comisario? —le pregunté—. Sucedieron en un corto espacio de tiempo y se cerró la investigación sin encontrar un culpable.

—Supongo que como aparentemente no guardaban relación entre sí, se dio por concluida la investigación. Eran otros tiempos, inspector; apenas existía comunicación entre provincias y la dictadura lo filtraba todo. Fíjese que hasta los peregrinos necesitaban un permiso especial para poder recorrer el Camino. No creo que nadie fuese capaz de abrir el *Nodo* con la noticia de una monja violada y embarazada.

—Le noto un poco nostálgico cuando habla de aquellos tiempos.

—Es que entonces sí éramos respetados. Si pillábamos a un *follamonjas* de esos se cagaba patas abajo, y si había que darle dos hostias bien dadas, se le daban y no pasaba nada. ¡Qué tiempos...!

En el modo de decirlo, se notaba que el comisario era un policía de la antigua escuela que vivió en esos tiempos en los que un uniforme daba licencia para actuar como se quisiese. Horneros no se daba cuenta, pero no podía evitar que sus recuerdos destilasen ese puntito *facha* que los años y la nostalgia de su juventud perdida habían elevado a los altares. Pero no iba a ser yo quien le llevara la contraria, aunque su respuesta sonase un tanto trasnochada.

—Veintisiete años —dijo Ramírez—. Si alguna mujer hubiera sido violada en 1965, ahora su hijo tendría esa edad.

—¿Cómo dice que se llamaba esa monja? —le pregunté a Blázquez.

—Margarita de Jesús. ¿Por qué lo pregunta?

—Nueve letras —respondí tras contarlas mentalmente—. Margarita tiene nueve letras, igual que sucede con Alejandra, la chica que ha desaparecido en Villafranca.

—¡Estoy hasta los huevos de todo esto! Hay que atrapar a ese cerdo como sea —se lamentó Horneros. Le ofuscaba pensar que ese macabro juego existiese de verdad.

—Pero... ¿qué sentido tiene matar en un juego? —preguntó Blázquez.

—En cualquier ritual hacen falta sacrificios. Si eres capaz de entregar la vida de un semejante a cambio, entonces eres digno de alcanzar la meta.

—¿Y cuál es esa meta?

—Me temo que esa es una de las repuestas que debemos averiguar.

25

LOLA

Llegó el medio día y, como no tenía nada mejor que hacer, compré un sándwich y me acerqué al hospital. El menú diario se había reducido a eso: pan de molde con jamón york y queso envuelto en un plástico trasparente. Parece mentira, pero hasta aquí, en esta habitación llamada tristeza en donde me encuentro ahora, el menú diario resulta mucho más variado que el de aquellos días de carreras inútiles. Me costaba admitirlo, pero el trabajo me tenía tan absorbido que detenerme a comer suponía un preciado tiempo que no podía permitirme el lujo de perder. La investigación iba muy lenta y el reloj corría en mi contra.

Como trataba de contar antes, me acerqué al hospital. En cierto modo me sentía culpable por haber prejuzgado a Lola. En la conversación que mantuve con ella fui un tanto distante, pero me sirvió para descubrir que bajo esa apariencia de chica dura había una mujer que sabía escuchar.

Cuando llegué estaba vestida y con el brazo en cabestrillo. Había solicitado el alta voluntaria y se disponía a abandonar el hospital.

—¿A dónde vas? —le pregunté, extrañado de que estuviese levantada.

—Al depósito de vehículos. Quiero ver en qué estado ha quedado la moto tras el golpe.

—Lola, estás muy débil. Los médicos aconsejaron que te quedaras un día más.

—No puedo aguantar aquí más tiempo. Sé que tarde o temprano vendrá de nuevo a por mí.

—No tienes por qué preocuparte. Hay un agente fuera, vigilando tu habitación.

—¿Vigilando que no entre alguien o que no salga yo?

—No seas tonta. Nadie ha presentado una denuncia contra ti y puedes marcharte cuando quieras. Al contrario, tú eres la única que puede pedir responsabilidades por lo sucedido.

—¿De verdad? ¿A quién tendría que pedírselas?

—Supongo que a mí. Fui yo quien te disparó.

Ella calló. Se quedó pensativa.

—Quiero que me lleves a tu apartamento —me pidió de repente.

—¿Cómo?

—No me sentiré segura en ningún otro sitio. Es lo menos que puedes hacer por alguien a quien has disparado.

—Pero si yo no vivo aquí. Estoy alojado en un hostal.

—Muy bien. Pues iremos allí.

—No, espera... No puede ser.

—¿Por qué?

—Es una habitación pequeña. Solo hay una cama.

Ella sonrió y continuó andando. Aquella respuesta no fue suficiente excusa para disuadirla.

La verdad es que aún hoy me pregunto cómo lo hizo, pero al final se salió con la suya. En menos de media hora estábamos charlando distendidamente sentados sobre la cama de mi habitación. Hablamos de su pasado, de la dura soledad del orfanato y de la tristeza que supuso no haber conocido nunca a sus padres. Aunque parezca increíble nos pasamos toda la tarde hablando, y puedo asegurar que sus confesiones harían temblar los cimientos de una catedral. Se sinceró. Abrió el libro de su vida y me mostró cada unas de sus páginas sin tapujos. Así hasta que, en un momento dado, un par de lágrimas se escaparon por el rabillo de sus ojos. Ella no quería, pero no pudo evitarlo; la tristeza de sus recuerdos le estaba ganando el pulso a su rebeldía. Y ante aquella circunstancia traté de consolarla, y la abracé. Entonces ocurrió lo inevitable...

A pesar de llevar el brazo en cabestrillo, se abalanzó sobre mí. Me agarró del pelo con su otra mano y comenzó a besarme. Yo no entendía qué ocurría, pero me dejé llevar; en el fondo me halagaba que una chica joven se sintiera atraída por mí. Mi vida últimamente había girado en torno a la persecución de un fantasma, olvidando completamente que existían otros valores fundamentales como las caricias, los besos o el sexo. Por unos instantes quise dejar aparcados los malos recuerdos que arrastraba conmigo y rompí las ataduras de mi pasado, me liberé.

Ella soltó mi pelo y agarró el cuello de mi camisa. Arrancó de un tirón los botones y comenzó a besarme el pecho. Estaba desatada, y yo no quería ser quien la detuviese. Me levanté y terminé de quitarme la camisa mientras ella se escondía bajo las sábanas esbozando una sonrisa pícara. Se desnudó debajo de ellas, y allí me esperó tapando su desnudez.

Embelesado por su mirada, olvidé que al desnudarme quedaría al descubierto la señal que llevaba grabada sobre mi brazo. Ella se dio rápidamente cuenta de ello, pero la ignoró, hizo como si no la hubiese visto. Supongo que no sabía qué significaba y continuó coqueteando con sus ojos negros, sin dejar de sonreír. Yo hice lo mismo, no quería que el recuerdo de esa bruja trastornada estropeara el momento.

Me acosté a su lado, la abracé y la besé. Por primera vez en mucho tiempo, me olvidé de la esclavitud del último beso que di y me entregué en cuerpo y alma a ella, a Lola. Comenzamos a sudar al unísono, su piel contra mi piel, su carne contra mi carne... La pasión embargó cada uno de los rincones de aquel viejo colchón y pasé de estar en el infierno de un cutre hostal al cielo del éxtasis. Hacía tanto tiempo que no tenía una mujer entre mis brazos que había olvidado el olor de su piel. Dicen que cada mujer huele de una forma diferente, y yo puedo asegurar que Lola olía a vicio, a sexo sin compromiso. Y tras una larga e intensa hora de desenfreno en que nuestros cuerpos se fundieron en uno solo, me quedé dormido. Me da vergüenza confesarlo, pero fue así. Aquel momento resultó como una liberación del lastre que arrastraba conmigo y después de muchos años por fin pude dormir una noche entera de un tirón, sin sobresaltos ni pesadillas, tranquilo, como un bebé.

Lamentablemente, al despertar ella ya no estaba allí. Se había marchado dejando una escueta nota sobre la mesilla que decía: *gracias por querer ser parte de mí*. No entendía la razón de su huida, pero era eso precisamente lo que más me atraía de ella, que era impredecible, enigmática. Con Lola los planes sobraban porque su vida era ya de por sí pura improvisación. No en vano, debo confesar que me encantó pasar la noche con ella y descubrir a oscuras los rincones más íntimos de su cuerpo. Es cierto que no pude verla desnuda porque las sábanas respetaron su timidez, pero al menos recorrí la silueta de su cuerpo con mis manos más de cien veces.

Me levanté contento, pero sin ninguna camisa limpia que ponerme. Por lo que tuve que recurrir a una usada días atrás. Aunque eso era lo de menos, no podía olvidar que habían pasado cuatro días desde que apareció el cadáver en Puente La Reina, y todo seguía más o menos igual. Lo único que había cambiado respecto al comienzo de la investigación fue mi actitud: había pasado una noche en mi cama con la principal sospechosa, y eso echaba al traste la seriedad con la que debía afrontar mi trabajo. La primera regla de un buen inspector era no establecer vínculos con los implicados, y yo acababa de hacer todo lo contrario. Entonces entendí el sentido de las palabras que días atrás dijo Ramírez: hay veces en las que uno no sabe dónde acaba el policía y comienza el hombre.

Cuatro días y solo habíamos averiguado que el culpable era un hombre de unos veintisiete años. Eran muchos días para tan poca información, y el asesino aún andaba suelto, jugando a sus anchas. La Guardia Civil no había encontrado ni un solo rastro sobre el posible paradero de Alejandra. No dejó huellas ni nadie logró verlo, y todo eso convertía al culpable en un auténtico fantasma. Ese maldito *transeúnte* sabía muy bien lo que hacía y la partida se estaba desarrollando tal y como la tenía planeada.

Aquel día no salí del hostal ni para comer. Me quedé en la habitación repasando mentalmente una y otra vez todo lo sucedido, escuchado y visto. Traté de hacer un esquema en mi cabeza de su *modus operandi* para obtener el perfil psicológico de la persona que estaba siguiendo. Tenía muy claro que era alguien tremendamente frío y calculador, y que no dejaba nada al azar.

Durante toda la tarde me estrujé la cabeza tratando de adivinar cuál sería su siguiente movimiento sobre ese tablero imaginario que había trasladado al actual Camino de Santiago. Si mis deducciones no eran erróneas, todo debía acabar en la catedral de Santiago de Compostela. No albergaba la menor duda de que esa era la última casilla, la correspondiente al número sesenta y tres; y tal vez tan solo era cuestión de recorrer el Camino en sentido inverso para cruzarse con él. Pero entonces, si hacía eso, él continuaría con sus macabros sacrificios hasta nuestro punto de encuentro. No podía asumir tantos riesgos. Debía buscar el modo de atraparlo antes de que hubiese más víctimas; el problema era que no sabía cómo hacerlo.

De repente sonó el móvil.

Lo tenía guardado en el bolsillo de mi cazadora, colgada en una percha junto a la puerta de entrada. No tenía muchas ganas de levantarme de la cama, pero debía atender la llamada. Podía tratarse de Ramírez y que hubiese averiguado algo más sobre ese *Camino de las Ocas* que le tenía fascinado; o aún mejor, que fuese Ester, tal vez había recapacitado y llamaba para aceptar mi invitación de compartir un cigarrillo a medias. Incluso por unos momentos pensé que podía ser Lola para disculparse por haberse ido sin despedirse y explicarme el significado de la nota que dejó en la mesilla. En un breve segundo barajé un montón de posibilidades, mas ninguna de ellas fue acertada. Desafortunadamente no era ninguno de ellos.

—Dígame —contesté al ver un número desconocido en la pantalla del móvil.

—Hola, compañero —escuché decir a una voz lejana. Parecía que quien llamaba se encontraba fuera de cobertura.

—¿Ramírez, eres tú? —pregunté. Aunque fuese vagamente, aprecié que la voz era de un hombre.

—Esperaba un adversario mejor. Me está poniendo las cosas muy fáciles.

—¿Quién eres? —insistí desconcertado, sin reconocer al dueño de la voz.

—Soy quien le roba el sueño.

Aquella simple contestación bastó para que intuyera que quien había al otro lado del teléfono era el individuo que andaba buscando. Su forma de hablar fue suficiente presentación para saber que estaba hablando con el *transeúnte*.

—¡Maldito cabrón! ¿Dónde está Alejandra? —le pregunté cabreado, furioso por haberse atrevido a llamarme.

—Si quiere saberlo solamente debe llegar con vida al final del reto. Procure ganarme y la chica quedará libre.

—¡Suéltala! No es más que una niña.

—No crea, inspector. Debería verla desnuda. Sus pechos son hermosos y sonrosados como un capullo en flor. Aunque... gimió como una furcia cuando la hice mía.

—¡Como le hayas puesto un dedo encima juro que te mataré! —grité.

—Si hubiese hecho bien su trabajo a ella no le habría ocurrido nada. ¿Tan difícil le resulta seguir un recorrido trazado hace miles de años? Hasta un niño lo haría mejor que usted.

—Da la cara, cobarde. Ven a por mí si te atreves —le desafié.

—Puedo ser cualquier cosa menos un cobarde. Solo los elegidos, los valientes de verdad, son capaces de iniciarse en el juego de la oca. ¿Cree que fue fácil cargar con ese cerdo a cuestas desde un puente a otro sin ser visto? Muy pocos se atreverían a caminar con un fiambre a las espaldas durante siete noches campo a través.

—Ese juego no es más que un viejo rito olvidado en el tiempo. Recorrerlo no te llevará a ningún jardín del Edén, sino a la cárcel.

—¿Cárcel? Compruebo que anda muy retrasado —se mofó—. La casilla de *La Cárcel* hace tiempo que quedó atrás y usted aún anda tratando inútilmente de resolver lo que ocurrió en *La Posada*. Me está decepcionando, inspector. Esperaba más de usted —dicho esto, colgó.

Ese bastardo se había atrevido a llamarme, a retarme para que continuase con un absurdo juego en el que nunca quise participar. Pero si creía que iba a salirse con la suya, estaba equivocado. Llamé a Horneros para que intentara localizar la llamada, su número de teléfono había quedado grabado en mi móvil y tal vez podrían identificarlo. Acto seguido, contacté con Ramírez y le pedí que preparase la maleta porque nos marchábamos inmediatamente a Burgos. Era la localidad donde el inspector jefe Lasarte había montado el centro de operaciones, en el entresuelo de un edificio que había justo enfrente de la comisaría. Según él, era la ciudad idónea porque quedaba en el punto medio del camino *francés*, y desde allí se podía cubrir de forma rápida y efectiva el tramo que comprendía desde Roncesvalles hasta Compostela.

Parecía que por fin alguien había tenido en cuenta mi opinión y avalaba mi teoría de que todo se limitaba a un macabro juego que ahora, en la actualidad, algún demente trataba de recuperar y poner en vigor. Por ello, la Brigada Central de Investigación —BCI— había movilizado un número importante de agentes rurales de la Guardia Civil y dispuesto dos helicópteros del Cuerpo Nacional de Policía que a diario sobrevolaban el recorrido. La complicada orografía del terreno y la gran cantidad de kilómetros que cubrir hacían que el itinerario fuese prácticamente imposible de controlar en su totalidad, pero al menos lo estaban intentando; además, contaban con el problema añadido de que querían hacerlo sin alarmar a los peregrinos. Se estaba actuando con suma cautela, tanta que los agentes de a pie iban vestidos de paisano y procuraban mezclarse entre los caminantes.

—Me alegra que reconsiderara mi versión de los hechos —le agradecí a Lasarte.

—Nadie me ha regalado nunca nada, y si logré acceder al cargo de inspector jefe del BCI, fue porque siempre procuré enfocar las investigaciones desde todos los puntos de vista posibles. Y ahora no iba a hacer lo contrario.

—Pues, en un principio, recriminó mis suposiciones —le recordé.

—Está muy equivocado, inspector Moret. Lo que realmente no me gustó fue que usted solo apostara por esa opción. Le dije que procurara tener una visión de la investigación mucho más amplia, y no se obsesionara. Debe aprender a involucrarse lo justo, y si en algún momento intuye que el caso que lleva entre manos está influyendo en su vida, déjelo. Créame, es la única forma de afrontar con éxito este trabajo.

Lasarte tenía razón. Y precisamente por eso no creí conveniente contarle que había recibido una llamada telefónica del supuesto asesino. Bastante marrón era ya haberme acostado con el único testigo que había podido verle la cara. En fin, lo hecho, hecho estaba y, como bien decía el inspector Lasarte, lo mejor era mirar siempre hacia adelante e intentar dedicarme al cien por cien a capturar al culpable. No me quedaba otra opción, porque de lo contrario los remordimientos acabarían conmigo.

Sin embargo, la suerte parecía no querer estar de mi lado y ninguno de mis intentos por avanzar en la investigación fructificaba. El comisario Horneros no pudo localizar la llamada porque quien contactó conmigo lo había hecho desde un móvil de tarjeta prepago. Era imposible identificar al propietario que la había adquirido puesto que no era necesario presentar ningún tipo de documentación para comprarla; por consiguiente, ese número de teléfono podía ser de cualquiera.

—Tal vez no debería preguntárselo, pero… ¿qué fue lo que le hizo reconsiderar mi teoría? —le pregunté a Lasarte.

—No resultó muy complicado contrastarla. Llamé al capellán de la catedral de Burgos y le pregunté qué sabía al respecto.

—¿Y?

—Ratificó lo que me había contado usted. Según él, el origen de los años jacobeos se encuentra en la decisión tomada por el papa Calixto II en 1126 para oficializar lo que era una de las realidades religiosas más importantes de la Europa medieval: la afluencia masiva de peregrinos, procedentes de los más apartados lugares del orbe cristiano, a la tumba de uno de los apóstoles que acompañaron a Jesucristo. La Iglesia estableció entonces que concedería indulgencia plenaria —el perdón de las penas temporales de todos los pecados cometidos hasta ese momento— a aquellos peregrinos que llegasen para orar ante la tumba del apóstol, la cual estaba ubicada en el *finis terrae,* que era la Galicia de la Edad Media. Para ello se consideró que el Camino discurriese por una antigua ruta por la que en otros tiempos transitaron los druidas y que llegaba hasta el borde del mar, algo más allá del sitio donde está ubicada la actual tumba del apóstol Santiago.

—¿Y sobre la oca, no le dijo nada? —me interesé.

Lasarte tomó aire.

—¿Cuántas casillas tiene el juego de la oca? —me preguntó, sabiendo que le contestaría inmediatamente.

—Sesenta y tres —respondí, sin entender la razón de su pregunta.

—Ese es el número exacto de vidrieras que hay en la catedral de Santiago de Compostela —afirmó con rotundidad—. ¿Sabe lo que eso significa?

Negué en silencio, esperando que él mismo respondiese y me sacara de dudas.

—La catedral es en sí un tablero alegórico del juego de la oca, en donde el punto de partida se encontraría en su misma entrada, en el conocido Pórtico de la Gloria.

—¡No me lo puedo creer! —exclamó Ramírez.

—Sé que parece sacado de una novela, pero es así. Sobre el pórtico, justo al lado de la escultura que representa a Dios, además de los veinticuatro ancianos y los doce apóstoles, aparece la figura de una oca. En un principio no tiene ningún sentido que se encuentre esa ave a la derecha de Dios, precisamente en el lugar más privilegiado del universo místico cristiano, pero lo cierto es que está. Y desde allí se comienza un camino secreto por el interior del templo. Era costumbre que en muchas catedrales góticas hubiese laberintos grabados en sus losas, lo que ocurre es que en casi todas la Iglesia católica los eliminó a sabiendas de que aquellos símbolos empleados por los maestros canteros ocultaban mensajes esotéricos.

—¡Es increíble! —comenté mirando a Ramírez, el cual parecía tan sorprendido como yo.

—¿Quieren escuchar algo más? —nos preguntó Lasarte mientras cogía un dosier que había sobre su mesa—. Según se recoge en el *Códice Calixtino,* la gran catedral se levantó sobre otras edificaciones anteriores y su construcción estuvo marcada por un gran simbolismo que, hasta hoy, nadie ha logrado descifrar. En el documento se revela que la catedral está incomprensiblemente condicionada a un número.

—Al nueve —predije en voz alta.

—Así es, inspector Moret. Nueve son sus naves, las cuales se encuentran separadas por sesenta y tres pilares; y como anteriormente le comenté, su interior está iluminado por sesenta y tres enormes vidrieras, con nueve capillas y otros tantos coros, y nueve eran también las torres previstas que debían sujetar el templo.

Ramírez y yo nos quedamos perplejos al escuchar todo aquello. De ser así, se ratificaba que desde siglos atrás se venía realizando ese extraño ritual en el que ahora nos encontrábamos inmersos. Y ante esa evidencia, nadie podía quitarme la razón por cómo afronté la investigación desde un principio.

—Y ustedes, ¿qué han averiguado? —nos preguntó Lasarte.

—Que lamentablemente esta no es la primera vez que ocurre. El comisario Horneros está tratando de contrastar una serie de asesinatos que fueron perpetrados en el año 1965 que guardan mucha similitud con los acaecidos actualmente.

—¿Qué quiere decir? —preguntó sorprendido.

—Es evidente. Cada tres décadas y coincidiendo con un año jacobeo, alguien adopta el papel del *transeúnte* y recorre el olvidado Camino de la Oca, cumpliendo una serie de sacrificios que si logra superar le harán merecedor de entrar a formar parte de una antigua logia de peregrinos paganos. El asesino sería el primer jugador de este ritual y nosotros, la policía, sus perseguidores. El problema es que nos lleva mucha ventaja. Ha librado con éxito las pruebas de *Los Puentes* y *La Posada*, y es probable que mientras nosotros estamos aquí perdiendo el tiempo, él haya movido ficha de nuevo.

—¿Y cuál sería la siguiente prueba? —se interesó Lasarte, visiblemente preocupado.

—*Los Dados*, pero seguro que ya los ha superado. Desde que empezó el juego vamos siempre varios pasos por detrás de él, y tal vez deberíamos comenzar a plantearnos dónde podría estar ubicada la próxima prueba, la que corresponde a la casilla de *La Cárcel* —sugerí—. Puede que allí encontremos algún rastro que seguir.

—Estoy de acuerdo. Buscaremos en lo que resta de recorrido hasta Compostela alguna ciudad que pueda encajar con esa descripción. Pondré a todo el personal del que dispongo a trabajar en ello.

—¿Nos podrían facilitar un vehículo? Si no tiene ningún inconveniente, me gustaría acercarme con mi compañero a la catedral.

—Delo por hecho.

26

DE DADO...

Ramírez y yo nos fuimos directamente a ver al capellán de la catedral de Burgos; si estaba al tanto de la existencia del antiguo Camino quizá podría ayudarnos.

Cuando estuvimos ante la fachada de aquel templo nos quedamos alucinados. Parecía increíble que la mano del hombre hubiese podido levantar semejante maravilla. Nunca fui un enamorado de la arquitectura ni nada parecido, pero durante unos segundos permanecí hipnotizado delante de aquella descomunal construcción. Mis ojos quedaron atrapados por sus dos impresionantes torres repujadas en piedra, tan altas que parecían arañar el mismísimo cielo con sus afiladas agujas terminadas en punta. Aquello resultaba increíble. Ante mí tenía cientos de toneladas de piedra colocadas milimétricamente unas sobre otras. La talla pétrea jugueteaba haciendo caprichosas formas y dotándolas de una elegancia tan especial que rozaba lo sublime.

Así, absortos por su majestuosidad, entramos al templo y nos dirigimos a la sacristía, donde nos esperaba el padre Ambrosio emboscado entre un montón de libros antiguos.

—Ustedes dirán. ¿En qué puedo ayudarles? —nos dijo al escucharnos entrar, sin mirarnos siquiera. Su atención la captaban unos cuantos libros abiertos sobre la mesa de su escritorio.

—Verá, la verdad es que no sabemos por dónde empezar —le dije sin dejar de mirar de un lado a otro. Si la fachada del templo era extraordinaria, su interior no tenía nada que envidiarle.

—Supongo que quieren más información sobre ese antiguo camino y el *transeúnte*, pero yo ya le dije al inspector Lasarte todo lo que sabía —apuntó sin levantar la mirada.

—No se preocupe, padre. En realidad hemos venido a verlo para que nos ayude a localizar algún lugar cercano a Burgos que pueda encajar con dos arcos desnudos o dos torres. Creemos que puede ser el siguiente punto donde actúe ese desalmado. ¿Le sugiere algo esa descripción? —le pregunté.

Entonces cerró el libro que tenía entre manos y se quedó pensativo.

—La verdad es que así, con tan pocos datos…, no se me ocurre nada. Lo siento.

—¿No le recuerda a algún lugar señalado en el Camino de Santiago? Un albergue o un templo que sea importante para los peregrinos —insistió Ramírez.

—No, no se me ocurre ninguno —masculló acariciando su perilla—. La siguiente parada que suelen hacer los peregrinos tras abandonar la ciudad es Castrojeriz, un pequeño pueblo que hay al salir de Burgos en dirección a León, pero que yo recuerde, allí no hay nada que encaje con esa descripción. No obstante está muy cerca, si quieren los puedo acompañar —sugirió.

Como era lógico, aceptamos el ofrecimiento del padre Ambrosio sin pensarlo y nos marchamos a Castrojeriz. En ese momento, no teníamos nada mejor que hacer y nos pareció interesante la propuesta de aquel clérigo de aire misterioso.

Durante el viaje, nos explicó que esa pequeña localidad fue en el Medievo la segunda localidad burgalesa más importante del Camino, pero que ahora, con el paso del tiempo, había perdido todo su esplendor y se había despoblado. Sus gentes fueron emigrando a la gran ciudad hasta dejarla casi abandonada.

No había mucho tráfico aquella tarde, y paralelo a la carretera por donde circulábamos, discurría un sendero en el que esporádicamente aparecía algún que otro grupo de peregrinos cargados con mochilas. Yo no pude evitar fijarme en cada uno de ellos, sobre todo en los que transitaban en solitario. Los fui mirando fijamente a la cara, intentando encontrar algún gesto que me hiciese recordar al falso periodista que se cruzó conmigo en la plaza de Logroño. Los observé uno a uno, con el corazón en vilo y esperando reconocerlo, pero ninguno de ellos me resultó familiar.

—Casi todos llevan un bastón —observó Ramírez mientras conducía.

—El bastón te lo entrega el propio camino —dijo el padre Ambrosio—. El Camino es como la vida misma, debemos buscar siempre un punto donde apoyar nuestros miedos.

Aquel comentario refrescó en mi mente las palabras de la vieja Margot. En nuestro último encuentro hizo alusión a que en el transcurso de la investigación perdería mi bastón, pero debo confesar que no entendí qué quiso decir con ello. Las dos veces que tuve la oportunidad de hablar con aquella anciana nuestros diálogos resultaron un tanto incoherentes, y mientras yo trataba inútilmente de sonsacarle algunas pinceladas de información, ella se obsesionaba por ahondar más en mi antigua amistad con Berto. Cada uno hablábamos sobre un tema completamente diferente al del otro. Y todavía hoy, después de tanto tiempo, aún me pregunto por qué le abrí el baúl de mis recuerdos sin apenas conocerla. Fui un idiota, no tenía que haberle contado nada de mi pasado, pero, aunque parezca incomprensible, me sentía bien haciéndolo. El reglamento policial era muy claro al respecto: no se debía intimar con ningún contacto o fuente de información; pero, en realidad, si lo pensaba detenidamente, ella era lo más parecido a un sacerdote. Estaba convencido de que lo que hablábamos quedaba entre nosotros porque ella no tenía trato con nadie y no podía contarlo. Además, su soledad no era muy distinta a la mía. La única diferencia era que a ella la había llevado a la locura, a una paranoia que probablemente estaba esperándome a mí a la vuelta de la esquina.

El esplendor de Burgos quedó muy pronto atrás, y apenas unos cuantos kilómetros después, pasamos junto a los restos de una antigua iglesia abandonada. Sus altos muros aún se empeñaban en mantenerse en pie, pero su techumbre había desaparecido con el paso del tiempo y era el cielo el que hacía las veces de tejado. Resultaba curioso porque la propia carretera atravesaba sus ruinas y lo que antaño fue un majestuoso lugar de culto, ahora era una lengua de asfalto negro y frío, la que se colaba sin contemplaciones bajo sus arcos ojivales de piedra dorada.

Ramírez continuó conduciendo. Apenas faltaban un par de kilómetros para llegar y el castillo que presidía la cumbre que abrigaba Castrojeriz ya se podía ver en la lejanía. Sin embargo, mis pensamientos se habían quedado atrapados en esas viejas ruinas que acabábamos de sobrepasar, y era precisamente ese magnetismo que solo unos centenarios muros de piedra poseen lo que me hizo mirar hacia atrás por la ventanilla trasera del coche. Fue entonces cuando pude apreciar cómo se perdían en la distancia dos enormes arcos de piedra.

—¡Detén el coche, Ramírez! —le pedí.

—¿Qué ocurre? —preguntó tratando de aparcar en la cuneta.

—Padre, ¿qué son esas ruinas que hemos dejado atrás?

—Una antigua congregación de antonianos. ¿Por qué?

—Pero ¿cómo se llamaba la iglesia? ¿Cuál era su nombre?

—No es una iglesia, hijo. Es lo que queda del convento de San Antón.

—¡Ese es el lugar que buscamos! —aseguré tras escuchar el nombre del templo—. Ramírez, ¿recuerdas lo que decía tu libro sobre la prueba de *Los Dados*? *Dos arcos desnudos indicarán el próximo lugar, al igual que el nombre de la última casilla indicará la siguiente jugada.* Y esas ruinas se llaman igual que el albergue donde desapareció Alejandra. El convento de San Antonio de Villafranca fue la última casilla en la que actuó el *transeúnte.* Y este templo que hemos dejado atrás tiene el mismo nombre.

—Sí, podría ser —comentó sin mucho convencimiento—. Echemos un vistazo.

Ramírez dio la vuelta y nos acercamos.

27

… A DADO

Llegamos hasta la ruinas y aparcamos el vehículo en un lateral, en lo que parecía ser una de las capillas del desaparecido convento. Y acto seguido, cuando apenas habíamos puesto un pie fuera del coche, se presentó por allí un ermitaño con cara de pocos amigos.

—Podían haber aparcado fuera. Esta es la casa de Dios —nos recriminó.

—Querrá decir «era» —comentó Ramírez sonriendo.

—¡Saque su sucio coche de aquí! —respondió exaltado y levantando un cayado que llevaba en su mano.

Ante el enojo de aquel extraño, le aconsejé a mi compañero que hiciese caso a su petición. No sabíamos quién era, pero parecía que no estaba muy cuerdo. Vestía una sotana remendada y la dejadez de sus barbas le hacía parecer un náufrago.

—Disculpe, no era nuestra intención molestar —me excusé de forma prudente; intentando que se calmara.

—¡Quítese los zapatos! —me pidió.

—¿Cómo?

—Jesús iba descalzo, y esta es su casa —afirmó.

—Pero…

—Hágale caso —me aconsejó sonriendo el padre Ambrosio mientras se descalzaba también.

No entendía nada, pero obedecí.

—¡Bienvenidos sean a la casa del Señor! —exclamó aquel estrambótico personaje con los brazos abiertos y mirando al cielo—. Cuánto tiempo sin verlo, padre Ambrosio —lo saludó, dando muestras de que se conocían.

—Sí, últimamente salgo muy poco. Ser capellán de la catedral absorbe casi todo mi tiempo.

—¿En qué puedo ayudarles? —nos preguntó en un tono más cordial.

—Este señor que me acompaña es inspector de policía —me presentó el religioso.

—Ya le dije al alcalde que no pienso pagar impuestos porque no poseo nada, ni bienes ni dinero, solo tengo esta ropa que llevo puesta —contestó con resignación, como si no fuese la primera vez que venían a buscarlo por ese motivo.

—Tranquilo, no es ese el asunto que nos ocupa —le tranquilizó el padre Ambrosio—. El inspector Moret simplemente quiere echar una ojeada al convento.

—Poco queda ya que ver… —se lamentó—. ¿Y qué es lo que busca, señor inspector?

—Pistas.

—¿Pistas, señor inspector?

—Sí.

—¿Y no puede ser más explícito?

—Busco unos dados o algo que se les asemeje.

Al escuchar aquello, el hombre cambió el gesto.

—¿Le ocurre algo? —pregunté.

—Sé a quién busca, señor inspector —afirmó pesaroso—. Y le aseguro que si hubiese pasado por aquí lo habría visto.

—¿A quién se refiere? —insistí, haciéndome el ingenuo.

—No se haga el tonto, señor inspector. Usted busca al *transeúnte*.

—¿Y cómo lo sabe? —pregunté, extrañado de que estuviese al tanto.

—No hay nada que yo no sepa sobre el Camino, lo bueno y lo malo. Todo paraíso tiene sus demonios, y ese *transeúnte* es el peregrino del mal, el enviado de Satanás. Ha comenzado otra vez el juego de la oca, ¿verdad? Intuía que este año santo volvería a resurgir de sus cenizas.

Era cierto que aquel hombre tenía pinta de estar algo trastornado, pero había oído hablar del juego y de su asesino, y eso me ahorraba un montón de explicaciones.

—¿No ha visto a nadie extraño últimamente?

—Casi todos los que pasan por aquí son extraños. Cada peregrino lleva su propio calvario a cuestas.

—Entonces, ¿por qué está tan seguro de que no ha pasado por aquí?

—Tengo por costumbre levantarme antes de que amanezca. Sé que esa es la hora preferida de ese desgraciado y no quiero que me coja desprevenido. Preparo las alacenas y ordeño las cabras. Me gusta ofrecer un buen vaso de leche a los peregrinos que se quedan a pasar lo noche conmigo. Es la mejor manera de reemprender el Camino por la mañana.

—¿Pernoctan aquí?

—Sí, en esas habitaciones —dijo señalando un par de chamizos construidos entre las ruinas con unas cuantas cañas y plásticos—. Hay doce catres. Es poco lo que puedo ofrecerles, pero tras una larga jornada andando cargado con una mochila puede parecer un palacio.

De improviso escuchamos a Ramírez gritar, pidiendo que nos acercásemos urgentemente a donde él estaba. Se encontraba afuera, junto al coche, bajo los dos grandes arcos de piedra que precedían a lo que antaño fue la puerta de entrada al templo.

—¿Qué ocurre? —le dije tras acercarme corriendo, sin apenas tiempo para recuperar el aliento.

—¡Mira eso de ahí! —me indicó exaltado.

Junto a la entrada había como dos huecos cuadrados sobre la pared, y al verlos supe enseguida que representaban *Los Dados* que andábamos buscando; no había duda, su interior en forma de cubo así lo indicaba. Pero eso no fue lo que alertó a mi compañero. En aquellas alacenas aparecía una nota y una pequeña caja de madera manchada de sangre. Con la ayuda de un pañuelo cogí con cuidado el trozo de papel; no quería que mis huellas contaminaran aquel hallazgo. Al hacerlo, lo primero que observé fue que el tipo de letra coincidía con la de la nota que encontré en el bolsillo de Lola, aunque este se presentaba escrito en un color rojo intenso; desgraciadamente ya estaba advertido de que la sangre de Alejandra sería la que indicaría el camino que seguir, por lo que me tomé muy en serio lo que pudiese venir escrito en aquella nota:

El fuego sacro arrancó los ojos de quien lo miró de frente.

A continuación, tomé la caja. La tapadera estaba atada con un par de cuerdas de esparto y, tras deshacer el nudo, la abrí.

—¡Dios mío! —exclamó horrorizado el padre Ambrosio al ver su contenido.

—¿Es lo que parece? —preguntó Ramírez.

—Sí, creo que es el ojo de una persona.

—No puede ser. Yo mismo miré las alacenas esta madrugada —dijo el ermitaño.

—¿Para qué se usaban estos huecos? —le pregunté, extrañado por que estuviesen en la parte exterior del convento.

—Los antiguos monjes antonianos dejaban en ellos comida y agua para los peregrinos. Y yo, tratando de continuar con esa vieja tradición, suelo dejar alguna pieza de fruta cada mañana.

—El *transeúnte* ha debido pasar después. Y, de ser así, no debe de andar muy lejos. Llamaremos al inspector jefe para que alerte a los agentes que cubren la zona.

—¿Y lo dice tan tranquilo? A alguien le han arrancado un ojo de cuajo —me recriminó el ermitaño.

—No se altere, amigo. No podemos hacer nada más. Llevaremos la caja al laboratorio para que la examinen, tal vez con un poco de suerte encuentren alguna huella.

—¿Y ese ojo? ¿De quién puede ser? —preguntó el padre Ambrosio persignándose.

—No lo sé, pero espero que no sea de la chica que ha desaparecido.

Como hasta que no llegara el grupo del BCI no podíamos abandonar el lugar del hallazgo, decidimos que yo los esperaría allí mientras Ramírez regresaba a Burgos con el capellán.

En la espera, el ermitaño se sentó en el suelo apoyando su espalda sobre un tabique de cemento que cegaba lo que tiempo atrás fue la entrada principal del templo; cerró los ojos y se puso a hablar solo, en voz baja.

—¿Se encuentra bien? —me preocupé.

Pero él no respondió. Alzó la vista e, inesperadamente, se puso a gritar.

Yo no supe qué hacer y me quedé inmóvil, observando cómo gesticulaba y se daba cabezazos contra la pared que tenía tras de sí. Después, del mismo modo que se alteró, se calmó y me miró.

—Ese maldito bastardo ha reavivado el *fuego sacro* —afirmó.

—Perdone, pero no sé de qué me habla.

—El *mal de San Antón*: el *fuego sacro*. ¿No ha oído hablar de él? Se trataba de una enfermedad gangrenosa, muy parecida a la lepra, que se extendió por toda Europa en los siglos X y XI. Solamente los monjes antonianos, mediante un complejo rito esotérico, lograban curar a los infectados. La mayoría de las veces había que amputar un brazo o una pierna para poder sanarlos, o incluso varios de sus dedos, pero sacar un ojo... ¡Nunca se hizo tal cosa! —gritó.

—¿Y por qué se altera? —le pregunté.

—¿No lo ve? ¿No lo ve? —continuó exaltado—. El *transeúnte* está actuando como el macho de la manada, como un ganso que corteja a la hembra. Por eso le ha arrancado un ojo. Su víctima será la madre del polluelo, la que le dé un primogénito.

Aquella afirmación erizó hasta el último vello de mi piel. Las tripas comenzaron de repente a estrujarse sobre sí mismas formando un nudo en mi barriga que me hizo retorcerme de dolor. Los nervios se apoderaron repentinamente de mí, y sin que pudiese hacer nada por evitarlo, comencé a vomitar. No me pude reprimir, un sudor frío recorrió mi frente y dejó helado mi corazón. Aquel viejo loco que me acompañaba aseguraba que el *transeúnte*, aparte de haber violado a Alejandra, podía haberle arrancado un ojo, y con solo imaginar que pudiese tener razón me ofuscaba. No sabía hasta dónde sería capaz de llegar ese maldito sanguinario para intentar concluir con éxito un juego que ya nadie recordaba, pero no quería ni imaginarlo.

El inspector Lasarte no tardó mucho en llegar al lugar y, como era lógico, lo hizo rodeado de una numerosa comitiva de ineptos que creían saberlo todo. Procedieron a inspeccionar el lugar, a tomar fotos y recoger muestras…, mas yo sabía que el despliegue de todo aquel circo inoperante no nos llevaría a ninguna parte. Por eso preferí continuar haciendo compañía al ermitaño; al parecer no estaba tan loco como en un principio creí.

—Hábleme de usted —le pedí. Pensé que conversando con él quizá se tranquilizaría.

—Poco tengo para contar —suspiró.

—¿A qué se dedicaba antes de ser peregrino?

—Era uno de esos ricos empresarios que vivía en Estados Unidos creyendo que no le faltaba de nada, y era precisamente eso, tener una vida propia y sin estrés lo que de verdad añoraba. Unas vacaciones decidí venir a España a recorrer el Camino de Santiago y ya no me pude marchar. Aquí vi la luz. Descubrí que la paz que sentía ayudando a los peregrinos me reconfortaba más que cerrar una operación financiera multimillonaria, y desde entonces eso hago. Lo dejé todo y me instalé en este viejo convento abandonado al que trato de dar vida. Me encanta imaginar que cada nuevo peregrino que se cruza ante mis ojos es como una gran operación financiera en la que invierto para el futuro. Ellos serán los únicos que podrán dar fe de que un ermitaño entregado a Dios les cedió desinteresadamente una cama donde dormir y un buen vaso de leche recién ordeñada, y todo ello sin pedir nada a cambio.

—Viéndolo así, resulta bonito.

—Mucho más que bonito. Es como revivir el espíritu perdido de nuestro Señor Jesucristo —apuntó orgulloso.

—Claro, claro... —asentí. Cualquiera se atrevía a quitarle la razón. Cuando hablaba de religión sus ojos se iluminaban.

—Nunca sospeché que usaría las alacenas como dados. Fue muy inteligente —afirmó.

—¿Y dónde cree que pueden estar los siguientes dados? —le pregunté. Pensando que tal vez el punto de vista de un chiflado se podría asemejar al de ese asesino de peregrinos que andábamos buscando.

—Buena pregunta, señor inspector. Me gusta su forma de actuar, que no se ande con rodeos —contestó.

—¿No se le ocurre otro sitio que pueda guardar relación con esa prueba que el *transeúnte* está librando? Ya sabe que en el juego de la oca un dado debe llevar al otro.

—Veamos... —esbozó recapacitando—. Él ha dejado una nota en las alacenas, tal y como solían hacer los antiguos peregrinos a los monjes antonianos para agradecer su hospitalidad; por tanto, si yo fuese él, cosa que bien sabe Dios que no deseo, buscaría otro punto donde poder dejar un segundo mensaje, otros dados.

—De dado a dado y tiro porque me ha tocado —le recordé.

—Así debería ser... —contestó pensativo—. Dados y mensajes, mensajes y dados... —murmuró repetidamente varias veces.

—Vamos, piense. No disponemos de mucho tiempo. Ahora mismo podría estar haciendo daño a otra persona.

—¿Daño? ¿Ha dicho daño? ¡Esa es la respuesta! —dijo exultante, poniéndose de pie—. ¿Cómo no me di cuenta antes? Esa es la razón por la que le arrancó el ojo.

—Vaya al grano.

—Antes le expliqué que el macho a veces picoteaba a la hembra, e incluso llegaba a arrancarle un ojo.

—Sí, eso ya lo ha dicho. Continúe.

—¿No lo entiende, señor inspector? Actúa como el macho, como un ganso. Ese es el mensaje. Hay un pueblo más adelante, pasado León, llamado así: El Ganso.

Nunca había oído hablar de ese lugar, pero lo creí.

Llamé rápidamente al inspector jefe y le puse al corriente. Como la noche se apresuraba a posar sus sombras sobre las antiguas ruinas del convento decidimos regresar al centro de operaciones de Burgos. Una vez allí tratamos de planificar cómo actuaríamos el día siguiente. Por primera vez teníamos la oportunidad de adelantarnos a los movimientos del *transeúnte*, de superarlo en esa hipotética partida que estábamos librando, y eso era genial. El asesino recorría el Camino a pie y nosotros podíamos usar uno de los helicópteros para desplazarnos hasta el municipio de Brazuelo, donde se encontraba la localidad de El Ganso. De este modo, si lográbamos llegar a la casilla del segundo dado antes que él, podríamos preparar un control y atraparlo. Parecía que, por fin, encontrábamos una dirección que seguir; por fin la suerte se decantaba de nuestro lado.

28

El Ganso

A media mañana del miércoles 24 de junio llegamos a la apartada localidad de El Ganso, en León. Se trataba de un pueblo casi extinguido formado por unas cuantas casas pequeñas de piedra con tejados de cañas. Una maraña de ramas servía de nido a una espigada cigüeña apostada en lo alto de un campanario que había quedado mudo de no usarse, indicando con su silencio la escasez de vida que albergaban aquellas cuatro calles olvidadas.

Apostamos varios agentes en las ventanas de las viviendas que colindaban con la entrada y la salida de la calle que atravesaba la aldea, con el objetivo de que identificasen a cualquier peregrino que se ajustara a las características del *transeúnte*: varón, de unos veintisiete años de edad y de complexión fuerte.

Yo estaba convencido de que daríamos con él, aunque ignorábamos qué tenía planeado hacer y cuál podría ser su siguiente víctima. El Ganso encajaba en el perfil de pueblo en que normalmente venía actuando. Hasta ese momento siempre había buscado aldeas despobladas que tuviesen un reducido número de habitantes, y esta apenas contaba con doscientas personas. Además, sabíamos que la hora caliente o de alto riesgo era al amanecer, justo cuando el sol comenzaba a desperezarse, y prever cuándo iba a actuar era otra baza que jugaba a nuestro favor.

Sin embargo, yo intuía que no iba a ser tan sumamente sencillo dar con él. Nos encontrábamos en la provincia de León, a unos doscientos kilómetros de las ruinas del convento de San Antón que localizamos en Castrojeriz, y si el asesino iba andando podía tardar cerca de diez días en llegar a nuestro control. No podíamos esperar tanto tiempo sin hacer nada, era muy arriesgado, y le sugerí al inspector Lasarte que continuásemos buscando entre las poblaciones que quedaban hasta Santiago de Compostela; urgía encontrar una que pudiese reunir las características de la siguiente prueba: *La Cárcel*. Al fin y al cabo hasta ese momento casi todas las localidades en las que había actuado estaban claramente relacionadas con las pruebas del juego de la oca. De tal forma que *Los Puentes* estuvieron ubicados en Puente La Reina, *La Posada* en un albergue de Montes de Oca y ahora nos encontrábamos en un pueblo llamado El Ganso que, curiosamente, hacía referencia a ese mismo tipo de ave. Como el inspector estaba de acuerdo, cogimos el mapa y fuimos comprobando pueblo por pueblo, investigando su pasado e intentando relacionarlos con una cárcel o antigua prisión. Resultó una tarea ardua y lenta, pero nuestro trabajo no tardó en dar sus frutos. A setenta y siete kilómetros de donde nos encontrábamos, en la comarca oeste del Bierzo, localizamos un pueblo llamado Valcárcel (Valle de la Cárcel), que encajaba fonéticamente con la siguiente prueba. Además, en sus afueras, existía una antigua fortaleza conocida como el Castillo de Antares y, según la información que pudimos contrastar al respecto, indicaba que su nombre provenía de la palabra francesa «ánsares», que traducida equivalía a «corral de gansos». Por tanto, nos encontrábamos ante la existencia de un alegórico «castillo de gansos» en Valcárcel, y supusimos que ese pueblo podría ser otro punto importante en la ruta que el *transeúnte* recorría.

De confirmarse nuestras sospechas, las pesquisas estarían fructificando y el cerco que habíamos trazado alrededor del asesino se estaba cerrando. Aparentemente solo era cuestión de tiempo atraparlo. De modo que se alertó al acuartelamiento de la Guardia Civil de Valcárcel, para que estuviesen al tanto.

29

Una bala sin nombre

Dejar transcurrir los días fue algo realmente duro. En la casa donde nos alojamos no había nada, y cuando digo nada me ajusto al término riguroso de la palabra. No había televisión ni radio ni nada con lo que pasar el rato. El fuego de una chimenea devorando leña era lo único que se podía contemplar, y ante aquel panorama casi conventual uno solo podía pensar y pensar, darle vueltas a la cabeza sin cesar; igual que me sucede ahora en esta habitación llamada tristeza desde donde comencé a contaros mi historia.

También aquí, en este agujero donde ahora me encuentro, me ocurrió más o menos lo mismo que en aquel olvidado pueblo. Al principio, los minutos resultaban interminables y una hora suponía casi una eternidad, pero cuando tus ojos han visto pasar los meses lentamente encerrado entre cuatro paredes, la percepción de la vida, del tiempo, o de los más insignificantes detalles, cobra una importancia que antes no tenía. Os juro que en estos instantes daría todo lo que soy por tener una breve visita, por cruzar la mirada con unos ojos conocidos. Pero es ridículo solo pensarlo, debo asumir que eso no va a ocurrir. No puedo permitirme el lujo de soñar; no, ya no puedo hacerlo. Debo aceptar que mi mundo se limita a esta reducida habitación; mas a pesar de ello e intuyendo el peligro que pueden correr otros peregrinos en un futuro no muy lejano, debo esforzarme por continuar relatando detalladamente todo lo que ocurrió en aquellos días…

Ahora, desde la objetividad que me permite analizar los hechos tras el paso del tiempo, me doy cuenta de que en aquel momento me encontraba atrapado en un pueblo llamado El Ganso. Supongo que ese lugar se había convertido en una de las casillas del juego de la oca que te obliga a permanecer sin tirar los dados durante varios turnos. Y allí, atrapado en esa absurda partida, me invadieron los recuerdos.

El nombre de Berto retumbaba en mis sienes como el eco en un acantilado sin fondo. Cada vez que cerraba los ojos, aunque fuera en un leve parpadeo, podía ver su mirada perdida en el techo de una triste habitación de hospital. Allí murió mi amigo, allí murió una parte de mí. Aquella noche, mientras él agonizaba, fui su única compañía, lo último que vieron sus ojos antes de partir. La muerte nos venció, a él y a mí, porque desde entonces, desde hace tres años, siento que transito moribundo por la tierra de los vivos y no he podido borrar su mitad de mi corazón. Sí, fue así; la muerte nos venció y yo acepté sumiso mi derrota. Abandoné su habitación como un guerrero cuando vuelve de la batalla, sin ánimo y con las esperanzas rotas en mil pedazos. Lo recuerdo como si hubiese ocurrido ayer mismo. Unas enfermeras se cruzaron en mi camino ignorando mi presencia y entraron a concluir su trabajo; retiraron la maraña de tubos que cosían sus brazos y cubrieron su rostro con una desangelada sábana de hospital.

Al salir, grité de rabia mientras me encogía y caía al frío suelo de aquel pasillo. Sentí cómo algo muy dentro de mí se estremecía, que algo en mi interior moría en ese momento. Enfurecido, le pregunté una y otra vez a Dios por qué. Repetí mil veces por qué. Y mi boca no articuló otra palabra que no fuese por qué.

Me marché de allí enfadado. Triste. Abatido...

Recorrí lentamente el largo pasillo de aquella planta preguntándole a Dios por qué se lo había llevado. Berto era mi infancia, mi juventud..., mi hermano. Y todo eso lo acababa de perder en una partida de póker que intentamos jugar contra el cáncer. Tal vez no elegimos bien nuestras cartas, tal vez esa puta enfermedad hizo trampas..., pero, de una forma u otra, el único perdedor fui yo. Y mi Dios, a ese que siempre recé, me falló. No quiso escucharme.

De repente se paseó por mi memoria el único deseo que Berto no había logrado hacer realidad: el beso de *Blancanieves*. Así lo llamaba él. Un beso verdadero que buscó durante toda su vida. Un gesto sincero y puro que solamente se podía encontrar en los labios de un ser amado. Según la nota que encontraron bajo su almohada, yo era el dueño de ese beso y no lo sabía, nunca imaginé que podía ser yo el príncipe azul que lo poseía. Quizá nuestra amistad colocó un tupido velo sobre mis ojos que me impidió ver que era a mí a quien realmente amaba. Supongo que es absurdo seguir martirizándome por ello, porque yo nunca habría podido corresponderle. Mi amor por Berto era distinto al que él sentía por mí, aunque no hubiera dudado en dar mi propia vida para salvarlo.

Pero ese beso continuó merodeando por mi cabeza, y me detuve. Por unos instantes me quedé como una estatua en medio de aquel pasillo pensando que quizá no estaba todo perdido, que aún quedaba algo por hacer, y regresé a la habitación de Berto lo más rápido que pude. Lo hice corriendo como un loco. Entré y eché a gritos a las dos enfermeras; quería estar a solas con él. Tan solo Berto y yo.

Cerré la puerta y me senté junto a su regazo. Lo destapé, cogí su mano y, lentamente, acerqué mi rostro al suyo. Sus ojos cerrados parecían dormidos, como esperando a que alguien viniese a despertarlos. Mi mirada no pudo evitar centrar la atención en su boca, en sus labios resecos y agrietados. Incomprensiblemente y a pesar de su visible deterioro, su color aún resultaba sonrosado y resaltaba sobre la palidez de su cara. Entonces acerqué mis labios a los suyos y cerré los ojos...

Y lo besé.

Y lo sentí.

Y floté...

Su tacto resultó tremendamente cálido, algo incomprensible en alguien sin vida. Y con mis ojos aún cerrados lo miré, lo contemplé amparado en la oscuridad de mis párpados. Con mi boca sellada lo llamé, le grité con todas mis fuerzas que viniese otra vez a mí. Con las manos esposadas por la impotencia lo abracé, lo acaricié, lo estreché contra mi pecho... Traté de viajar junto a él mientras disfrutaba de ese último beso. Intenté despertarlo de aquel profundo sueño. Sí, mantuve mis ojos cerrados pidiendo un milagro, imaginando que cuando de nuevo los abriese él despertaría, igual que sucedió con la princesa de ese mágico cuento. Quería tener fe en ello, quería creer que aquel esperado beso le traería de nuevo a la vida.

Y tras unos breves, pero intensos instantes, mis labios se separaron de los suyos. Fue un sincero gesto de amor, un beso puro y transparente.

Entonces, abrigado por un miedo que hizo temblar todo mi cuerpo, abrí los ojos y lo miré. Lo hice tan fijamente que parecía no existir nada más en aquella habitación, solo él y yo, sus ojos y los míos, anhelando cruzar nuevamente una mirada, esperando que aquellos lánguidos párpados abriesen sus cortinas otra vez para mostrar la luz que escondían tras de sí.

Por desgracia, ese momento nunca llegó. Tal vez no supe ser su príncipe azul. Tal vez no supe regalar aquel mágico beso. O, simplemente, tal vez llegó un poco tarde...

Desolado, completamente hastiado, abandoné la habitación. Debí suponer que había cosas que solo suceden en los cuentos de hadas, y esa era una de ellas. Derrotado caminé sin fe por aquel interminable pasillo, muerto en vida. Estaba tan abatido que no me percaté de que varios enfermeros corrían en dirección contraria a la mía. Me encontraba tan sumamente vencido que no me di cuenta de que algo extraño sucedía.

—¿Es usted Álvaro? —me preguntó alterado uno de ellos.

—Sí, soy yo. ¿Qué ocurre?

—¡Corra! Su amigo vive —gritó exaltado.

Aquellas breves palabras provocaron un vuelco en mi corazón, propiciando que mis piernas comenzasen una alocada carrera. El pasillo se hizo interminable y solo deseaba atravesar la puerta que daba al interior de su habitación.

—¡Berto, estoy aquí! ¡Estoy aquí! —le grité mientras un par de médicos intentaban controlar sus constantes y le ponían oxígeno. Él, al escuchar mi voz, abrió levemente los ojos. Me miró y, haciendo un esfuerzo, sonrió. Los médicos me pidieron que esperase fuera mientras procuraban estabilizarlo. No me lo podía creer, el beso había dado resultado. Tenía razón en todo lo que me dijo sobre sus mágicos poderes. Era genial. De nuevo lo tendría conmigo, a mi lado. Por unos instantes sentí que Dios me había escuchado y estaba dando una segunda oportunidad a nuestra amistad. Él se la merecía, se la había ganado a pulso; y pensé que esa era la señal que tan apurado le pedí al cielo. Creí que podríamos tener un final feliz como en los cuentos de niños.

Pasados unos minutos que resultaron interminables, los enfermeros abrieron la puerta y comenzaron a sacar instrumentos y aparatos de la habitación. Yo no podía esperar, estaba impaciente y quería entrar, abrazarlo, hablar con él…

Nervioso, me apresuré a preguntar cómo estaba, cuándo podía entrar, pero me rogaron que esperara fuera hasta que saliese el médico. La duda me embargó de nuevo. ¿Qué está pasando? —me pregunté en silencio—. Al poco salió el médico:

—¿Está bien? —le pregunté nervioso.

—No se ha podido hacer nada por él. Sus constantes eran muy débiles y su corazón no ha aguantado. Lo siento.

—Pero… Si ha abierto los ojos, no puede ser. ¡Estaba vivo! —le recriminé.

—Sí, y créame que lo siento, pero solo ha tenido tiempo de decir un par de cosas sin sentido y ha vuelto a dejarnos.

—¿Cosas? ¿Qué cosas? —insistí, agarrándole bruscamente del brazo.

—¡Por favor, cálmese! —contestó asustado—. No le pude entender muy bien porque llevaba puesta la mascarilla de oxígeno. Dijo algo como: *por fin lo he encontrado*. Supongo que fue fruto de los delirios lógicos ante la muerte.

Sin terminar siquiera de escuchar la explicación de aquel médico, entré otra vez en la habitación. Se encontraba cubierto por una sábana pero, a pesar de mi ímpetu, no lo destapé.

Me quedé de pie a su lado, mirando fijamente aquel trozo de tela que lo cubría, esperando que en algún preciso instante se moviese. Lo contemplé en silencio, intentando agudizar mi oído para escuchar su respiración...; pero no, solamente pude escuchar los agitados latidos de mi corazón. Y fue entonces cuando lo encontré, cuando comprendí que debajo de aquella sábana no estaba ya mi adorado amigo. No lo estaba buscando en el sitio adecuado. Si lo quería encontrar debía buscarlo en el único lugar donde nunca moriría, debía buscarlo junto a aquellos fuertes e incesantes latidos que se escuchaban bajo mi pecho...

Sabía que él estaba allí, lo sentía, notaba como si algo dentro de mí fluyera con fuerza. Ahora sé que aquel beso funcionó, y aunque ese instante en el que abrió fugazmente los ojos y sonrió fue para mí el segundo más corto y triste de mi vida; para él, quisiera imaginarme por el acalorado brillo de su mirada, que resultó el más largo y feliz que vivió. Quisiera creer que con sus últimas palabras quiso decir que por fin lo había encontrado, que no se marchó sin su ansiado beso, mi beso.

Este ha sido siempre mi gran secreto, el que nunca conté a nadie. Me daba vergüenza que supiesen que un inspector de policía dio una vez un beso a otro hombre. Es una profesión en la que debemos aparentar que somos tipos duros y curtidos en mil batallas, y que mariconadas las justas...: pero la realidad es bien distinta, porque desde entonces no había vuelto a besar a nadie. Tenía miedo de traicionar a Berto, a su recuerdo, y que otro beso me hiciera olvidar el suyo. Por eso, aunque hubiesen pasado tres largos años, me costó tanto devolverle el beso a Lola aquella noche en el hostal. Sin embargo, al sentir sus acalorados labios de pasión descubrí que el recuerdo de mi amigo perduraría para siempre en mi boca, y que nadie, por muchos besos que me diesen, podría borrar su esencia.

Mirando fijamente el fuego de aquella chimenea lo comprendí. Un fuego, una simple llama anaranjada, abrió mis ojos y me hizo comprender que el pasado no lo puede cambiar nadie. Sé que hice todo lo que pude por Berto. Y contemplando aquella hoguera cogí mi pistola, desmonté el cargador y saqué la primera bala. La coloqué sobre la palma de mi mano y la miré fijamente. Supongo que ese era mi otro secreto inconfesable: el enigma de una bala sin nombre. Nadie entendía por qué era tan importante aquella bala para mí, excepto yo. No obstante, la respuesta era bien sencilla.

Cuando abandoné el hospital y me fui al apartamento las dudas me invadieron. La tristeza por la muerte de Berto se entremezcló con la locura y el desasosiego, y en un momento de ofuscación, cogí mi arma del cajón de la mesilla. Estaba desolado por haber visto morir a un hombre bueno. Estaba destrozado por haber perdido a un hermano. El parentesco no lo dictamina la sangre, y aunque por sus venas fluyera un líquido rojo y espeso diferente al mío, para mí Berto siempre sería mi hermano.

Alcé la pistola hasta la altura de mis sienes y apoyé su cañón sobre mi piel. Ni siquiera sentir el frío tacto del metal me hizo recapacitar. Mi dedo índice temblaba sobre el gatillo mientras unas gotas de sudor recorrían mi frente y, sin pensarlo, disparé.

Resultó extraño porque al hacerlo no escuché nada, salvo el sonido del percutor encasquillándose…

El arma falló. No se disparó.

De repente el miedo se asomó al balcón de mis ojos y me puse a llorar, vacié toda la rabia contenida que quedaba en mi cuerpo. Lloré como nunca había llorado. Lloré como lo hizo Berto aquella noche en que le insulté.

Lloré...

El arma falló. Y gracias a ello descubrí que aquella bala no era para mí. Desde entonces cada vez que cargo mi pistola la coloco siempre en el primer lugar del cargador, esperando que llegue el día en el que encuentre al dueño de esa bala sin nombre que no quiso ser para mí. Sé que cuando lo tenga enfrente sabré que es él. Entonces apretaré el gatillo y la pólvora que contiene el interior del casquillo detonará y hará que un proyectil impacte en su cuerpo. Alguno no lo entenderá, pero este era mi otro gran secreto, la verdadera razón por la que desde hace varios años busco con tanto ahínco al dueño de esa bala. Supongo que una vez revelados dejarán de ser un lastre. Supongo...

30

No fue fácil, pero traté de dejar atrás la soledad, quemándose en la hoguera de aquella triste chimenea. Ramírez llegó cuatro días después al pueblo y para mí supuso una auténtica liberación. Por fin alguien traía noticias frescas de la civilización que me ayudarían a olvidar la pesada monotonía que respiraba.

Traía consigo una amplia documentación que el comisario Horneros había recopilado sobre algunos de los casos que ocurrieron en el año 1965 y que podían guardar relación con lo que estábamos investigando. Además, Ester creyó conveniente exhumar algunos de los cadáveres; según su criterio, aunque hubiesen pasado tres décadas, un estudio exhaustivo podía resultar esclarecedor porque la mayoría de esas víctimas olvidadas encajaban milimétricamente en la forma de proceder del actual *transeúnte*. No obstante, lo que más llamó mi atención fue la conclusión a la que habían llegado mis compañeros sobre la novicia que fue violada por aquel entonces. Según ellos, cabía la posibilidad de que la hermana Margarita de Jesús fuera la madre del asesino en cuestión. Las fechas coincidían, habían pasado veintiocho años desde que sucedió y esa era la edad que tenía el individuo que ahora buscábamos. Era la única opción viable a la que podíamos aferrarnos para que el sospechoso continuara ligado a la familia de antiguos peregrinos que venía repitiendo el ritual del juego de la oca. De ahí que resultase vital localizar a Alejandra. Debíamos interrumpir su supuesto embarazo, si no el hijo que naciese de esa violación estaría llamado a ser en el futuro un nuevo *transeúnte*. Era prioritario localizar dónde la mantenía retenida para cortar de una vez por todas el cordón umbilical que la uniría de por vida a esa macabra descendencia de asesinos.

Después de permanecer una semana que pareció interminable en aquel pueblo, el inspector jefe Lasarte creyó conveniente que Ramírez se desplazara a Valcárcel para mantenernos informados puntualmente sobre el proceder de la Guardia Civil. Necesitaba que uno de los nuestros siguiese de cerca los pasos de la Benemérita porque era de sobra conocida la disputada competencia que mantenían con la Policía Nacional, y no estaba dispuesto a que ellos fuesen los que se apuntaran el tanto de la detención del asesino cuando la mayor parte del trabajo lo habíamos llevado a cabo nosotros. Apoyé su idea porque habían pasado muchos días y no teníamos ninguna noticia sobre el *transeúnte;* estábamos a cinco de julio y comenzamos a sopesar la posibilidad de que hubiese seguido otra ruta diferente. Era mucho tiempo sin tener noticias de él, y eso que durante el tiempo que estuvimos allí nuestros agentes de paisano identificaron a más de un centenar de peregrinos que se ajustaban al perfil del asesino, el problema fue que no encontramos ni un solo indicio que pudiera incriminarlos. Y fue entonces cuando de nuevo, otra vez al amanecer, unos peregrinos de una localidad cercana dieron la voz de alarma.

Ocurrió a un kilómetro de un pueblo llamado Foncebadón, en uno de los lugares más místicos del Camino de Santiago: La Cruz de Ferro. Los restos de aquella apartada aldea quedaban justo entre nuestro puesto de vigilancia de El Ganso y el municipio de Valcárcel, donde se encontraba Ramírez. Por consiguiente, el *transeúnte* tuvo que pasar ante nuestras narices sin que nos diésemos cuenta. Ignoro cómo lo hizo, pero apostaría el cuello a que sabía que estábamos esperándolo y evitó pasar por nuestro control.

Sin perder ni un minuto, cogimos el coche y nos fuimos directamente hacia allí. Lo recuerdo muy bien porque cuando atravesamos Foncebadón me embargó una sensación extraña.

Había visto muchos pueblos parecidos a lo largo del Camino, pero ninguno que trasmitiese una sensación de vacío y abandono tan acentuada como ese. Apenas quedaban unas cuantas casas de piedra en pie, y solo una pastora llamada María y su hijo cincuentón daban algo de calor a un pueblo que había quedado olvidado desde los antiguos cánticos de los juglares. Supongo que se trataba de dos habitantes empecinados en luchar contra las duras inclemencias del invierno y amparados en la nostalgia que suponía vivir dando la espalda al imparable progreso.

Después, tal y como nos habían indicado, continuamos hasta un peculiar montículo formado de pequeñas piedras sueltas que había en las afueras. Aparecía presidido por un espigado mástil acabado en un crucifijo de hierro. La Cruz de Ferro la llamaban, y desde el siglo XI era costumbre que los peregrinos que pasasen ante ella depositaran un mensaje escrito sobre una piedra. Normalmente solía tratarse de una petición o un ruego dirigido al apóstol, pero aquella mañana ocurrió algo insólito que horrorizó a los primeros caminantes que la visitaron. Sobre el madero que hacía las veces de mástil de la encrucijada se encontraba clavada una mano ensangrentada con cuatro dedos amputados. Esta había sido segada a la altura del codo, y sobre su antebrazo aparecía la marca de una pata de oca indicando la dirección contraria al Camino de Santiago. No tuve problemas para reconocer aquella señal porque era exactamente igual que la que la vieja Margot marcó sobre mi brazo semanas atrás.

Cuando llegamos Ramírez ya estaba allí y la Guardia Civil había restringido el acceso a la zona. Mi compañero se encontraba a los pies de aquel montículo mirando fijamente la extremidad humana, sin parpadear, como si estuviese hipnotizado.

—¿Qué ocurre, Ramírez? —le pregunté, extrañado de que no se hubiese acercado a saludarnos.

—Tiene el dedo índice extendido —observó sin poder apartar la mirada de aquel macabro hallazgo.

—¿Y?

—No sé. Parece como si quisiese señalar un lugar.

Ramírez tenía razón. Aquella mano estaba clavada sobre el madero en sentido contrario al camino, en dirección a León, y el único dedo que quedaba sin amputar se presentaba extendido, como si quisiera indicar algo. Ante aquella evidencia, decidí subir hasta lo alto del montículo, y, una vez arriba, traté de visualizar hacia dónde señalaba. Con la vista tracé una línea imaginaria que fuese paralela a aquel apéndice humano y enseguida observé cómo en el margen izquierdo del camino aparecía una serie de piedras que dibujaban sobre el suelo un cuadrado. Bajé rápidamente y me dirigí corriendo hacia allí.

—¿Qué has encontrado? —me preguntó Lasarte, que acudió apresurado con Ramírez.

—Alguien las colocó así adrede. Forman un cuadrado perfecto, y justo en el centro hay colocada otra piedra.

—¡Es el segundo dado! —aseguró Ramírez.

Y estaba en lo cierto. Aquello era como la cara de uno de los dados que se utilizaban en el juego de la oca, y un punto ensangrentado señalando su parte central indicaba que el jugador de turno debía avanzar una sola casilla. Pero... eso no era todo. Bajo la piedra colocada en el centro de la figura observamos que había algo, y tras apartarla con cuidado, dimos con una nota escrita en sangre que presentaba el mismo tipo de letra que encontramos en las alacenas de San Antón:

... de rigurosa prisión, enfermo de tres heridas, que con los fríos y la vecindad de un río que tengo por cabecera, se me han cancerado, y por falta de cirujano, no sin piedad, me ha visto cauterizar con mis manos. El horror de mis trabajos ha espantado a todos.

Aquel mensaje mencionaba un río, unas heridas en una mano y una prisión; lo que nos hizo sospechar que quien escribió aquella nota podría estar haciendo alusión a la casilla de *La Cárcel.* Esa era la siguiente prueba que superar. Sin embargo, en la localidad de Valcárcel no había ningún río que pudiese encajar con la descripción que allí venía dada.

—Debemos volver a las ruinas del convento de San Antón —propuse.

—¿Para qué? —preguntó el inspector Lasarte, sorprendido por mi sugerencia—. Estamos muy lejos —apreció.

—Creo que esa mano señalando la dirección contraria nos indica que hemos dejado atrás la casilla de *La Cárcel*.

—No puede ser —espetó Lasarte—. Eso supondría retroceder en la investigación y alejarnos del final del Camino.

—Ya sé que la meta de esta carrera sin sentido se puede encontrar en Santiago de Compostela y que el *transeúnte* seguramente se dirige hacia allí, pero esa mano nos indica que debemos buscar en sentido contrario.

—Puede ser... —me apoyó Ramírez pensativo—. Cuando un jugador cae en la segunda casilla de los dados debe retroceder hasta la anterior. Ya saben, *de dado a dado...*

—Efectivamente. Y los primeros dados los encontramos en las alacenas —les recordé.

—¡Está bien! Hagámoslo —accedió Lasarte resignado. Estaba tan perdido que solamente se dedicaba a escuchar sin rechistar cada una de nuestras suposiciones; imagino que lo hacía porque andaba tan desesperado como nosotros y cualquier sugerencia la daba por válida, aunque en esta ocasión nuestra propuesta era más incoherente y nos empujaba a recorrer unos cientos de kilómetros en dirección contraria.

Tras solicitar por radio al comandante de la Guardia Civil que extremara la vigilancia en la Vega de Valcárcel, nos dirigimos de vuelta a las ruinas del convento de los antonianos. Fueron dos horas y media de pesado viaje, y digo pesado porque ya empezábamos a acusar las semanas que llevábamos detrás de aquel desgraciado. Cuando llegamos decidimos dejar aparcado el vehículo fuera, conociendo el fuerte carácter del ermitaño creímos que era lo mejor, no queríamos que montase en cólera cuando nos viese aparecer de nuevo por allí.

—¿Dieron con él? —nos asaltó nada más vernos, sin apenas darnos tiempo para salir del coche.

—No..., pero dejó un mensaje en la Cruz de Ferro —contesté.

—¿Y cómo saben que fue él? Todos los peregrinos suelen dejar unas palabras escritas bajo la cruz de hierro.

—Pero supongo que ninguno las escribirá con sangre sobre un trozo de papel.

El ermitaño calló. Apretó los labios y esperó a que continuara explicándole nuestro hallazgo. El inspector Lasarte procedió a sacar la bolsa de plástico donde había guardado la nota con el mensaje y se la enseñó.

—Quevedo —susurró en voz baja tras leerla.

—¿Cómo dice?

—Quien escribió esto lee a Francisco de Quevedo. Yo también soy un apasionado de su literatura. ¿No han leído *La vida de San Pablo, Constancia y paciencia del Santo Job* o *La providencia de Dios*? Las redactó muy cerca de aquí.

—No entiendo absolutamente nada de lo que está hablando. ¿Qué quiere decir? —le pregunté desconcertado.

—Quevedo estuvo encarcelado durante cinco años en León. En el antiguo monasterio de San Marcos. Durante mucho tiempo aquellas instalaciones fueron usadas como prisión.

—¡Es cierto! —apuntó Ramírez, dando muestra de que estaba al tanto.

—Entonces debemos ir allí. Seguro que esa es la casilla de *La Cárcel* que andamos buscando —propuse.

—Pero... ¿qué sentido tiene? — preguntó Lasarte.

—La piedra que encontramos dentro del cuadrado junto a la Cruz de Ferro indicaba que la siguiente jugada estaba a una sola tirada, y la mano que había clavada sobre su mástil indicaba que debíamos volver sobre nuestros pasos, es decir, retroceder una sola casilla. Y la única ciudad que hay antes de Foncebadón es León. ¿Lo comprende ahora, inspector? El *transeúnte* se rige por unas normas escritas miles de años atrás, y ahora las interpreta según cree conveniente.

—¡Tengan cuidado! —nos advirtió el ermitaño—. Se enfrentan a un monstruo. Y cuando la sinrazón se adueña del ser humano, nada ni nadie puede detenerlo.

Un monstruo, dijo refiriéndose al asesino. Alguien sin escrúpulos que estaba dispuesto a cualquier cosa con tal de conseguir un fin. Daba igual que para ello tuviese que dejar atrás un reguero de sangre, le traía completamente sin cuidado que personas inocentes tuviesen que morir por su causa. Los sacrificios eran parte del rito iniciático que seguía, y él parecía disfrutar con ello.

Después de haber estado tantos días vigilando las localidades de El Ganso y Valcárcel, la siguiente ciudad que yo tenía señalada sobre el mapa era Lugo. En ella había focalizado mi nuevo punto de mira porque intuía que sería la última urbe importante que quedaba antes de llegar a Santiago de Compostela. Por eso tener que regresar a León suponía un grave contratiempo que me costó asumir; significaba volver atrás sobre el itinerario que inicialmente había previsto. Aquello era un gran revés porque además de jodidos estábamos cansados, y puedo jurar que nuestras caras eran un auténtico poema. Los ánimos no estaban para muchas bromas y el viaje hasta León se realizó en el más riguroso de los silencios, tanto que Lasarte y Ramírez ni abrieron la boca.

31
La Cárcel

El monasterio de San Marcos era una joya arquitectónica de la que se enorgullecía la noble ciudad de León. Desde la amplia plaza que lo precedía se contemplaba la descomunal obra plateresca que suponía su fachada, y junto al tenso silencio que abrigaba a sus alrededores hacía que se pudiese palpar la larga historia que habían vivido aquellos gruesos muros de aspecto palaciego.

Según nos indicaron, en la actualidad el descomunal edificio albergaba tres usos diferentes: Parador Nacional de gran lujo con categoría de cinco estrellas, museo de León e iglesia de culto. Así pues, tratar de localizar una pista en aquel complejo arquitectónico era como buscar una aguja en un pajar, es decir, prácticamente imposible. Aun así, una vez allí, decidimos entrevistarnos con el director del Parador; era el único que podía facilitarnos la lista de los huéspedes que se hubiesen alojado allí en los últimos días. Resultó en vano. En el libro de recepción solamente aparecían personalidades importantes y de un nivel adquisitivo relativamente alto, y a priori nuestro sospechoso no coincidía con ese perfil de cliente.

Aquel lugar no encajaba con nuestra investigación, pues el *transeúnte* siempre procuraba buscar escenarios poco concurridos y, a ser posible, rurales. En cambio, aquello suponía todo lo contrario: ostentación, turismo, gran ciudad... Allí no había nada de lo que buscábamos, y, en un principio, parecía que después de tragarnos más de doscientos kilómetros de carretera habíamos seguido una pista errónea. Ante aquella tesitura solo nos quedaba preguntar a uno de los miembros cualificados del museo si el mensaje que habíamos encontrado pertenecía realmente a Francisco de Quevedo. Teníamos que cerciorarnos porque solamente contábamos con el testimonio del ermitaño de San Antón, y todos sabíamos que no andaba muy bien de la azotea.

—*...de rigurosa prisión, enfermo de tres heridas, que con los fríos y la vecindad de un río que tengo por cabecera, se me han cancerado, y por falta de cirujano, no sin piedad, me ha visto cauterizar con mis manos. El horror de mis trabajos ha espantado a todos* —leyó en voz alta—. Sí, esas palabras las escribió Quevedo cuando estuvo aquí prisionero —afirmó con rotundidad el señor Boluda, el encargado del archivo histórico del museo.

—¿Hasta cuándo fue usado el monasterio como cárcel? —se interesó Ramírez.

—Ha ocurrido en varias épocas a lo largo de la historia. La última vez fue durante la Guerra Civil. Llegó a ser uno de los establecimientos represivos más severos y saturados de la España franquista; según los archivos militares, alcanzó una población reclusa de casi 7000 hombres. Pero sus verdaderos orígenes fueron muy distintos. Se construyó a partir de una donación que hizo una de las infantas de Castilla en el siglo XII para construir un templo-hospital a las orillas del río Bernesga; la intención era que sirviese de refugio a los peregrinos que realizaban el Camino de Santiago.

—¿El río Bernesga pasa cerca de aquí? —pregunté. Había olvidado por completo que en la nota encontrada hacía alusión a un río y al escucharlo creí que podría ser relevante.

—Sí, su cauce queda junto al pabellón del ala derecha del monasterio.

—No hay duda. Ese debe de ser el río que Quevedo decía tener por cabecera —sospeché.

—Podría ser —afirmó el encargado del museo—, porque aquella parte es las más antigua del monasterio.

—Pues... ¿A qué esperamos? Vayamos allí —propuso Lasarte.

Abandonamos el monasterio sin mucha prisa, el desánimo comenzaba a guiar nuestros pasos y ninguno de los tres nos atrevimos a mencionar palabra alguna mientras nos dirigíamos hacia el puente de San Marcos; así se llamaba el viaducto que atravesaba el río colindante al monasterio. Intuíamos que allí podríamos encontrarnos ante dos posibilidades muy distintas: una, que no hubiese nada, ningún rastro del *transeúnte,* lo cual indicaría que aquel no era el lugar que buscábamos; u otra segunda opción mucho más espeluznante que nadie quería ni imaginar. Por eso era conveniente resguardarse en el silencio y preparar los ojos para presenciar alguna escena que pudiese resultar verdaderamente atroz.

Puedo jurar que hay ocasiones en las que a uno le gustaría equivocarse y esta os aseguro que fue una de ellas. En el margen izquierdo del río encontramos el cuerpo desnudo de un hombre de unos cincuenta años. Estaba amordazado y sus brazos habían sido mutilados a la altura de los codos. Se ensañaron con él sin piedad, y sobre su pecho aparecía marcada una frase:

Nadie me cortará las alas

El muy cabrón le había cortado los brazos a la víctima simulando que esas eran sus dos alas, dejando también muy claro que no se dejaría atrapar fácilmente. Era un mensaje breve, pero tremendamente desgarrador, y ratificaba que sabía que seguíamos sus pasos muy de cerca.

La tarea de recuperar el cuerpo resultó muy dura. Nadie en su sano juicio estaba preparado para contemplar tanta atrocidad, y nosotros hacía tiempo que habíamos cubierto ya el cupo de barbaries. Empezaban a ser muchos crímenes sobre nuestra conciencia y las palabras sobraban, tan solo bastaba una leve mirada para adivinar qué estaba pensando cada uno de los presentes. Tan solo eso, una mirada que delataba que el odio comenzaba a anidar en lo más profundo de nuestras almas. Una rabia contenida que tarde o temprano afloraría.

Tras realizar el levantamiento del cadáver y llevarlo al Instituto Anatómico Forense de León, propusimos a las autoridades pertinentes que fuese la doctora Román la encargada de realizar la autopsia. El inspector jefe sugirió que era la persona más cualificada para examinar el cadáver porque ya conocía el *modus operandi* del asesino. Doce horas después, Ester se reunió con nosotros para presentarnos los informes.

—¿Usted dirá? —le preguntó Lasarte impaciente.

Todos los allí reunidos esperábamos expectantes su diagnóstico.

—No hay duda, se trata de la misma persona que buscamos. Ha desgarrado el cuerpo con el mismo útil que usó en el cadáver encontrado en Puente La Reina, probablemente con una garra de animal. Aparte del mensaje marcado sobre su pecho, también se ha encontrado otro menos visible bajo su axila izquierda.

—¿Dos números y un tridente? —me adelanté a preguntar, recordando a la víctima anterior.

—No. Ahora son dos letras, la «S» y la «F», las que acompañan a un pequeño jeroglífico y una fecha concreta: 1966.

—¿A qué podrá hacer referencia, doctora? —preguntó en voz alta Lasarte, mirando a cada uno de los presentes.

—La fecha no coincide con la aparición del *transeúnte* anterior —respondió Ramírez—. Supuestamente fue en el año 1965 cuando actuó por última vez.

—Indica la fecha en que nació el asesino que buscamos —afirmé—. Según los informes que nos facilitó el comisario Horneros, el padre del actual *transeúnte* violó a la hermana Margarita de Jesús el verano de 1965; por tanto, nuestro sospechoso debió nacer nueve meses después, en marzo del siguiente año.

—Podría ser. Pero ¿y el jeroglífico? —preguntó la doctora enseñándome una foto. En ella se podía ver marcado sobre la piel del cadáver uno de esos cuadrados con pasillos que aparecen en las revistas de crucigramas.

—Es *El Laberinto* —les dije—. Hace alusión a la siguiente prueba que se ha de superar en el juego de la oca.

—¿Otra más? —se lamentó Lasarte—. Empiezo a estar harto de tanta prueba. ¿Es que nunca va a acabar este maldito juego?

—Inspector, aún quedan tres pruebas que superar: *El Laberinto, El Pozo y La Muerte* —le previne.

—¿Está insinuando que habrá más asesinatos?

—Me temo que sí.

Puede que aquella afirmación minase un poco el ánimo del grupo, pero debíamos atenernos a lo peor. El juego de la oca constaba de siete pruebas, siete rituales que conllevaban sus correspondientes sacrificios, y nuestro adversario estaba dispuesto a llevar a cabo cada uno de ellos.

—¿Y por dónde seguimos investigando? —preguntó Ramírez.

—Acércame el expediente de la religiosa. Quizá aparezca algún dato que hayamos pasado por alto.

Como era de suponer, el archivo de la hermana Margarita de Jesús no estaba redactado con el rigor de los informes actuales. La policía de los años sesenta no contaba con los adelantos tecnológicos ni científicos que ahora teníamos a nuestra disposición; no en vano, arrojaba algunos datos de vital relevancia tales como que la novicia era natural de Lugo y pertenecía a una congregación de clarisas llamada «Las Siervas de María».

—Probablemente *El Laberinto* se encuentra en algún lugar de Lugo que encaja con esas dos iniciales que han marcado sobre el cadáver —deduje.

—Pediré información en el convento. Supongo que es posible que sepan algo, no violan todos los días a una monja —opinó Ramírez.

Viendo que mis compañeros tenían tarea más que suficiente para estar entretenidos, me acerqué a saludar a Ester. Quería aclarar el malentendido que había trastocado nuestra relación.

—Me alegra verte por aquí —le confesé con voz prudente.

Ella no contestó. Se giró y suspiró en voz alta.

—¿Me darías la oportunidad de comenzar de nuevo? No quisiera perder tu amistad —me sinceré.

—Mi amistad no la perderás nunca —contestó con gesto serio.

—Entonces… ¿Qué tal un almuerzo?

Me miró sorprendida, intentando disimular su mal humor.

—Te juro que esta vez nadie nos interrumpirá —insistí mirando de reojo a Ramírez.

—De acuerdo —asintió con desgana, aunque se notaba que en el fondo estaba deseándolo.

Debo admitir que agradecí que me acompañara a una pizzería que había al final de la calle. Por lo menos tuve la oportunidad de probar algo distinto, porque escuchar la palabra sándwich ya comenzaba a darme hasta angustia. Además, la comida italiana siempre fue considerada un excelente revulsivo para comenzar una conversación interesante con una fémina. Así que busqué una mesa que quedara un poco apartada del resto; tener un poco de intimidad era primordial para intentar que se le pasara el enfado.

—¿Cómo van las cosas por Pamplona? —pregunté tratando de romper el hielo.

—Supongo que bien. Con los encierros de San Fermín se han olvidado un poco de lo ocurrido.

—¿Y Horneros?

—Continúa en su línea, de cada cuatro palabras que dice tres son malsonantes.

—Eso es señal de que la normalidad ha vuelto a la comisaría. Y, retomando el caso, me comentó Ramírez que pediste la exhumación de algunos de los cuerpos. ¿Has averiguado algo?

—Aparentemente los restos inspeccionados muestran señales idénticas a los ritos macabros que viene realizando el asesino. Aunque se trate de enterramientos del año 1965, sus restos todavía pueden aportar pruebas interesantes que nos ayuden a atraparlo. Uno de los cadáveres que he podido examinar presenta también un fuerte traumatismo en el cráneo y carece de dos dedos de su mano izquierda.

—¿El índice y el anular?

—Efectivamente. Y según el comisario, aquel verano también desapareció una joven.

—Tengo constancia de ello. Supongo que te refieres a una novicia de Lugo. Si no me equivoco, el *transeúnte* de aquella época la violó.

—¿Crees que habrá ocurrido lo mismo con Alejandra? —preguntó preocupada.

—Me gustaría responder que no, pero no puedo asegurarlo. Tenemos dos cadáveres y una chica desaparecida y aún ignoramos a quién buscamos. Ese cerdo lo tiene todo tan perfectamente planeado que podríamos estar años persiguiéndolo sin atraparlo. ¿Estás al corriente del ojo que encontramos en la localidad de El Ganso?

—Sí. Pude leer el informe forense de Burgos. Según la ramificación de los nervios y el tamaño de la córnea pertenece a una mujer adolescente, de unos dieciocho años de edad.

Aunque lo esperaba, aquella afirmación me dejó helado. Que ese desgraciado pudiera haberse ensañado con Alejandra era algo que me superaba. Me costaba aceptarlo.

—Y esas dos letras, ¿no te dicen nada? —me preguntó, refiriéndose a los signos del cadáver que encontramos en el río, junto al monasterio de San Marcos.

—No sé, Ester. Si te soy sincero debo decirte que estoy hecho un lío. A pesar de que ese desgraciado siempre deja pistas nunca lo atrapamos. Esas dos letras, la «S» y «F», pueden significar cualquier cosa. Hay veces que pienso que perseguimos a un fantasma, a alguien capaz de estar en varios sitios a la vez.

—Tal vez deberíamos plantearnos la posibilidad de que no actúe solo.

—Imposible. ¿Quién sería capaz de secundar a un demente? Nadie en su sano juicio ayudaría a alguien de esa calaña. Además, según los precedentes, se trata de un peregrino solitario que intenta recorrer el Camino de las Ocas. Recuerda que no es la primera vez que sucede.

Después de aquella breve batería de preguntas relacionadas con nuestro trabajo llegó un silencio. La miré a los ojos y no pude evitar buscar una mirada de complicidad que nunca llegó.

—¿Por qué rehúyes mi mirada? —le pregunté.

—No la rehúyo, solo la evito.

—¿Y cuál es el motivo?

—No lo sé. Tal vez deberías ser tú quien me lo diga. Hay veces que siento que ocultas algo. Ignoro qué es, pero hasta que no saques esa espina que oprime tu corazón no serás feliz.

No respondí. Mantuve vivo el silencio y aparté la mirada.

—Si no eres sincero contigo, cómo lo vas a ser conmigo —continuó.

—Lo siento, no estoy preparado para hablar de ello. No es el momento.

—¿Por qué? ¿Acaso no se lo explicaste a esa vieja bruja de Puente La Reina?

—¿Quién te ha dicho eso? ¿Cómo lo sabes?

—El problema no es quién ni cómo, sino por qué lo hiciste. No confías en mí.

—Sabes que sí —le aseguré.

—¿Entonces…?

—Es algo de lo que no estoy orgulloso, algo que sucedió hace mucho tiempo y que trato de olvidar.

Ella me miró, permaneció callada contemplando mi pesar.

—Hace tiempo que tengo ganas de besarte —le dije—. Desde el primer día en que te vi lo estoy deseando.

—¿Y por qué no lo haces? ¿Temes que te rechace?

—No. Simplemente temía olvidar el último beso que di —contesté, aunque ya había podido comprobar cuando besé a Lola que ningún beso borraría la huella de mi amigo Berto. Pero..., a ver cómo le contaba que después de conocerla mis labios habían probado otros que no eran los suyos. Por eso decidí omitirlo.

—¿Tan importante fue?

—Sí, mucho. Quizá haya sido el beso más bonito que he dado en mi vida, y tenía miedo a borrarlo de mis labios.

—Estás equivocado, Álvaro. Nadie, por muchos besos que te dé, podrá robarte el recuerdo de ese beso.

—Fue un beso mágico —confesé—. Sé que puede parecer una tontería, pero no lo fue. ¿Has oído hablar del beso de *Blancanieves*? En una ocasión me explicaron que era un beso capaz de despertar a alguien moribundo.

—De pequeña soñaba con él, soñaba con un príncipe azul que trepaba hasta mi balcón para besarme. Luego, con los años, creces y dejas de creer en esas fantasías y descubres que esas cosas solo ocurren en los cuentos.

—Puede que estés equivocada. Yo una vez tuve la ocasión de dar uno y te aseguro que fue completamente real. Resultó mágico y, por unos instantes, mientras cierras los ojos para darlo, la frontera de la lógica se desvanece y cualquier cosa, por imposible que parezca, puede hacerse realidad.

—Es muy hermoso lo que dices, Álvaro.

—Tan hermoso como triste.

Tras aquella respuesta surgió un nuevo silencio y nos quedamos mirándonos. Mis labios deseaban encontrarse con los suyos, beber del jugo de su boca sonrosada. Ella lo sabía y no rehuyó la invitación que mis ojos le brindaron. Poco a poco, muy lentamente, se fue acercando, y cuando ya casi podía sentir su aliento, sonó el teléfono:

—Cógelo —me pidió ella apartando la mirada.

—No importa, puede esperar —contesté, sin querer perder la oportunidad de besarla.

—Por favor, cógelo. Puede ser importante —insistió, volviendo a sentarse erguida.

La magia del momento se esfumó con aquella inoportuna llamada, y probablemente también dejé escapar un beso especial, uno de esos que se describen en el final feliz de un cuento. Cómo no, era Ramírez el que llamaba, quien insistió para que fuésemos inmediatamente a la oficina. Así que no pude probar ni la pizza ni los labios de Ester porque de nuevo el pesado de mi compañero apareció como una suegra de armas tomar.

—¿Dónde estabas metido? —me recriminó Ramírez—. Hemos localizado a sor Julia, la madre superiora del convento de Las Siervas de María. La tengo al teléfono por si quieres hablar con ella.

—Pásamela —le pedí—. Hola, soy el inspector Moret. Perdone que la moleste, pero ya le habrán informado que es de vital importancia que localicemos a la hermana Margarita de Jesús. ¿Sabe usted dónde podríamos encontrarla?

—Siento no poder ayudarlo, inspector. Ignoro dónde puede estar; es más, desconozco si aún vive. Han pasado casi treinta años desde la última vez que la vi.

—¿De qué fecha estaríamos hablando?

—De marzo del 1966 —contestó sin dudar—. Lo recuerdo muy bien, es una fecha que nunca olvidaré. Éramos novicias y compartíamos la misma celda. La hermana Margarita era una joven encantadora, de una educación exquisita; pertenecía a una familia adinerada y muy respetada en la ciudad. Lo que le sucedió fue una tragedia, no se lo merecía. Ese hijo de Satanás le destrozó la vida —dijo apesadumbrada.

—¿Le importaría contarme qué ocurrió, sor Julia?

—Por aquel entonces, en nuestro convento existía una nave anexa que estaba en ruinas y que los peregrinos usaban para pernoctar. Al amanecer, era costumbre que una de las novicias les llevara tortas de trigo para almorzar, y esa mañana, por desgracia, le tocó a ella...

La religiosa pareció ahogarse en un profundo suspiro y cesó su relato. Y tras tomar un poco de aire, continuó:

—No volvió. La hermana Margarita esa mañana no regresó. La abadesa denunció su desaparición a las autoridades de la época, pero no lograron encontrarla. Muchos especularon con la posibilidad de que hubiese renunciado a sus votos de clausura, pero yo sabía que ella nunca haría tal cosa. Estaba enamorada de Dios, en cuerpo y alma.

—¿Cuándo la volvió a ver entonces?

—Como le he dicho antes, aproximadamente un año después, en marzo de 1966. Se presentó de improviso en el convento, quería visitarnos. Estaba muerta en vida. Parecía moribunda y trataba de ocultar su rostro bajo una capucha oscura. Al quitársela pude comprobar cómo la dulzura que siempre la caracterizó se había apagado a base de golpes. Puede que uno de ellos la dejara tuerta porque llevaba una venda que tapaba la mitad de su cara.

—¿Recuerda si era el lado izquierdo?

—No podría asegurarlo, pero creo que sí. Aunque... eso no era lo peor que le había pasado.

—Continúe, por favor.

—Nos confesó que el día que desapareció fue violada brutalmente. Le habían arrebatado el tesoro más valioso que puede poseer una mujer, su virginidad, y la mantuvieron encerrada en un sótano durante ocho meses. Después, una mañana, al despertar, encontró la puerta de su cautiverio abierta y escapó. Resultaba extraño porque la tuvieron retenida durante casi todo su embarazo y, cuando apenas faltaban cuatro semanas para alumbrar, la dejaron libre. Huyó de aquel infierno, se marchó lo más lejos que pudo, y fruto de ese abuso nacieron dos bebés.

Si lo que contaba esa mujer era cierto, entonces uno de esos dos vástagos que nacieron era el asesino que ahora andábamos buscando. Y, por consiguiente, nos brindaba la posibilidad de buscar a su hermano gemelo; si localizábamos su paradero tal vez podría arrojar un poco de luz en este turbio asunto. Esa podía ser la oportunidad que estábamos esperando para atraparlo.

—¿Quién se hizo cargo de los niños? —le pregunté—. Quizá con un poco de suerte podamos localizar a alguno de ellos.

—Me temo que eso va a ser imposible, inspector. Nacieron muertos. El día que nos visitó venía de enterrarlos en el panteón de su familia. La abadesa, tras escuchar su estremecedora historia, le pidió que se quedara con nosotras; éramos las únicas que podíamos ayudarla a retomar su anterior vida, pero no accedió. Según dijo, ya era demasiado tarde, había perdido su fe en Dios y solo aspiraba a que la muerte llamase pronto a su puerta. Esa fue la última vez que la vimos, un catorce de marzo de 1966.

—Lo siento, hermana. Ahora comprendo por qué no ha logrado olvidar esa fecha. Muchas gracias por atenderme y disculpe las molestias.

Aunque fuese por teléfono, su tono de voz constataba claramente que aún no había superado aquel trágico suceso. Supongo que por muchos años que pasen nunca se olvida un drama de esa magnitud porque yo, aunque en las dos últimas semanas hubiese vivido constantemente sumergido en un mar de incertidumbre, tampoco había logrado quitarme de la cabeza a Alejandra. Pensar que con apenas dieciocho años le hubiesen arrancado un ojo y violado sin contemplación me sumía en un estado de frustración que estrujaba mi pecho. Los libros de la academia decían que un inspector debía estar preparado para superar cualquier adversidad, que el dolor de las víctimas no podía afectar el curso de una investigación; probablemente quien escribió esas normas nunca se topó con un desgraciado de esta calaña. Era imposible mostrarse indiferente ante tanta brutalidad, pues cuando creía que ya lo había visto todo, aparecía una nueva atrocidad mucho peor que la anterior.

42
El Laberinto

Lasarte decidió con buen criterio que una parte de la Brigada Central nos trasladásemos a Lugo, porque suponía saltarse de golpe unas cuantas casillas de ese imaginario tablero de juego que el *transeúnte* había marcado en su cabeza; afortunadamente lo hicimos con una agradable incorporación: la doctora Román. Contar con una forense en el BCI fue un acierto del inspector jefe, ya que nos dotaba de una gran agilidad a la hora de realizar los trámites burocráticos; no debíamos olvidar que estábamos en una nueva comunidad autónoma y con su colaboración podíamos acceder a futuras autopsias de una forma mucho más directa y rápida.

Mientras Lasarte planteaba con el capitán de la Guardia Civil un dispositivo de control que se ajustase al recorrido que restaba entre Lugo y Compostela, nosotros decidimos echar un vistazo al cementerio de la ciudad. Necesitábamos ampliar la información sobre esos dos niños que supuestamente fueron enterrados en marzo de 1966 y corroborar las palabras de sor Julia. Además, he de admitir que en aquellas circunstancias no se me ocurrió otro lugar mejor por donde seguir investigando.

Ester quiso acompañarnos y, como mi compañero no puso ninguna objeción, se montó en el coche y se vino a inspeccionar el camposanto de Lugo.

A unos veinte metros de la entrada del cementerio, Ramírez detuvo bruscamente el coche. Sus ojos se habían quedado clavados en las grandes letras que aparecían grabadas sobre el pórtico de la entrada.

—¿Álvaro, ves lo que yo? —me preguntó conteniendo la respiración.

—¿Qué ocurre? —se alarmó Ester que iba sentada en el asiento de atrás.

—Tranquila. Se refiere al nombre del cementerio.

Al unísono nos bajamos los tres del vehículo. Ya no quedaba lugar para la duda, habíamos acertado de pleno, estábamos ante la siguiente prueba de ese macabro juego en el que nos encontrábamos inmersos: *El Laberinto.* Las iniciales de su nombre así lo indicaban, Cementerio de **S**an **F**roilán. Esas fueron precisamente las dos letras celtas que grabaron junto a un laberinto sobre la piel del último cadáver que localizamos en León. Y qué era en realidad un cementerio sino eso, un gran laberinto de lápidas, criptas y mausoleos donde se enterraban los despojos de lo que un día fuimos.

Seguramente sonará raro, pero era un cementerio hermoso, incluso diría que impactante. No se parecía en nada al que visitaba con Berto. En el que nosotros jugábamos de niños era muy distinto. Allí los nichos estaban dispuestos unos sobre otros, como si se tratara de un edificio con cinco alturas. Lo recuerdo muy bien porque escalábamos hasta los huecos más altos para escondernos del enterrador. En cambio, en este todo era diferente. Las tumbas se encontraban a ras del suelo y acompañadas en su cabecera por una cruz de mármol o la imagen de algún ángel esculpido en piedra; correlativas, una tras otras, formando una extensa alfombra grisácea de mármol sobre la que de vez en cuando emergía orgullosa alguna antigua capilla. Estas eran como pequeños templos góticos de piedra extirpados del mismísimo Notre Dame, en donde la estrechez de unas vidrieras rotas por las inclemencias del tiempo dejaban entrever el tremendo olvido que aguardaba en su interior.

«Zona norte, cuarto sector, calle n.º 43». Esos fueron los datos que le facilitaron en el archivo municipal a Ramírez.

Allí debía encontrarse el mausoleo de la familia Asensio, los padres de la religiosa que buscábamos.

Recorrimos las calles del cementerio en silencio, respirando un olor a ciprés húmedo y observando cómo el moho verdoso que cubrió los recodos de algunas tumbas durante el invierno se había tornado ahora de color anaranjado a causa del calor. Centenares de lápidas impolutas salpicadas por restos de flores marchitas. Rosas secas tan mustias como los nombres grabados de quien yacía bajo aquellas pesadas etiquetas de piedra. Flores sin vida que adornaban jarrones de agua corrompida a los pies de las tumbas. Sí, no había duda, aquello era eso, un laberinto de olvido.

Caminamos por sus estrechas calles alquitranadas, junto a los espigados cipreses, buscando la última morada de los difuntos de la hermana Margarita de Jesús. Esa era nuestra meta en aquel enrevesado puzle y supongo que habría sido más fácil localizarla si alguno de los operarios del cementerio se hubiese brindado a acompañarnos, pero los funcionarios municipales siempre han actuado así, sacrificios los justos, para qué molestarse si al final de mes iban a cobrar lo mismo. De hecho, casi fue un milagro que atendieran a Ramírez con tanta rapidez; si no llega a enseñarles su placa de policía probablemente aún estaría rellenando absurdos formularios que no servían para nada.

«Zona norte, cuarto sector», indicaba una placa enrobinada que había atornillada en una esquina de un muro de piedra. Y junto a esta, un poco más abajo, casi a la altura de la vista, aparecía grabado a cincel y martillo el mismo símbolo que encontramos sobre el cadáver sin brazos que localizamos en León.

Foto n.º 6
Anagrama del Laberinto. Cementerio de Lugo.

No había duda, habíamos llegado.

Aquel laberinto indicaba el comienzo de una nueva prueba y solo nos faltaba encontrar la calle n.º 43 en aquel enrevesado complejo de pasillos sin vida. Al tratarse de un cementerio que había ido creciendo paulatinamente con el paso del tiempo —algo muy normal en un lugar como ese— las numeraciones de las calles no eran correlativas, por lo que decidimos dividirnos y buscar cada uno por un lado. La tarde estaba agotando sus últimos suspiros y la noche no tardaría en llegar. Debíamos darnos prisa si queríamos encontrarla antes de que oscureciera.

Ramírez comenzó a recorrer las calles horizontalmente mientras que Ester y yo lo hacíamos verticalmente, la intención era peinar toda la parcela en el menor tiempo posible. Lo cierto es que se trataba de un cementerio relativamente grande, pero teníamos a nuestro favor que solo debíamos buscar entre los mausoleos familiares; es decir, fijar nuestra atención en las antiguas capillas que aparecían salteadas dentro de aquella área del camposanto. Fue entonces cuando inesperadamente se presentaron varias nubes que se empeñaron en posar su sombra sobre el cementerio, tornando aún más gris el apocalíptico paisaje.

Nombres, fechas, pequeños retratos de porcelana y estatuas de ángeles clamando al cielo. El repertorio de recuerdos era interminable, y respirar en aquella atmósfera erizaba la piel.

Ester cogió mi mano. Y yo correspondí a su gesto con una mirada cómplice. Para qué negarlo, que quisiera escudar su temor acercándose a mí me agradó, me hizo sentir como un príncipe azul que protegía a su amada en medio de un bosque siniestro. Y juntos, agarrados de la mano, continuamos buscando la tumba donde debían de estar enterrados los hermanos gemelos que alumbró la religiosa.

Revisamos minuciosamente cada una de las capillas que nos fuimos encontrando, sin hallar nada que resultase relevante. Así, hasta que divisamos una al final de la calle. A pesar de que estábamos algo alejados, al verla sentí la corazonada de que era la que andábamos buscando. Sus paredes desconchadas y una gran cruz sobre su tejado la señalaban como la elegida. Una verja oxidada la rodeaba en su totalidad, y de las vidrieras pareadas que antaño hacían las veces de ventanas apenas había sobrevivido algún cristal en ellas. Aunque lo que más llamó mi atención fue que su puerta de madera carcomida se encontrase sin cerrar. El candado que debía precintarla brillaba por su ausencia.

Expectantes nos asomamos a su interior, y entonces pudimos contemplar una enorme lápida colocada sobre el suelo. Era la entrada a la cripta subterránea, al foso donde se encontraban enterrados los antepasados de la familia Asensio, mas había algo inusual que rompía la sintonía de olvido, polvo y telarañas que reinaba en aquella estancia: el borde de la lápida se presentaba limpio, sin suciedad en sus juntas, como si la hubiesen abierto recientemente.

—¡Ayúdame! —le pedí a Ester, tratando de empujar la lápida que precintaba la fosa.

—¿Qué pretendes hacer?

—Voy a abrirla.

—No podemos profanar una tumba, es ilegal. Necesitamos una orden de un juez o nos…

—¿Me ayudas o no?

Ella suspiró y, tras pensárselo unos segundos, finalmente accedió. Entre los dos apartamos aquella pesada losa y dejamos al descubierto la entrada de la cripta funeraria. Su interior estaba oscuro, pero una vez allí esa contrariedad no iba a suponer un impedimento para que yo me introdujera a inspeccionar en su interior. Como pude, fui apoyando mis pies en los tabiques que, a modo de literas, soportaban los ataúdes de los allí enterrados, así hasta que llegué abajo. Por suerte, en ese momento nos encontró Ramírez y con la ayuda de su linterna alumbró la fosa desde arriba.

—¡Aquí están! —les señalé.

Me refería a dos pequeños féretros blancos llenos de polvo situados al fondo de la tumba y que podían ser los de los gemelos que buscábamos.

—¿Puedes confirmar la fecha de defunción? —me preguntó Ester que estaba arriba, asomada de rodillas.

—Catorce de marzo de 1966 —leí tras limpiar de un soplido el polvo que había posado sobre las placas—. Encaja con lo que nos contó sor Julia —afirmé.

—¿Y los nombres? —insistió ella.

—No hay nombres, solo esas dos fechas.

—Ábrelos —me pidió Ester, extrañada por que no apareciesen las identidades de los cuerpos que contenían.

—¿Seguro? —respondí sorprendido. Hasta ese momento Ester había sido una persona a la que siempre le costó saltarse el protocolo de actuación judicial. Y en cambio ahora, de repente, quería que abriese los dos féretros.

—No vas a encontrar nada dentro —aseguró—. ¡Están vacíos!

Lo afirmó de una manera tan tajante que no me lo pensé dos veces, quité los pestillos que aseguraban las tapas y, con sumo cuidado, abrí aquellas dos pequeñas cajas de madera. Ester estaba en lo cierto. En su interior no había absolutamente nada. No quedaban restos putrefactos ni señales de que allí hubiesen sido enterrados los cuerpos de dos bebés recién nacidos.

—Son ellos los que están recorriendo el Camino de las Ocas —dijo Ramírez—. Esa es la explicación de por qué no dábamos con él. No hay un asesino, sino dos. Siendo gemelos pueden actuar a la vez en dos sitios diferentes y parecer uno solo.

De ser cierto, aquella circunstancia daba un giro de ciento ochenta grados a nuestra investigación, pues entraba en escena un segundo sospechoso con el que no contábamos. Y mientras trataba de salir de aquel agujero inmundo lleno de telarañas, me pareció escuchar algo.

—¿Habéis oído eso? —le pregunté a mis compañeros—. Parecía un gemido.

Por unos instantes nos mantuvimos en silencio, aguantando la respiración; y fue entonces cuando pudimos escuchar con claridad un suspiro.

Alertado, bajé de nuevo y me mantuve expectante. Y esperando en medio de un melancólico silencio que solo se puede sentir dentro de una tumba escuché un profundo suspiro que retumbó en la cripta. Si no me equivocaba, provenía de la segunda litera que había a la izquierda, del interior de un ataúd de caoba de dimensiones considerables.

Miré a Ester que seguía arriba asomada. Ella asintió con un ligero movimiento de su cabeza a mi intención de profanar esa extraña caja mortuoria que esperaba en la penumbra.

Ramírez la enfocó con su linterna. Al hacerlo, pude comprobar que la llave estaba puesta en la cerradura. Solamente debía girarla y la tapa quedaría abierta.

La giré…

Y muy lentamente abrí el ataúd.

La sorpresa fue mayúscula porque dentro, envuelto en una sábana, se encontraba el cuerpo amordazado de una joven. Tenía colocada una mascarilla con la que le suministraban oxígeno por medio de una pequeña bombona que había junto a sus pies, y sobre uno de sus brazos, le administraban por vía intravenosa una bolsa de suero y calmantes. Era la primera vez que la veía, pero al observar cómo se habían ensañado con su cara supe inmediatamente que era Alejandra, la joven de dieciocho años que había desaparecido en el albergue.

43
Acortando el camino

Resulta complicado continuar escribiendo, narrar todo aquello sin que se me vuelva a erizar el vello de la piel al recordarlo. Hay quien asegura que el tiempo todo lo cura, sin embargo, yo no consigo olvidar lo que sucedió en cada segundo de aquellos contados días; especialmente la tarde en que logramos encontrar a Alejandra. Resultó caótico, pero al menos pudimos salvarla. Tras un reconocimiento ginecológico en el hospital y comprobar que había quedado embarazada, se le indujo un aborto que interrumpiese la gestación; además, hubo que intervenirla de urgencia porque uno de sus globos oculares había sido arrancando y mostraba serios desgarros que dañaban parte de los nervios de la zona. Por tanto, hasta que no pasasen varios días no se le podía tomar declaración sobre lo sucedido, un tiempo muy valioso que sin duda aprovecharía el *transeúnte* para tomarnos ventaja en ese maldito juego. La carga emocional a la que nos estábamos enfrentando en el BCI comenzaba a hacer mella en el grupo, y tan solo había que mirar la cara de Ester o de Ramírez para percibir el sentimiento de derrota que arrastraban tras de sí. Por mi parte, creo que a esas alturas de la investigación ya había perdido tres o cuatro kilos y mi cinturón comenzaba a echar en falta un par de agujeros más.

Recuerdo que un silencio tenso embargó la jefatura de Lugo. Nadie se atrevía a mencionar la primera palabra y el sonido de las respiraciones de los allí reunidos fue lo único que rasgaba el mutismo que nos habíamos impuesto voluntariamente. ¿Qué se podía decir tras lo ocurrido en aquel cementerio? Nada. Los hechos hablaban por sí solos. Se habían ensañado sin piedad con una adolescente indefensa, y quienes lo habían hecho no eran unos asesinos cualquiera. Debíamos asumir que nos encontrábamos ante unas mentes enfermas que eran capaces de hacer cualquier cosa para llevar a cabo un ritual olvidado en el tiempo, un juego que solo esos dos hermanos conocían como la palma de su mano. No obstante, uno de ellos, probablemente el mayor, el primogénito, era el cabecilla, quien había heredado el título de *transeúnte,* e incitaba a su gemelo a seguirle. Por tanto, no nos enfrentábamos a un asesino en serie ni nada parecido, sino a un perturbado que trataba de finalizar una obra inacabada que había idealizado en su cabeza.

Entonces, inesperadamente, comenzó a sonar mi móvil:

—Dígame —contesté tratando de atender la llamada.

—Hola, compañero —escuché decir. No había duda, era él, y llamaba desde otro número de teléfono distinto.

—Tú nunca conocerás el significado de la palabra compañero —le recriminé mientras pulsaba el modo de «manos libres» en el teléfono. Quería que los demás también pudiesen escuchar la conversación.

—¡Oh! ¡Qué frase tan bonita! No sabía que fuese tan romántico —se burló.

—Cuando te atrape te voy a meter el romanticismo por el culo, cerdo.

—¡Vaya! Pensaba que la policía no hablaba de sexo mientras trabaja —ironizó.

—Pronto se te quitarán las ganas de bromear. Te crees muy listo, pero no eres nada más que un jodido trastornado. Sabemos tus intenciones y solo es cuestión de tiempo que te atrapemos.

—Miente muy mal —respondió en tono sosegado—. El juego se acaba. Y no tenéis ni zorra idea de cómo atraparme.

—De momento te has quedado sin tus polluelos. Hemos recuperado a la chica y tu futura descendencia ha pasado a la historia. Ya no habrá más *transeúntes* que continúen tu locura.

—¡Pobre ingenuo! ¿De verdad cree que alguien puede parar esto? Nosotros tan solo somos meras fichas que transitan por un tablero, nada más. El juego de la oca es una sagrada liturgia que ni usted ni nadie podrá parar. Son muchos los siglos que lo avalan y así seguirá siendo.

—Sabemos que no actúas solo. Tienes ayuda.

—¿Quién dijo lo contrario? En el juego de la oca hay múltiples jugadores, unos juegan a favor y otros en contra. Solamente se debe tener claro quiénes son los verdaderos adversarios. ¿Usted lo sabe? ¿Conoce contra quién juega? Recapacite, Moret, porque aún no es consciente de a lo que se enfrenta. No tiene ni idea de las dimensiones que alcanza este juego. Pero mientras tanto, le aconsejo que procure no perder su bastón de apoyo; recuerde que será un elemento primordial para continuar el camino.

—Disfruta mientras puedas porque no pienso descansar hasta darte alcance. Tienes a toda la policía tras tus pasos y te atraparemos.

—No sea ingenuo. ¿De verdad lo cree así, inspector? Yo más bien diría que la policía sois los basureros que se dedican a recoger los despojos que van quedando tras mi paso. Nada más. Simples recogemierdas.

—¡Eres un bastardo!

—Es cierto, lo soy. Nunca conocí a mi padre. Mas debe tener cuidado porque puede que a usted le ocurra lo mismo, que nunca conozca a su hijo.

—¿De qué diablos hablas?

—Tranquilícese, inspector —contestó con su habitual tono de voz, sin alterarse lo más mínimo—. Le recomiendo que descanse y beba agua. Refrigérese porque le hará falta para terminar la partida.

Esas fueron sus últimas palabras antes de colgar. Y de nuevo el silencio se instaló en la jefatura.

—*El Pozo* es la siguiente prueba —afirmó Ramírez.

—¿De qué habla? —preguntó Lasarte, sin llegar a entender su apreciación.

—«Descanse y beba agua», ha dicho, y cada una de sus palabras se puede considerar como un reto. No hay duda de que se refiere a esa prueba del juego. Es el siguiente ritual al que debemos enfrentarnos.

—No me fío. Creo que intenta desviar nuestra atención —aprecié.

—¿Qué te hace pensar eso? —me preguntó Ester.

—¿No os dais cuenta de que siempre llegamos tarde a todas las pruebas? Hemos ido recorriendo una a una las casillas que el *transeúnte* nos ha marcado previamente.

—¿Y? —apostilló Lasarte.

—Deberíamos buscarle en la última casilla, en Santiago de Compostela. Apostaría a que ya está allí, y seguro que se dispone a finalizar el juego.

—Pero…, Álvaro, aún faltan dos pruebas: *El Pozo* y *La Muerte* —me recordó Ramírez.

—Es cierto. Y podríamos tratar de localizarlas, pero solo servirá para ralentizar la investigación y que el *transeúnte* actúe a sus anchas, sin que nada lo perturbe.

—Siento contradecirte, Álvaro, pero creo que no llegará a Santiago hasta el 25 de julio, el día en el que se conmemora al apóstol.

—Ramírez, debería ocurrir así si se rigiera por el rito cristiano. Sin embargo, el camino del *transeúnte* no se ajusta a las reglas que la Iglesia dictó, sino a otras mucho más antiguas de índole pagana. ¿Qué día es hoy?

—15 de julio —apuntó Ester.

—Entonces…, será mañana —calculé.

—¿Por qué lo cree así? —preguntó Lasarte que escuchaba la conversación sin pestañear.

—El número esotérico que rige el juego de la oca es el nueve, y mañana faltarán exactamente esos días para el día 25, la festividad de Santiago apóstol. Por lógica, la fecha del último sacrificio pagano debería celebrarse nueve días antes que la señalada por la cristiandad.

—Y, entonces, ¿dónde se encuentran *El Pozo* y *La Muerte*? ¿Nos olvidamos de esas dos pruebas? —preguntó Ramírez.

—No lo sé. Tal vez tengas razón y se deban vigilar todas las fuentes o caños de agua que restan hasta Santiago. Supongo que ese desgraciado sería capaz de contaminar sus aguas.

—Puede que vayan unidas —sugirió Ester.

—Explíquese, doctora —le pidió Lasarte.

—Si alguien contaminara el agua de un pozo podría matar a quien la bebiese. Por consiguiente, esas dos últimas pruebas, *Pozo* y *Muerte*, podrían ir juntas, relacionadas entre sí.

—¡Esto es una locura! —alegué desesperado—. No podemos controlar todos los manantiales que quedan a lo largo del camino. Es obvio que quiere desviar nuestra atención para dar su golpe definitivo y que esa jugada maestra lo ayude a terminar definitivamente el juego. Seamos sensatos, los mensajes que ha ido dejando marcados sobre el cuerpo de cada una de las víctimas no eran pistas que seguir, sino los pasos que él quería que diésemos. Hemos picado el anzuelo una y otra vez. Pensadlo detenidamente: al principio nos encontrábamos ante cientos de puentes, luego ocurrió lo mismo con los albergues que había a lo largo del recorrido, y ahora le interesa que nos entretengamos en inspeccionar los miles de pozos, fuentes o manantiales que pueblan el Camino. ¿No veis que estamos jugando como él quiere? En esta partida ha sido siempre él quien ha tirado nuestros dados, jugada tras jugada, controlando nuestros movimientos. Es hora de que tomemos las riendas y demos un giro de ciento ochenta grados a esta partida.

—De acuerdo. Se hará tal y como usted decida —asintió Lasarte—. ¿Qué sugiere que hagamos?

— Que se traslade inmediatamente todo el personal de la brigada a Santiago de Compostela. Nos saltaremos las reglas y avanzaremos hasta la última casilla del tablero de juego. Si pretende actuar mañana, entonces aún disponemos de veinticuatro horas para preparar un plan.

57

Apenas faltaban cinco minutos para que las agujas de mi reloj marcasen las diez de la noche cuando nos presentamos en la Plaza del Obradoiro. Lo que en un principio podía parecer un objetivo fácil de controlar, luego resultó un verdadero quebradero de cabeza. El complejo arquitectónico que cubrir era descomunal, y sumado a la amplia explanada abarrotada de peregrinos que se acercaban a la catedral como si fuesen cientos de abejas que acuden a un panal de rica miel, hacían de aquel emplazamiento el lugar perfecto para que el *transeúnte* pudiese nadar tranquilamente oculto entre un inmenso océano humano.

El marco era incomparable, y la majestuosidad de las edificaciones colindantes ensalzaba aún más la vieja catedral de Santiago de Compostela.

Sin perder ni un minuto, nos dirigimos a la secretaría episcopal anexa al templo para entrevistarnos con el padre Andrade, el prefecto del Cabildo compostelano, que llevaba más de cuarenta años encargándose de las labores concernientes a la catedral. El inspector Lasarte, por mediación del vicario de la diócesis gallega, había concertado una reunión con él.

—No tengo ningún inconveniente en explicarles las vinculaciones de nuestra catedral con ese supuesto juego de la oca, pero les ruego que no olviden nunca que nos encontramos en un lugar sagrado —nos advirtió muy serio.

—¿Es cierto que usted vivió algo parecido en el año 1965? —pregunté.

—Por desgracia así fue… —afirmó antes de dar un breve suspiro—. Pero no quiero hablar de ello. Es muy duro recordarlo y para mí supone una herida que aún no ha conseguido cicatrizar.

—¿Cómo podría ayudarnos para que no se vuelva a repetir aquel episodio? —se interesó Ramírez.

—Nada ni nadie detendrá a ese demonio. La fe siempre ha tenido una parte de luz y otra de oscuridad, y la Iglesia católica hace tiempo que asumió ese riesgo. El problema surge cuando los tentáculos de esas tinieblas se adentran en el interior del templo.

—Padre, han pasado casi treinta años y ahora disponemos de más medios para atraparlo. Inténtelo —le pidió Ester.

—Dudo que puedan. Son centenares de miles las personas que visitan cada año Jacobeo la catedral de Santiago para rendir culto al Santo apóstol. Sin embargo, pocos saben que el imponente templo que recorren oculta una serie de claves esotéricas y que muchos de los rituales que se llevan a cabo en su interior poco tienen de cristianos y mucho de paganos...

—Explíquese, padre.

—La catedral es un juego en sí, como un gran tablero, y cada año Jacobeo se comienza una nueva partida en él. Solamente cuando la festividad del apóstol coincide en domingo se abre la Puerta Santa. Es un rito que se viene repitiendo cada año santo desde hace siglos: durante los primeros minutos del 1 de enero, tras golpear tres veces la puerta sellada a cal y canto, se accede al templo. La mampostería que cierra esa entrada se derriba a martillazos, y las piedras que caen sobre el piso de la catedral adquieren un valor especial porque, en cierto modo, con ese acto se da por iniciado un nuevo juego.

—Continúe, por favor —le rogué.

—Solo se trata de una de las numerosas ceremonias que se celebran en la catedral, a medio camino entre la fe cristiana y el paganismo. El primer rito consistiría en dirigirse a la puerta principal del templo: al Pórtico de la Gloria. Está formado por tres arcos labrados que simbolizan diferentes motivos y, aunque nunca se ha confirmado, uno de ellos podría estar relacionado con la pata de una oca y sus tres garras. El cantero que llevó a cabo esta magnífica obra escultórica fue el maestro Mateo, un enigmático personaje que consideramos el verdadero precursor de otros ritos que también se llevan a cabo en el interior de esta catedral.

—¿A qué ritos se refiere, padre?

—Detrás del pilar principal del pórtico se encuentra la imagen de un hombre arrodillado que mira hacia el altar. Al parecer, esa escultura representa al maestro Mateo, el escultor medieval que en aquella época trazó el recorrido de un misterioso juego de la oca en el interior del templo, y que tras haber sido reprendido por el obispo, decidió colocar la imagen dando la espalda al pórtico. Pero lo interesante es el rito que desde entonces hasta nuestros días se celebra sobre esa escultura. Los peregrinos, al acceder al templo, se agachan para dar tres golpes con su cabeza sobre la imagen, un rito cuya finalidad mágica es encontrar el verdadero camino que oriente sus vidas. Y desde ese punto de partida, cada peregrino deberá escoger su propio recorrido por el interior de la catedral para tratar de llegar hasta el altar donde se encuentra el apóstol. De este modo, tendrán que atravesar una especie de puente de escaleras para subir y abrazar la imagen del santo; posteriormente, atravesarán otro puente invertido que les llevará hasta la cripta donde se guardan las reliquias del apóstol. Desde allí deberán continuar hacia la parte sur en el exterior del templo, a la Plaza de las Platerías, donde se encuentra una fuente en la que suelen beber los peregrinos. Sus capacidades curativas y su tradición se remontan a la llegada de los restos de Santiago. Según cuenta la leyenda, en ese manantial bebieron los bueyes que la mítica reina Lupa cedió a los discípulos del apóstol para que trasportaran su cuerpo hasta Compostela.

—Ese debe de ser el pozo que buscamos. Habrá que inspeccionarlo, puede estar contaminado —sugerí.

—Podría ser porque han sido muchos los que han escrito sobre ella. Incluso Federico García Lorca se refería a ella en uno de sus poemas como la Fuente del Sueño —apuntó el sacerdote.

—¿Y por dónde continúa el ritual, padre Andrade? —preguntó Lasarte.

—Lo ignoro. Esa parte del recorrido es un misterio que nadie ha sabido descifrar. Solo cuando logren atrapar al *transeúnte* se sabrá su paradero final, la meta donde acaba el recorrido.

—¿Ha oído hablar del *transeúnte*? —apuntó Ester, abrumada por la cantidad de información que aquel sacerdote nos estaba revelando.

—Algo peor, he visto el reguero de sangre que dejó tras de sí la última vez que pasó por aquí.

—Eso no volverá a suceder. Esta vez le estaremos esperando muy atentos —apuntó Ramírez.

—¿Es cierto que el templo está condicionado a un número? —continué.

—Así es —afirmó sin dudar—. En el *Códice Calixtino* se revela que la catedral fue construida influenciada por el siglo en el que se descubrieron los restos del santo.

—Supongo que se refiere al siglo IX.

—Efectivamente, el nueve. Por eso tiene nueve naves separadas por sesenta y tres pilares e iluminadas por sesenta y tres vidrieras, con nueve coros y el mismo número de capillas; y nueve torres exteriores sobre las que se apoya su fachada. El nueve es múltiplo de tres, y se repite una y otra vez en las construcciones medievales que se encuentran a lo largo del Camino de Santiago, del antiguo Camino de las Ocas, porque el nueve y el siete fueron los números usados por los primeros alquimistas. Al igual que el símbolo de la pata de la oca era la marca que identificaba a los maestros canteros medievales.

—¿Podríamos echar un vistazo al *Códice Calixtino*?

—Lo siento, pero deberán esperar a mañana. El manuscrito se guarda en una cámara acorazada dentro del museo de la catedral.

—Son tantas las leyendas que giran alrededor de este asunto que cuesta creer lo que cuenta —comentó sorprendido Lasarte.

—Vengan, acompáñenme —nos pidió de improviso.

En la iglesia reinaba un silencio casi sepulcral, y expectantes seguimos las pasos del religioso hasta el mencionado Pórtico de la Gloria.

—Miren allí —nos pidió señalando el arco central—. Esos que rodean la imagen de Dios son los cuatro evangelistas y, como apreciarán, San Juan, en vez de aparecer con un águila, se muestra con una oca en la mano. Sé que puede parecer una simple coincidencia, pero si se fijan en el otro arco que hay a la derecha observarán un glotón que quiere engullir un pastel, pero no puede porque una serpiente le aprieta la garganta y le impide tragar. Y a su lado, vemos un bebedor que está tratando de tomar vino, pero al estar boca abajo no puede. También, junto a ellos, encontramos algo realmente sorprendente en un templo cristiano: una mujer con las piernas abiertas y una imagen demoníaca en su vagina. Pues todo este cúmulo de curiosidades, en su conjunto, hacen alegoría a la prueba de *La Posada*, es decir, a la gula y la lujuria.

Contemplar aquella escultura femenina con un demonio entre sus piernas me hizo recordar a Alejandra y el ensañamiento que mostró con ella quien la violó. Y mis deseos de atrapar al culpable se entremezclaron con una rabia que llevaba tiempo germinando en lo más hondo de mi corazón.

—¿Y sabe usted por qué mutila a sus víctimas? —preguntó Ramírez.

—Dicen que es porque el macho siempre picotea a su hembra para reconocerla, y si se fijan en la figura del maestro Mateo que antes les mencioné, la que hay tras el pórtico, también aparece con una marca en la frente y la nariz rota.

Todas aquellas explicaciones elevaban a un nivel casi místico la misión que nos ocupaba. Y fue entonces cuando me di cuenta de que en realidad no estábamos persiguiendo a una persona, sino al legado de una auténtica estirpe de peregrinos asesinos. Este que durante varias semanas tratamos de capturar era el heredero de un macabro rito que aún perduraba en el tiempo después de cientos de años. Era obvio que varios siglos atrás, ese mismo que pasó a ser reconocido como el ilustre maestro Mateo se atrevió a dejar plasmadas sobre las propias paredes de la catedral las directrices que cada uno de sus descendientes debía seguir para honrar su trabajo; una tenebrosa herencia que cada uno de los primogénitos que fueron naciendo posteriormente continúo al pie de la letra. Y esa era la verdadera razón por la que el actual *transeúnte* pudo librarse tan fácilmente de nosotros, porque solamente tuvo que seguir el camino que otros antes que él dejaron marcado.

—Les ruego que me disculpen, es tarde y debo retirarme —dijo el religioso.

—No se preocupe por nosotros, padre. Aprovecharemos la noche para preparar un plan. Os quiero a todos reunidos dentro de una hora en la secretaría episcopal. Instalaremos allí el centro de operaciones —nos pidió Lasarte.

—¿Podría quedarme con Ramírez? Queremos echar un vistazo al templo —solicité.

—Está bien, pero sean puntuales.

Sé que a Ester también le hubiera gustado quedarse, su mirada triste al despedirse así lo confirmaba, pero creí conveniente mantenerla alejada de aquel lugar por si ese desgraciado aparecía de nuevo. Además, en apenas una hora nos volveríamos a reunir.

Debo confesar que una visita nocturna a una catedral en penumbra impone mucho. Las sombras parecen cobrar vida y el olor a cera derretida se incrusta en las fosas nasales para recordarte que decenas de imágenes inertes sobre sus pedestales te están observando fijamente.

Ramírez y yo fuimos recorriendo embelesados aquella especie de libro abierto que era la catedral. Los grabados de sus relieves hacían las veces de textos que habían quedado plasmados en las paredes a través de los años y, en cierto modo, explicaban las reglas no escritas de ese extraño juego en el que nos encontrábamos inmersos. Ramírez, que parecía haberse convertido en un experto en la materia, comentó que en épocas pasadas las losas que en esos momentos teníamos bajo nuestros pies conformaban un fascinante laberinto, un enrevesado mural que la antigua orden de Santiago se encargó de hacer desaparecer por entender que obedecía a la simbología pagana. Supongo que unas cuantas losas de un suelo eran mucho más fáciles de eliminar que aquel descomunal conjunto de esculturas de piedra que adornaban sus paredes. Por eso estas permanecían aún allí, constatando que aquel emplazamiento ya fue un lugar sagrado mucho tiempo antes de que se levantaran los primeros muros de la catedral.

Continuamos paseando en silencio entre un ejército alineado de bancos de madera e interminables columnas acabadas en arcos de medio punto, intentando captar algún mensaje que pudiese quedar escondido en aquellos viejos muros. Así llegamos hasta un altar barroco repujado hasta la saciedad, donde una especie de puente presidido por la imagen del apóstol lo abrazaba en su amplitud. Nosotros lo recorrimos tal y como exigía el rito peregrino, para después descender por otro pasadizo de escaleras hasta la cripta subterránea del santo. Allí, en la penumbra, nos esperaba un enorme sarcófago de plata bajo un sobrio arco de piedra, iluminado por la tenue y sugerente luz de dos largos cirios. Lentamente nos acercamos hasta la cancela de hierro que lo custodiaba, y fue entonces cuando pudimos apreciar el grabado del medallón central que presidía aquella especie de ataúd. Se trataba de una circunferencia en cuyo interior se detallaban los símbolos apostólicos de Santiago, es decir, un par de barras cruzadas en forma de equis y un bastón episcopal que lo atravesaba longitudinalmente; y supongo que no habría tenido más relevancia si no fuese porque coincidían claramente con las huellas de pata de oca que veníamos encontrando a lo largo del camino. Aquí se presentaban duplicadas, de tal forma que una de ellas quedaba hacia arriba y otra invertida, mirando hacia abajo, e indicando que, por fin, nos encontrábamos ante la última casilla del juego. Pero... eso no era todo. En la gran base de piedra sobre la que se sustentaba aquella mole de metal plateado aparecían talladas dos hermosas aves con forma de ganso, semejantes a las que presentaba el tablero del juego que compré en la juguetería de Pamplona.

—Estamos en el jardín de la oca, en la casilla 63 —afirmó Ramírez mientras sacaba una foto.

Foto n.º 7
Cripta y sarcófago de Santiago.

—Es lo mismo que estaba pensando yo —corroboré.

—Si ese desgraciado quiere completar el rito no tiene más remedio que pasar por aquí —aseguró mi compañero—. Este es el anzuelo perfecto.

—Habrá que estar muy atentos. No podemos permitir que se escape esta vez.

—Ya verás cómo lo atrapamos.

—Ramírez...

—¿Sí?

—Muchas gracias por tu ayuda. Hace tiempo que dejaste de ser un simple compañero para convertirte en un gran amigo.

—Gracias a ti por dejarme formar parte de esta investigación. Nunca había disfrutado tanto con mi trabajo. Eres el primero que ha confiado en mí.

—Hace tiempo perdí un amigo, y desde entonces nunca he querido confiar en nadie. Me costaba afrontar su pérdida y no quería que volviese a ocurrir.

—Todos hemos perdido a alguien a lo largo de nuestra vida, y cada uno lo afronta de una manera diferente. Tú eres quien debe marcar los tiempos que te ayuden a recuperarte de esa pérdida, pero nunca te avergüences de ello. Supongo que tuvo que ser un gran amigo cuando aún lo recuerdas.

—Lo era, lo era…

58

La casilla de la muerte

En la reunión que mantuvimos posteriormente en la secretaría episcopal se propusieron las medidas que adoptar por el BCI. Se acordó que a ambos extremos de la fachada principal del templo, y a lo largo del perímetro de la azotea, se apostaran varios francotiradores de élite, y que, además de disponer un control de seguridad en todas las calles adyacentes, se reforzara el protocolo de acceso a la catedral. Por otro lado, varios agentes uniformados de la Policía Nacional se encargarían de ayudarme a vigilar los puntos más visitados del templo, es decir: pórtico, altar y cripta; mientras, Ramírez controlaría las zonas colindantes a la fuente que había en la Plaza de las Platerías. Como era lógico, el inspector jefe Lasarte dirigiría la operación desde la propia secretaría donde se había instalado el centro de operaciones y se comunicaría con cada uno de nosotros por medio de una frecuencia de radio segura, adoptando con buen criterio que cada quince minutos se realizara una rueda de control con los efectivos colocados en los puntos calientes del templo.

La mañana no se hizo esperar y despertó pronto con un suave murmullo que se fue amplificando conforme se acercaba la hora de abrir al público la catedral. Los peregrinos más madrugadores guardaban cola ordenadamente esperando que fuesen las ocho de la mañana, hora en la que cada día se abría el Pórtico de la Gloria.

Yo aguardaba dentro, nervioso, igual que un novio el día de la boda, aunque en este caso difería en que desconocía el rostro del otro contrayente invitado a la ceremonia. El retén de policías situado estratégicamente en el interior del templo estaba alertado de que esperábamos a un varón de raza blanca de unos veintiocho años de edad, de un metro ochenta de alto y de complexión fuerte. Ese era nuestro perfil, aunque entiendo que contábamos con pocos datos si teníamos en cuenta la marabunta de peregrinos que accedían a diario al templo. No obstante, jugaba a nuestro favor que el *transeúnte,* cuando visitara la cripta, intentaría acercarse al sarcófago, y para ello antes debía sortear una verja de hierro que impedía el paso al interior del mausoleo.

Yo me situé justo enfrente del ataúd de plata, bajo un pequeño arco con forma de capilla, y me dispuse a esperar. De nuevo me tocaba sufrir ese martirio que tanto detestaba: esperar. Definitivamente era el verbo que más odiaba del diccionario, pero debía asumir que formaba parte de mi trabajo. El ambiente de recogimiento que se respiraba en aquella cripta tampoco ayudaba a que pasara el tiempo más rápido, y una luz pobre y amarillenta que se reflejaba sobre las paredes de piedra que conformaban aquellos estrechos pasillos me trasportaba a otra época pasada; al tiempo de los cruzados y de las órdenes templarias. Y ante aquel escenario de incertidumbre y el desasosiego que comenzó a aflorar en mi interior, decidí añadir al cargador de mi arma la bala sin nombre que tenía guardada en mi bolsillo. No sé por qué, pero presentía que había llegado el momento de usarla, que su propietario estaba a punto de venir a por ella, a por esa bala anónima que una noche, tiempo atrás, no quiso ser para mí. La introduje en la recámara, armé mi pistola y quité el seguro. Ya estaba lista para ser disparada, para encontrar a su dueño...

De repente sonó la radio:

—Aquí, centro de operaciones. Son las ocho en punto —nos alertó Lasarte—. Abrimos las puertas del templo. Dispositivo de seguridad en marcha. ¿Control uno?

—Pórtico. Todo en orden —respondió el agente que había junto a la entrada.

—¿Control dos?

—Altar mayor. Todo en orden.

—¿Control tres?

—Confesionarios. Todo en orden.

—¿Control cuatro?

—Cripta. Todo en orden, aunque la señal de radio no llega con mucha nitidez —les comuniqué.

—No se preocupe, es normal. Está en el subsuelo. No obstante, procure no quedarse sin cobertura. ¿Ok?

—Recibido —respondí.

—¿Control cinco?

—Fuente. Todo en orden —respondió Ramírez, que estaba en el exterior del templo.

—¿Control seis?

—Azotea. Todo en orden.

Esa era la rueda de control que realizaríamos periódicamente cada quince minutos. Una repetitiva sucesión de preguntas que tuvimos que escuchar aquella mañana una y otra vez cada cuarto de hora. Durante cinco interminables horas estuve apostado frente al sarcófago, en el mismísimo corazón de la cripta, mirando fijamente la cara de cada uno de los visitantes que desfiló por allí: mujeres, hombres, niños, ancianos... Personas de toda clase y razas, y de los países más variopintos, pero ninguna de ellas me recordaba a ese supuesto periodista que me abordó en la plaza de Logroño. Yo estaba convencido de que si volvía a cruzar la mirada con él lo reconocería, que sus ojos le delatarían; además, aunque solo hubiese podido escucharlo un par de veces por teléfono, su peculiar tono de voz se me había quedado grabado en la memoria. Por eso estaba completamente seguro de que en cuanto lo encañonara sabría que era él.

Pasaron las horas muy lentamente, y cuando las agujas del reloj marcaban las una y cuarto del mediodía volvió a sonar de nuevo esa pesada cantinela del control rutinario que Lasarte mantenía puntualmente:

—¿Control uno?

—Pórtico. Todo en orden —respondió el primer agente.

—¿Control dos?

—Altar mayor. Todo en orden.

—¿Control tres?

—Todo en orden, compañero.

—¿Control cuatro?

No sé por qué, pero la respuesta del control número tres me resultó un tanto extraña. Debió contestar: «Confesionarios. Todo en orden», tal y como fue haciendo en anteriores ocasiones. Sin embargo, omitió su ubicación en el templo y...

—¿Control cuatro? —repitió Lasarte por radio.

—Cripta. Todo en orden —respondí.

—¿Algún problema, inspector? —me preguntó al ver que tardaba en contestar.

—No, no se preocupe. No le escuché... Debió de ser la cobertura —traté de disculparme.

—¿Control cinco? —prosiguió.

Y de repente, tras esa pregunta, flotó un silencio en el aire. De nuevo la pregunta de Lasarte quedó sin respuesta.

—¿Control cinco? Responda.

Pero Ramírez, que era el agente ubicado en la fuente, no contestó. Y aquel mutismo hizo que se disparasen todas las alarmas.

—¿Control cinco? Agente Ramírez, responda —insistió el inspector jefe.

—Atención. Aquí control seis. Puesto de Azotea. Divisamos a un hombre tendido en el suelo de la Plaza de las Platerías —alertó uno de los francotiradores que había situado en el tejado de la catedral.

—Recibido. Que nadie abandone su puesto. Mandaremos un retén de apoyo —informó Lasarte.

Tras escuchar esto, volvió de nuevo el silencio. La radio enmudeció durante unos segundos interminables y la ausencia de noticias comenzó a hervir en mi estómago. ¿Dónde estaba Ramírez? ¿Sería él ese individuo que estaba tendido en el suelo? Mientras me hacía esas preguntas la gente continuaba visitando la cripta, pero yo ya no podía estar pendiente de quién desfilaba por aquellos estrechos pasillos de piedra porque mi cabeza estaba en otro lado, más concretamente en el exterior del templo. A continuación, volvió a escucharse la radio:

—¡Agente herido! ¡Agente herido! —gritaba uno de los miembros del retén que acudió a la plaza—. Necesitamos un médico.

Como era lógico, no me lo pensé dos veces y salí corriendo hacia allí. Sabía que no debía abandonar mi puesto, pero si el *transeúnte* aún estaba merodeando por la plaza yo era el único que podía reconocerlo. Lo había tenido frente a frente en la plaza de Logroño y, curiosamente, de nuevo nuestro punto de encuentro volvía a ser en una explanada abarrotada de gente. Corrí todo cuanto pude, sospechando que esa coincidencia no era fruto de la casualidad porque el *transeúnte* nunca dejaba nada al azar. «De plaza a plaza…; de oca a oca…», me repetía mientras zigzagueaba entre la marea de gente que interrumpía mi paso.

Abandoné el templo lo más rápido que pude y, cuando logré llegar a la fuente, Ramírez yacía tendido sobre la camilla de una ambulancia.

—¡Ramírez! ¡Ramírez! —le llamé. Esperando que me mirara.

Pero no se movió. Permaneció tendido inerte. Sus ojos habían perdido la batalla y la oscuridad había ganado el pulso a la luz que se colaba por ellos, tiznándolos para siempre de sombras; y entonces, repentinamente, me acordé de Berto. Así fue como contemplé por última vez a mi amigo: tendido y con los ojos sin vida. Y ahora volvía a ocurrir exactamente lo mismo.

—¡Ramírez! —grité con rabia, mientras unos compañeros me sujetaban por los brazos.

Pero mi grito se perdió en el eco de la plaza… Por unos instantes pensé que tal vez los volvería a abrir al escuchar mi llamada, como ocurrió con Berto cuando le di aquel beso mágico. ¡Qué iluso fui! Conociendo los precedentes ya debía saber que eso solo ocurría en los cuentos de hadas.

Entonces junto a la puerta de la ambulancia vi a Ester. Parecía abatida y el reguero de una lágrima furtiva había surcado su mejilla. La pobre, al verme, trató de apretar sus labios temblorosos para aparentar que podía aguantar la presión que suponía aquel contratiempo. Su cara angustiada lo decía todo. Ramírez ya no estaba. Probablemente se había marchado a otro lugar mucho más tranquilo, y ella lo sabía; su rostro compungido así lo confirmaba. Para Ester había llegado el momento de la verdad, ese que tanto temía. Por primera vez, debía enfrentarse a la muerte de un amigo; ella era la forense del BCI, y como tal, debía ejercer ahora su ingrata tarea…

—¿Qué ha ocurrido? —le pregunté abrazándola.

—No lo sé —gimoteó—. Dicen que estaba hablando con un agente cuando cayó desvanecido al suelo —me explicó balbuceando.

—¿Qué agente?

—Ya te he dicho que no lo sé.

—¿Estaba herido? ¿Le han disparado?

—No. Aparentemente su cuerpo no presenta lesiones, pero sospecho que puede haber sido envenenado. Han recogido un pequeño botellín de agua que había a su lado. Nos lo llevamos también para analizarlo en el laboratorio...

De nuevo nos interrumpió la radio:

—Aquí control dos. ¡Agente herido! ¡Agente herido! —alertó apurado uno de los policías del templo.

—Adelante control dos. Informe de la situación —solicitó Lasarte desde el puesto de mando.

—Hay un agente inconsciente en uno de los confesionarios. Está desnudo, pero aún respira —informó.

—Pasamos a código rojo. Cierren las puertas del templo —ordenó apresurado el inspector jefe.

Todos los accesos de la catedral fueron cerrados inmediatamente.

Como en ese momento se podían contar por cientos los visitantes que había en su interior, se dispuso un control en una de las puertas traseras para que, conforme fuesen abandonando la catedral, se identificaran uno por uno y se registraran sus bolsos o mochilas. Se hizo sin levantar ningún tipo de alarma, como si se tratara de un control rutinario más. No obstante, a pesar de la rapidez con la que se actuó, nuestros esfuerzos resultaron en vano. No pudimos dar con él.

Aquel malnacido fue mucho más inteligente que nosotros y en tan solo un cuarto de hora —ese era el espacio de tiempo que había entre cada control de radio— fue capaz de burlar el amplio dispositivo de seguridad que teníamos montado.

Debió de acceder al templo como un visitante más, eludiendo el control uno que había en el Pórtico. Nosotros ya intuíamos que ese sería el punto más fácil de sortear, por lo que se intensificó la vigilancia en las proximidades del altar mayor. Sabíamos que su objetivo primordial era entrar en la cripta y acceder al ataúd de plata del apóstol para poder concluir definitivamente el juego. Esa debía de ser su meta, y allí era donde esperábamos identificarlo. Acordonando el perímetro se había colocado un agente en los confesionarios y otro junto al altar, mientras que yo esperaba abajo, frente a la tumba. Por desgracia él no siguió el recorrido que nosotros preveíamos. El *transeúnte* accedió a la catedral, y posteriormente se acercó al altar mayor, pero no intentó aproximarse a la tumba de Santiago; optó por atacar al agente de policía que había apostado en el control número tres. Le golpeó en la nuca, lo introdujo en el confesionario y le quitó su uniforme. Esa fue la razón por la que pudo moverse libremente por el templo sin levantar ningún tipo de sospechas. Esa fue precisamente la razón por la que encontré extraña la contestación del último control que se hizo por radio. Fue el propio *transeúnte* quien respondió desde el confesionario. Por unos instantes se convirtió en un policía más; y de este modo pudo abandonar la catedral sin dificultad y dirigirse hacia la fuente donde se encontraba Ramírez. Allí, como si se tratara de un gentil compañero, le ofreció un botellín de agua —era mediodía, en pleno mes de julio, y el calor comenzaba a resultar insoportable— consumando así el último sacrificio que su macabro ritual exigía para concluir el juego. Una vez resueltas las casillas de *El Pozo* y *La Muerte* se introdujo de nuevo en la catedral amparado por la cobertura que le daba ese uniforme. Después solo tuvo que esperar a que yo abandonase mi puesto. Él sabía que en cuanto escuchara por radio el nombre de Ramírez saldría rápidamente a socorrerlo, momento que aprovechó para bajar a la cripta, abrir la verja de hierro que la custodiaba, y colocar una pata disecada de oca sobre el grabado central del sarcófago plateado. De este modo, sobre la huella invertida que trazaba el símbolo apostólico de Santiago, acababa su juego.

No pude vérmela, pero supongo que mi cara en ese momento fue un auténtico poema, la de un gilipollas que había hecho mal su trabajo. Entonces vinieron a mi memoria las palabras de Ramírez: «Todos, tarde o temprano, acabaremos igual de hastiados que el comisario Horneros». Tenía razón. De repente encontré sentido a su habitual mal humor, a ese vocabulario tan vulgar... Entendí por qué a los asesinos los llamaba cabrones, hijos de puta o bastardos. Era más fácil nombrarlos así e incluso uno se sentía mejor al hacerlo. Yo, por desgracia, me acababa de cruzar en el camino con el peor de todos ellos. Había intentado ser su adversario en un juego que parecía de niños, pero me había tocado participar con la ficha del perdedor.

Me dispuse a abandonar la catedral derrotado, intentando asimilar que no vería más a mi espigado compañero. Lasarte se cruzó conmigo por uno de los pasillos laterales del templo, pero al ver mi cara de preocupación no se atrevió a preguntar nada. Simplemente me miró y agachó la cabeza, asumiendo su parte de derrota. El *transeúnte* nos había ganado la partida a todos, a cada uno de los componentes de la brigada central de investigación. Y justo cuando cruzaba bajo el Pórtico de la Gloria, sonó mi móvil:

—Hola, compañero —escuché al descolgar. Era él, con su inconfundible voz de cabronazo.

—Tal vez sea lo último que haga, pero te juro que te atraparé. Siempre tendré en mi cargador una bala con tu nombre grabado.

—Sigue siendo usted un romántico, inspector. La vida real no es como una película donde siempre ganan los buenos. Cuanto antes lo asuma, mejor.

—¡Te mataré, cabrón!

—No se enfade, inspector. Ya le advertí que tarde o temprano perdería su bastón. Y eso es lo que ha ocurrido hoy con Ramírez. Debió cuidar mejor su punto de apoyo.

—Tú también perdiste a tus polluelos —le recordé—. Crees que has ganado la partida, pero sabes que nadie continuará con este juego. Contigo se cierra el ciclo. Por fin ha acabado todo.

—Quizá sí…, quizá no... ¿Quién sabe?

—Ya no habrá más *transeúntes* —afirmé.

—No lo crea, inspector. Siempre quedará algún polluelo que logre volar del nido. Hasta pronto, compañero —se despidió tranquilo.

Y colgó. Cada vez que ese maldito bastardo pronunciaba la palabra «compañero» se me revolvía el estómago. Debí suponer que era él cuando contestó durante el último control, al suplantar al policía del confesionario. «Todo en orden, compañero», eso fue lo que dijo, y no fui lo suficientemente perspicaz para percatarme de ello. Supongo que si durante toda mi vida el verbo esperar fue el más odiado, ahora esta nueva palabra había cobrado el sentido más nefasto. «Compañero» había perdido para mí su verdadero significado.

Sin embargo, ese maldito trastornado nunca pudo imaginar que al escuchar sus palabras germinaría una nueva inquietud en mí. Ya dije cuando comencé a contar esta historia que siempre fui de los que creían que tras una simple sospecha podía encontrarse una pista, y eso fue precisamente lo que ocurrió. Recordé que ese bastón al que hizo referencia también lo mencionó la vieja de uñas amarillentas de Puente La Reina: «todo peregrino encuentra su bastón a lo largo del camino, y este le acompaña hasta concluir su viaje. Ten cuidado de no perder el tuyo». Ella, de algún modo, me previno de lo que le iba a suceder a Ramírez. Por tanto, quizá ella podría saber a dónde se dirigiría el asesino tras concluir el ritual.

Cuando informé al inspector jefe, no me creyó. Estaba decepcionado y no quería escuchar ni una palabra más que guardase relación con ese escabroso juego de la oca, alegando que si no aparecían nuevas víctimas el caso se daría por cerrado. No estaba dispuesto a continuar persiguiendo a un fantasma, a alguien que no habíamos visto nunca. El Ministerio de Interior comenzaba a cuestionar su profesionalidad y en Madrid no compartían el modo como se había dirigido la investigación.

—Lléveme a Puente La Reina y le traeré al *transeúnte* —le aseguré.

—¿Usted no se da por vencido nunca? —me recriminó—. ¿Recuerda que le pedí que prescindiera de Ramírez? Él nunca debió formar parte del BCI, no estaba preparado, y ahora está muerto.

—El agente Ramírez murió haciendo lo que más le gustaba: ser policía. Y eso, ni usted ni nadie podrá cambiarlo. Por eso yo ahora le pido un último favor: facilíteme un helicóptero. Solo necesito 24 horas más.

Lasarte me miró a los ojos y tomó aire, tratando de aplacar la decepción que hervía en su interior.

—De acuerdo. Usted gana —asintió con cara de pocos amigos—. Pero recuerde que si yo caigo lo arrastraré conmigo. Aparte del sueldo, nos estamos jugando la reputación del cuerpo. Dispone de un día más. Mañana, a las 14:00 horas, mandaré el informe de lo sucedido a Madrid. ¡Suerte!

—Gracias, la voy a necesitar.

59

Mamá Oca

Veinticuatro horas suponían un plazo más que aceptable porque tenía muy claro a quién quería interrogar. Llevaba varios días atando cabos y todos ellos apuntaban siempre en la misma dirección.

Al final volar no resultó algo tan fatídico. En esta ocasión fue un helicóptero de doble hélice de la Guardia Civil el que me trasladó hasta la comunidad de Pamplona. Era un medio de transporte de mucha más envergadura que los nuestros y permitía realizar vuelos de mayor recorrido, que sumado a la facilidad de aterrizar en un punto más o menos cercano al destino elegido, ayudaba a consumir menos minutos de la tregua que Lasarte me había concedido. No obstante, el trayecto hasta Puente La Reina duró cerca de tres horas, tiempo más que suficiente para que Ester pudiese informarme sobre los datos de la autopsia que realizó. Aunque lo hizo de manera extraoficial —me llamó directamente al móvil nada más terminar el reconocimiento— las pruebas revelaban que las muestras de sangre tomadas arrojaban unos porcentajes muy elevados de un componente químico, que mezclado con agua, actuó como un agresivo vasodilatador que afectó a su organismo, produciendo una parada cardíaca fulminante que acabó con la vida del agente Ramírez. Y en cuanto a los restos del ave disecada que se encontraron sobre el féretro de la cripta, las muestras de sangre adheridas bajo las garras coincidían con el ADN del cadáver amputado que apareció en el río que transcurría junto al monasterio de San Marcos, en León. Pero eso no fue todo. Según el muestreo realizado en el laboratorio, bajo aquellas uñas aparecían restos cutáneos de otro individuo sin identificar y, aunque ella en ese momento lo ignoraba, esa circunstancia me involucraba directamente. La herramienta que el *transeúnte* utilizó para marcar la piel de sus víctimas apuntaba de forma abrumadora hacia una realidad más que evidente: era la misma pata disecada que la vieja Margot utilizó para marcar mi brazo y habían quedado restos de mi sangre en ella.

Varias horas después aterrizamos en las afueras de la aldea, a unos quinientos metros de la casa de la anciana. Cuatro agentes de la Guardia Civil me acompañaron hasta la vivienda marcada con el número sesenta y tres. No lo había asociado antes, pero esa cifra pintada en cal sobre la puerta indicaba claramente que aquella maldita bruja formaba parte del juego. Esa era la cantidad de casillas que mostraba el tablero, e imaginé que si sabía tanto sobre el ritual de la oca, no era solo porque fuese una acertada vidente, sino porque mantenía una relación muy estrecha con el asesino. Por tanto, el *transeúnte* podía encontrarse muy cerca de aquel lugar.

La puerta nos esperaba abierta y el interior de la vivienda completamente oscuro, tal y como sucedió en las anteriores ocasiones en que la visité; no obstante, se procedió a registrar la casa de cabo a rabo. En su transcurso, uno de los agentes encontró una trampilla en el suelo, justo en frente de la chimenea donde mantuve la última conversación con ella. Estaba oculta bajo la alfombra, donde se encontraba la mecedora. Tal vez por eso no la pude ver aquella noche, cuando desapareció de pronto, como un fantasma.

Tras abrirla, se presentaban ante nosotros unos escalones de madera que comunicaban con un sótano semirruinoso, y con la ayuda de unas linternas decidimos echar un vistazo. Las raíces del viejo alcornoque que había pegado a la casa asomaban por la pared que daba a la escalera y, al bajar, sus tentáculos embarrados parecían querer sujetar a quien osase transitar por aquellos escalones. Eran como manos abiertas que indicaban con insistencia que nos detuviésemos, que no continuáramos bajando. Los escalones de madera crujían quejándose amargamente bajo nuestro peso. Y una vez abajo, era un intenso olor a humedad el que te abrazaba sin piedad.

El sótano aparentaba estar vacío. Había unas cuantas sillas apiladas en una de sus esquinas y algún que otro mueble arrinconado al fondo, pero nada más. Y entonces, cuando nos disponíamos a abandonarlo, una de nuestras burbujas de luz iluminó fortuitamente el hueco que quedaba debajo de la escalera dejando al descubierto algo realmente insólito. Sobre la pared, en una de las raíces retorcidas que asomaba, había colgada una sotana. Se trataba de un hábito de monja apolillado y lleno de polvo; y, rodeándolo, a modo de mural, aparecían sobre la pared una serie de fotografías en blanco y negro. No había duda de que eran retratos de difuntos que alguien había arrancado de las lápidas para colocarlos allí, decenas de fotos ovaladas de porcelana que habían sido reutilizadas para recrear aquel tétrico altar.

—Creo que ya sé dónde podemos encontrarla —les dije a mis compañeros, pidiéndoles que me acompañaran.

Uno de los guardias civiles se quedó vigilando las inmediaciones de la casa mientras que el resto nos acercamos al pueblo. Si mal no recordaba, la noche que visité el bar su camarero mencionó que la anciana rezaba habitualmente en una de las iglesias de Puente La Reina, y yo quería saber en cuál.

—¡Hombre, otra vez por aquí! —me saludó efusivamente al verme entrar. Estaba detrás de la barra secando unos vasos—. ¿Logró completar el censo? —se interesó.

—Si le soy sincero, debo confesarle que no —me mostré contrariado—. No pude encontrar aquella anciana que usted mencionó.

—Pero si era muy fácil. Su casa es la única que hay en las afueras.

—Lo sé, pero nunca está allí. A pesar de que la he visitado varias veces, nunca la localizo.

—Búsquela en la iglesia del Crucifijo —comentó en voz baja—. Seguro que la encuentra allí. Esa tarada se pasa las horas postrada de rodillas rezando.

—¿Podría indicarme por dónde se va?

—Continúe calle abajo, en dirección al río. Enseguida la verá. La reconocerá por un porche arqueado de piedra que resguarda la entrada. No tiene pérdida.

Aquel hombre tenía razón. La calle se fue estrechando como un embudo que me arrojó a los mismos pies de la entrada. Una calzada de adoquines continuaba bajo los dos arcos que presidían el umbral de un templo de gruesos muros de piedra construido bajo las directrices de un trazado inusual. Era una iglesia distinta a cualquiera de las que hubiese podido ver, y hasta su campanario resultaba atípico, como una corpulenta torre sin apenas altura, excesivamente corta. Sin embargo, lo que más llamó mi atención cuando estuve ante su entrada, fue el friso de una columna que adornaba el pórtico. En el capitel aparecían grabadas un par de ocas con los cuellos entrelazados, dos aves que indicaban con su presencia que aquel lugar podría ser un enclave importante de ese misterioso juego que acababa de concluir. Y como intuía que si no lograba capturar al *transeúnte* en Madrid no creerían ni una sola palabra de lo que contase, decidí tomar una fotografía que diese fe de ello.

A continuación, entré en el templo.

Se trataba de una pequeña iglesia dividida en tres naves de techos bajos cuyos arcos se cruzaban entre sí como si fuese el interior de una fortaleza; y a su izquierda, al final de una hilera de asientos de madera, amparada por la tenue penumbra de unas cuantas velas, se podía adivinar la silueta de alguien que permanecía arrodillado rezando en silencio.

—Ya le dije que volvería a visitarme, inspector. Solo era cuestión de tiempo —dijo sin girarse siquiera.

Foto n.º 8
Detalle de la entrada a la iglesia del Crucifijo.

Era ella. Su voz asfixiada resultaba inconfundible, y parecía estar esperándome.

—¿Sabía desde el principio quién era el *transeúnte,* verdad? —le recriminé.

—Observo que tiene muy mala memoria, inspector. Usted y yo teníamos un pacto. ¿Lo recuerda? Una pregunta por otra —contestó arrodillada, sin dejar de mirar un peculiar crucifijo que presidía la bóveda izquierda del altar. Este, en vez de representar a Jesucristo clavado a una cruz con dos maderos que se cruzan perpendicularmente, lo mostraba martirizado de una forma inusual: en una estructura de madera con forma de pata de oca.

—Lo siento, pero a mí ya no me quedan respuestas —contesté. No estaba dispuesto a contarle nada más sobre mi vida.

—Supongo que eso se deberá a que ha vuelto a perder su bastón. Reconozca que no se le da bien cuidar a sus amigos. Le duran muy poco.

—Se equivoca. Nunca ha sido mi obligación cuidar de nadie. Cada uno elige cómo vivir su vida y cómo alcanzar su destino.

—¡Vaya! Me sorprende su respuesta. Veo que por fin ha logrado espantar los fantasmas de su pasado, esos que perturbaban su sueño. El Camino de las Ocas lo ha cambiado.

—Sabe que eso son solo viejas leyendas trasnochadas. Nunca ha existido ese maldito camino.

—Eso es lo que usted cree, inspector. Pero todos, a lo largo de nuestra vida, recorremos un camino plagado de pruebas. La vida en sí es un juego, y en su transcurso encontraremos *puentes*, viaductos que nos ayudarán a salvar caudalosos ríos repletos de problemas; *posadas* donde descansar y recapacitar sobre lo que hicimos mal; *laberintos* sin sentido que nos harán perder el norte; *pozos* o depresiones que ahoguen nuestra ansiedad en las tormentosas profundidades del alma; *cárceles* que habitan en un rincón del corazón y que será donde cumpliremos pena por nuestras amarguras; y cómo no, la *muerte*, esa eterna compañera que nos acechará en cada segundo de nuestros días, esperando que demos ese último aliento que la haga venir triunfante a por nosotros. Ya ve, inspector, existen caminos interiores exactamente iguales a los que usted ha recorrido en estos últimos días, senderos que lo llevarán hacia un destino paralelo que nadie conoce. La vida es un juego de la oca en el que todos tenemos cabida.

—¿No crees que va siendo la hora de desenmascararte? —sugerí, dejando a un lado los formalismos. No estaba dispuesto a seguir tratando con educación a alguien que estaba implicada en un asesinato.

—¿A qué se refiere?

— Margarita de Jesús. Ese es tu verdadero nombre.

—¿Desde cuándo lo sabe? —preguntó sonriendo.

—Tu forma educada de hablar, una pata de oca disecada, la necesidad de venir a la iglesia... Una mujer que hubiese entregado su vida a Satanás nunca pisaría un lugar como este. Solo una monja tendría la necesidad imperiosa de venir todos los días a rezar —le expliqué—. Recuerda que soy inspector. Mi trabajo consiste en descubrir qué es lo que oculta quien tengo enfrente. Puede que creyeras que hablar de Berto colocaba una venda sobre mis ojos, pero no fue así. Y si te soy sincero, tampoco resultó muy complicado reconocerte; ni tan siquiera te atreviste a renunciar a tu nombre de bautismo, simplemente lo abreviaste. La primera vez que escuche Margot supe que era el diminutivo de Margarita y, como bien dijiste, la víctima de *La Posada* siempre ha de tener nueve letras, exactamente las mismas que tiene tu verdadero nombre. Luego tan solo tuve que asociar esa cicatriz que recorre tu cara y la pérdida del ojo izquierdo al ritual del ganso, al macho que marca a su hembra. Ya ves, todo encajaba a la perfección.

—Bravo, inspector. Me ha impresionado.

—Tú fuiste la novicia que fue violada y mutilada por el anterior *transeúnte* en la prueba de *La Posada*. La que dijo a sor Julia que sus dos gemelos habían muerto tras simular un entierro en el cementerio de Lugo. Pero, en realidad, no fueron dos; solo alumbraste un varón al que no te atreviste a matar.

—No podía hacerlo. Aunque fuese fruto de una violación también era hijo de Dios.

—Y, entonces, ¿quién lo crio?

—Un orfanato. En aquella época fue la única opción que encontré.

—No fuiste una mujer valiente. Debiste dejarlo morir el mismo día que nació, así ahora, treinta años después, no habrían muerto otros que eran inocentes. Han pagado justos por pecadores.

—Ya le he dicho que el destino es el que elige quién debe morir —se excusó.

—No seas hipócrita. Eres tú la que estás en deuda con el destino de esos que han sido asesinados por tu hijo y ningún rezo te eximirá de culpa.

Aquellas palabras la hicieron reflexionar, turbaron sus pensamientos y la sumergieron en un inesperado silencio; supongo que a todos nos acechan los fantasmas de la soledad y, al parecer, eso era lo que le estaba ocurriendo a ella. Entonces se levantó del banco, se acercó hasta mí y me miró fijamente. La tuve tan cerca que hasta pude ver reflejada sobre su ojo amarmolado la luz de un candelabro que quedaba a mi espalda.

—¿Qué quiere saber? —me preguntó en un tono de voz más cercano.

—¿Ha acabado el juego en Santiago de Compostela?

—No. Santiago tan solo era una prueba más de la partida. La que corresponde a la casilla de *La Muerte*. Por eso está usted hoy aquí. Quien cae en la casilla de la muerte debe volver al lugar de origen, donde comenzó la partida.

—¿Y por qué debo creerte?

—Ya le dije una vez que nunca miento —afirmó mientras me entregaba una carta del tarot que sacó de su bolsillo—. En el juego de la oca, la casilla número 58 corresponde a *La Muerte*. Si suma sus dos cifras, el cinco y el ocho, comprobará que el resultado es trece, el número que marca la carta de la muerte en el tarot —me explicó mostrándomela—. Siento decírselo, inspector, pero el juego no ha concluido.

—Entonces... ¿Hacia dónde se dirige ahora? —le pregunté.

—Al fin del mundo. Allí es donde debe concluir el juego.

—Déjate de rodeos y sé más precisa. Necesito saber el nombre de ese lugar.

—Lo siento, inspector. Ese a quien usted persigue, aunque sea un bastardo, no deja de ser mi hijo.

Al escuchar aquella contestación supe que nunca me diría cuál sería su destino final, y en parte lo comprendía. Aunque hubiese sido fruto de una violación, era su hijo y no iba a permitir que yo, la segunda ficha que había sobre ese imaginario tablero de juego, le diese alcance. Por eso traté de ponerme en la piel de un jugador avezado y pensar cuál debía ser mi siguiente jugada, si tiraba los dados con acierto quizá aún podría ganar la partida. Tal vez era cuestión de intentarlo, de no darse por vencido. Era cierto que mi adversario me llevaba una ventaja considerable, pero yo creía saber dónde podía encontrar una oca, una de esas casillas que de vez en cuando aparecían a lo largo del recorrido para ayudarte a saltar hasta la siguiente. De oca a oca…

60

La vieja Margot fue detenida y puesta a disposición judicial. Puede que sus manos no estuviesen manchadas de sangre, pero no por ello dejaba de ser cómplice de ese a quien ella misma bautizó como el *transeúnte*. Desde el principio supo lo que iba a ocurrir y no lo denunció; es más, encubrió al asesino; por tanto, ahora había llegado el momento de que pagase por todos aquellos pecados que a diario intentaba limpiar a base de rezos ante un crucifijo pagano con forma de pata de oca. Imagino que para una anciana de arraigada vocación religiosa sus remordimientos serían ya de por sí una angustiosa cárcel, una prisión interior en la que permanecía presa desde hacía mucho tiempo.

Dos agentes de la Guardia Civil se hicieron cargo de ella mientras el resto nos apresuramos a volar hasta las ruinas del antiguo convento de los antonianos, en Castrojeriz. Tenía que volver a hablar con aquel excéntrico ermitaño pues, a pesar de su aparente locura, fue el único que supo indicarnos acertadamente por dónde continuar la búsqueda del *transeúnte*.

—Esperadme aquí —les pedí a los agentes que me acompañaban mientras me descalzaba. Ya había aprendido que para entrar en «su» casa de Dios era imprescindible hacerlo con los pies desnudos.

—¿No es algo tarde para hacer visitas, inspector? —comentó sonriendo junto a la puerta del templo. Al escuchar acercarse el helicóptero salió a recibirme.

—Necesito su ayuda —le dije, presentándome con el calzado en las manos.

Foto n.º 9
Altar de la iglesia del Crucifijo, en Puente La Reina.

—Supongo que si ha vuelto es porque no lo ha atrapado.

—Así es —asentí.

—¿Y? —preguntó abriendo los brazos.

—Estuvimos a punto de detenerlo en Santiago de Compostela, pero se esfumó.

—Vaya, vaya. Esa alimaña es más inteligente de lo que yo pensaba y ha logrado superar con éxito las siete pruebas.

—¿Si sabía que el Camino no acababa allí por qué no nos lo dijo?

—Pues porque nadie me lo preguntó —respondió encogiendo los hombros.

—Desde el principio creí que la catedral de Santiago sería la última casilla del juego, donde acabaría el ritual.

—Craso error, inspector. La catedral de Santiago de Compostela corresponde a la casilla de *La Muerte*. Debió adivinarlo; recuerde que es precisamente allí donde descansan los restos del apóstol; por consiguiente, se trata de una tumba, de la muerte personificada. Estaba muy claro —insistió.

—No se me ocurrió. Debí suponerlo —me lamenté.

—Por eso, año tras año, los peregrinos comienzan un nuevo camino —añadió.

—Perdone, pero no lo entiendo.

—Es muy sencillo. En el juego de la oca, cuando un jugador cae en la casilla de *La Muerte* debe comenzar de nuevo el juego. Esa es la verdadera razón por la que todos los años los peregrinos vuelven a recorrer el Camino de Santiago. Ninguno de ellos logró completar el itinerario marcado tiempo atrás por las ocas. Ninguno de ellos llegó al final de ese misterioso recorrido pagano. Los cristianos estamos condenados a realizar una y otra vez el peregrinaje hasta la tumba del apóstol, hasta la eterna casilla de *La Muerte*. Ese es el final de nuestro camino, pero no el del *transeúnte*. Él continuará hasta el fin del mundo para alcanzar la meta de su juego.

—¿Y sabe usted dónde puedo encontrar ese lugar?

—*Finis Terrae*, o lo que es lo mismo, el fin de la tierra: Finisterre.

—Pero… ¿Por qué ha de ser allí?

—Desde hace siglos se le conoce como *la costa de la muerte*. Cuando uno pisa aquellos acantilados siente que se encuentra en un lugar mágico, distinto al que nunca haya visto. En la antigüedad era considerado el punto más occidental del mundo, donde acababa la tierra y comenzaba el mar. Allí es donde el sol, al final de cada día, busca cobijo para descansar. Allí, cuando el ocaso se cierne con sus oscuras sombras, el rey de los astros se sumerge por completo en el mar. Por eso, a través de los tiempos, ha sido siempre un enclave prolífico en sacrificios, rituales paganos y magia negra. Numerosos templos han sido erigidos a dioses de todas las índoles y creencias: celtas, íberos, romanos…, que hacen de aquel lugar el punto más místico y ancestral de nuestro planeta. ¿Lo entiende ahora? Ha de ser precisamente allí, en Finisterre, donde acabe el juego.

—Entonces…

—Sí. Usted llegó a la casilla de *La Muerte* y ahora está volviendo a recorrer de nuevo las mismas casillas del tablero. Por eso ha regresado hoy aquí por segunda vez.

—¿Eso es todo? ¿O debo saber algo más que se me haya olvidado preguntar? —insistí, intuyendo que aquel peculiar personaje siempre se guardaba algún último secreto que contar.

—Búsquelo en el agua.

—¿Cómo?

—El ritual finaliza al amanecer, cuando uno se despoja de las ropas y del calzado y lo quema en una hoguera al borde de un acantilado —aseguró—; es una manera simbólica de desprenderse del pasado y lo terrenal. Después deberá bajar a la playa y, cuando los primeros rayos de sol posen su luz plateada sobre el mar, se introducirá desnudo en las aguas sagradas que lo purificarán. La desnudez simboliza la llegada al mundo, un nuevo nacimiento; y el agua donde se sumerge equivale al bautismo que limpiará los pecados de su pasado. De este modo, el *transeúnte* emergerá de las profundices del mar como una nueva persona, un ser puro e inmaculado que habrá recorrido el camino interior que conducía hasta lo más profundo de su propia alma.

—Necesito saber el nombre del lugar exacto donde realizará ese último ritual.

—El cabo de Finisterre es una lengua de tierra rocosa que se adentra unos tres kilómetros en el océano. Busque el último de sus acantilados en un monte llamado Pindo. Allí hallará las respuestas que nunca encontró.

No me lo pensé dos veces. Llamé rápidamente al inspector Lasarte para pedirle que el BCI se trasladara urgentemente al cabo de Finisterre y preparara un dispositivo de control sobre todos sus accesos. Debían controlar carreteras, caminos rurales o cualquier tipo de sendero que pudiera ser transitable, y quedamos en encontrarnos allí para ultimar detalles.

61

Debo admitir que nunca antes presencié un despliegue de medios igual. Aparte de los miembros del Cuerpo Nacional de Policía, la Guardia Civil desplazó hasta la zona a todo el personal que tenía en esos momentos disponible, incluidas dos patrulleras de guardacostas. El perímetro que cubrir era amplio y complicado por su orografía. Había montes de una elevación considerable y los acantilados se podían contar por decenas. En cambio, las playas casi brillaban por su ausencia, y las pocas que encontramos presentaban un acceso muy dificultoso.

—Más vale que tenga razón y lo atrapemos, porque como no salga bien esta operación se nos va a caer el pelo —comentó preocupado Lasarte. En ese momento nos estábamos aproximando en un vehículo todoterreno al mirador que había en lo alto del monte Pindo.

—Mis fuentes son seguras. Su camino acaba en uno de estos parajes —aseguré, intentando disimular mi nerviosismo, pero lo cierto es que ni yo mismo estaba seguro de que fuese a ocurrir así. No podía dejar de darle vueltas a la cabeza y temía que pudiesen descubrir algo que me relacionase con la pata de oca encontrada en la cripta de Santiago. En ella aparecían restos que me involucraban.

—No sé de dónde habrá sacado esa información, pero nos lo estamos jugando todo a una carta.

La verdad es que no tuve fuerzas para volver a responder. Al nudo de mi estómago se le sumó otro a la altura de la garganta que hizo que el cansancio que llevaba acumulado tras esa larga jornada de sinsabores espantara algún conato de sueño que se atreviese a aparecer a esas horas de la noche.

Rondaban las cuatro de la madrugada cuando alcanzamos la cima. Aparcamos el coche oculto entre unos árboles que había junto al mirador, apagamos las luces y salimos a echar un vistazo.

El ermitaño de Castrojeriz tenía razón: aquel lugar era especial. Las estrellas parecían haberse puesto de acuerdo para reunirse todas juntas sobre el mismo punto del firmamento que teníamos sobre nuestra cabeza, como queriendo indicar que cada una de las constelaciones que brillaban en ese universo oscuro y desconocido se había quedado prendada de aquella misteriosa lengua de tierra y rocas que conformaba Finisterre.

Esperamos dos largas horas en aquella cima sin atisbar nada raro. Hacía fresco y un viento molesto se colaba entre las ramas agitándolas sin parar. Y fue precisamente ese aire indomable el que trajo hasta nosotros un olor a leña quemada. Intentamos seguir su rastro campo a través entre la vegetación durante unos cuantos minutos, hasta que por fin localizamos una pequeña fogata junto a un saliente de la montaña. Después nos acercamos todo lo que pudimos, sigilosamente, y así continuamos hasta que pudimos ver la silueta de alguien agazapado junto al fuego. No sabíamos quién era. Estábamos justo detrás de él, a su espalda, y la luz anaranjada de las llamas alumbraba su rostro con intermitencia; por desgracia, nuestro anonimato duró hasta que pisamos una rama seca que delató nuestra presencia.

El individuo, al escuchar el crujido, huyó. Salió corriendo monte abajo como un poseso. Y nosotros hicimos lo mismo. Dicen que quien huye es porque teme algo, y ese temor podía ser nuestra presencia.

No había duda de que se trataba de una persona joven y ágil porque nos costó seguirle. Lasarte se fue quedando un poco rezagado, pero por suerte yo nunca lo perdí de vista. Durante un largo trecho sorteamos arbustos y rocas sueltas en lo que parecía una trepidante carrera de obstáculos, hasta que por fin no tuvo más remedio que detenerse: delante de sus narices se presentaba un enorme acantilado que cortaba su huida.

—Al fin nos conocemos, compañero —dijo extenuado tras la carrera, intentando recuperar el aliento.

—Esa palabra carece de sentido si la pronuncia un cerdo como tú —contesté tras reconocer su voz. Era la misma que siempre escuché por teléfono.

—Te equivocas, inspector, ¿o debo llamarte Álvaro? —respondió tuteándome.

—¡Eres un maldito cabrón! —grité. Sacando mi pistola y encañonándolo—. Te voy a reventar los sesos.

—Tranquilo, Moret. ¿No ve que solo quiere provocarlo? —trató de calmarme Lasarte, que se acercaba por el flanco derecho jadeando—. No tiene escapatoria, entréguese —le pidió al sospechoso sin apenas voz.

—Si caigo por este acantilado o disparas nunca sabrás dónde se encuentra tu putita —respondió mirándome.

—¡Levante las manos donde yo pueda verlas! —le pidió Lasarte sacando también su arma.

—¿De qué hablas? —le pregunté, sin dejar de apuntarle.

—No le haga caso, Moret. ¿No ve que no tiene escapatoria?

—Te equivocas. Siempre queda alguna vía de escape, algún sendero libre por donde transitar —continuó con su discurso desafiante—. Tan solo hay que saber buscarlo. ¿Verdad, compañero? —me preguntó sin apartar la mirada—. ¿Ya no te acuerdas de Lola?

—¿A qué se refiere? —preguntó el inspector ante mi silencio—. ¿De qué habla, Moret?

—No tengo ni puta idea.

—¡Oh, qué lástima! De repente mi amigo perdió la memoria —gritó con sarcasmo—. Mire, esta es la marca que distingue al *transeúnte* de cualquier mortal —dijo mostrando su antebrazo al inspector Lasarte—, un símbolo que solo los elegidos pueden llevar tatuado sobre su piel. La misma marca que el inspector Moret esconde bajo sus ropas.

—No le crea, Lasarte —le pedí al ver que me miraba extrañado—. Quiere confundirlo. Nunca antes había visto a este desgraciado —aseguré.

—Álvaro, sabes que somos cómplices, compañeros en este hermoso ritual —continuó con su discurso—. ¿Recuerdas dónde comenzaste el juego? Lo dos lo hicimos juntos, partimos desde el mismo punto.

—Deja de llamarme compañero. No eres nada más que un tarado que cree en absurdos juegos que no conducen a ninguna parte.

—Somos exactamente iguales. ¿Qué haces aquí si no?

—Explíquese —le pidió Lasarte.

—¿Es que va a creerle? —lo recriminé—. ¡Es un asesino! —grité nervioso, temiendo que pudiera involucrarme.

—Tranquilícese, Moret. Solo quiero escucharlo.

—Moret comenzó el juego a la vez que yo, en Jaca. Ha recorrido una por una todas las pruebas que exigía el ritual de la oca hasta completar el juego. Por tanto, lo quiera o no, ha sido mi compañero de juego, quien ha entretenido a mis perseguidores para que yo pudiese llegar hoy triunfante hasta aquí.

—¡Eso es mentira! —dije acercándome más a él, acariciando el gatillo y deseando acabar de una vez por todas con aquella farsa.

—Baje el arma, Moret —me pidió el inspector. Ya me conocía lo suficiente como para saber que estaba muy quemado y que era capaz de cualquier cosa.

—¡Este cerdo miente! Y no voy a consentir que se dude de mi palabra —grité.

—Lo creo, Moret, pero baje el arma.

—¡Es cierto! —continuó sonriendo—. Dígale que se quite la camisa, verá como lleva la marca de la oca tatuada sobre su cuerpo.

—¡He dicho que baje el arma! —me repitió Lasarte, intuyendo que en esos momentos lo que yo más deseaba era cargármelo.

—Pero, inspector…

—Lo siento, Moret. Llegados a este punto no me fío de nadie. En comisaría aclararemos este entuerto.

—¡No lo creerá! —exclamé nervioso.

—No es cuestión de si lo creo o no. Pero por una vez haremos las cosas a mi modo.

—Piénselo detenidamente, inspector Lasarte —insistió aquel desgraciado—. Usted no conocía a Moret. ¿Qué hacía fuera de su jurisdicción? ¿Por qué sabía que iban a raptar a una chica en los Montes de Oca? ¿No es curioso que siempre haya sabido los pasos que yo iba a seguir? ¡Pregúntele por qué se acostó con el único testigo que tenía o por qué se reunía a escondidas con mi madre!

—Eres un maldito hijo de puta. ¿Qué le has hecho a Lola?

—Inspector, ¿sabe que en la pata de oca que han encontrado en Santiago hay restos de su sangre? Compruébelo y verá que no miento.

Lasarte me miró. Parecía desorientado, pero no dijo nada. Se mantuvo en silencio clavando su mirada sobre mí. Estaba claro que la desconfianza que estaba sembrando aquel desgraciado comenzaba a surtir efecto.

—¡Dime dónde está la chica! —insistí.

—¿Ahora te preocupas por ella? Le quitaste las bragas en un hostal de segunda y después te olvidaste de ella. Seguro que ya ni recordabas su nombre.

Al escuchar aquello recorrí los últimos dos metros que nos separaban, sin dejar de apuntarle y muy cabreado por lo que ese degenerado hubiese podido hacerle a Lola. Él, a su vez, retrocedió un par de pasos, el espacio justo que quedaba entre sus talones y el abismo del acantilado. La verdad es que su vida me importaba una mierda, me daba exactamente igual que se estrellara contra las rocas que había cincuenta metros más abajo, aunque antes debía sonsacarle qué le había ocurrido a la muchacha.

—Venga, aprieta el gatillo. ¿O solo disparas a chicas indefensas? —me retó riéndose.

—Te lo repetiré por última vez, ¿dónde está Lola?

—Pregúntaselo a Berto, a lo mejor se ha reunido con él.

Aquellas fueron las últimas palabras que salieron de su boca. Al escuchar su respuesta apreté el gatillo. El percutor golpeó sobre la culata de esa bala sin nombre que durante tanto tiempo guardé en el cargador de mi pistola y, por unos instantes que parecieron una eternidad, el silencio se hizo dueño de ese saliente rocoso del monte Pindo. Unas décimas de segundo después, por fin pude escuchar una detonación que corroboraba que el proyectil había salido impulsado por el cañón de mi pistola rumbo a su objetivo.

Sí, disparé.

Y lo hice apuntando a su frente, entre ceja y ceja…, pero esta vez no fallé. El cuerpo de aquel bastardo cayó inerte al vacío, al acantilado que había tras sus pies, y no dejó de caer hasta que se estrelló contra las rocas en donde rompían las olas. Acto seguido, igual que ocurre cuando acaba la función en un teatro y se encienden las luces, amaneció; un tímido rayo de luz alumbró la cumbre de la montaña indicando que habíamos llegado a la casilla sesenta y tres, al lugar donde debía concluir el ritual y acababa el juego.

Silencio. Por fin silencio. Solo el sonido de las olas tintadas de sangre rompiendo contra el acantilado rompía el mutismo.

Miré al cielo. El alba se desperezaba y la ausencia de nubes dejaba ante mis ojos un firmamento inmaculado. Azul… Azul cielo… Solo una bandada de aves volando hacia el oeste se atrevió a romper la monocromía aturquesada de aquel techo sagrado. Probablemente nunca lo sabré, pero tal vez eran ocas salvajes que volaban buscando el agónico final de un viaje migratorio. Pero, como cuento, quizá eso ya nunca lo sabré.

Y gracias a esa efímera paz que sentí en aquel momento comprendí que la partida contra el *transeúnte* no se inició en un puente de Jaca; en realidad comenzó tres años antes, en un triste hospital de Toledo. Aquella lejana noche perdí mi primer bastón, ese hermoso instrumento que la vida me ofreció como sustento, y lo hice contra un terrible adversario llamado cáncer. Sí, es cierto, allí perdí mi principal punto de apoyo; pero a la vez el destino quiso ofrecerme una segunda oportunidad con forma de bala, con un proyectil que llevaba el nombre del *transeúnte* grabado en su casquillo. Desgraciadamente, tuve que volver a perder a otro amigo para descubrirlo. Por eso no estaba dispuesto a que este nuevo rival se burlara otra vez de mí y se marchara sin más, igual que hizo aquella terrible enfermedad años atrás. Ahora había logrado tenerlo enfrente, cara a cara, y escuchar el estruendo de aquella bala al disparar sonó a gloria en mis oídos, sonó a paz, a descanso…

62
Un juego de niños

Sí. Les suelen llamar psicópatas, perturbados o, simplemente, que padecen enajenación mental transitoria. Y yo sigo diciendo que una mierda. Son un hatajo de desgraciados y punto. Igual que existen seres maravillosos que sufren con el dolor de los demás, también los hay que disfrutan siendo crueles con quienes les rodean, y eso es lo que era aquel *transeúnte*.

Lo sé porque hace muy poco que dejé de ser inspector de policía por su culpa. Dicen que la ira es mala consejera, y yo os aseguro que aquel amanecer la escuché. Fui débil y pudo conmigo, con mi forma de entender la vida, y por unos segundos me olvidé de ser yo mismo para convertirme en un animal rabioso. Me disfracé de alguien que no era yo y, precisamente por eso, por dejar que el odio guiara mis actos, dispongo ahora de todo el tiempo del mundo para recapacitar sobre lo que hice; aunque, si soy sincero, creo que por muchos años que pasen nunca me arrepentiré de ello. Estoy convencido de que volvería a hacerlo otra vez, volvería a reventarle los sesos a ese maldito desgraciado. Sé que puede parecer extraño, pero maté a alguien sin saber siquiera su nombre. No sabía cómo se llamaba. Solo pude hablar frente a frente una vez con él, y fue precisamente el mismo día que lo maté.

La vieja Margot tenía razón: recorrer el camino sirve para conocer y conocerse, para encontrar y encontrarse. Yo me dejé llevar hasta que descubrí el lado oscuro y desperté el monstruo que hibernaba dentro de mí... Ahora sé que todos llevamos una bestia dentro y que, tarde o temprano, emerge para recordarnos que tan solo somos animales racionales. Pero animales, al fin y al cabo.

Puede que me hayan metido en la cárcel por no actuar como se le exige a un agente de la ley, pero a veces ha de ser uno mismo quien imponga su propia justicia. Me han caído ocho años de condena por disparar de forma premeditada a un hombre desarmado; sin embargo, eso es lo que menos me preocupa, supongo que por buena conducta saldré mucho antes. El inspector Lasarte testificó a mi favor ante el juez y no mencionó ni una sola palabra sobre la conversación que escuchó al borde de aquel acantilado. Al final, visto lo visto, el ermitaño de Castrojeriz no estaba tan loco como parecía. Tenía razón en todo lo que dijo porque allí, en un olvidado rincón de Finisterre, se acababa el mundo sensato y comenzaba una vida oscura repleta de sombras. He descubierto que la cordura es algo complicado de entender y, a veces, lo que a primera vista puede parecer absurdo, luego resulta ser la verdadera realidad.

Yo he asumido esa realidad con entereza. No me quedaba otra opción que escribir mi historia, y eso es lo que estoy haciendo. Necesitaba contarlo para evadirme de esta habitación llamada tristeza, para no volverme loco pensando qué fue lo que hice mal, para tratar de domesticar el animal que llevo dentro. Tristeza. Así es como he bautizado a esta celda de tres metros cuadrados de hormigón sin ventanas. Supongo que es lo más parecido a esa casa que había en las afueras de Puente La Reina marcada con un número sesenta y tres sobre su puerta. En aquel antro fue donde encontré una pared llena de fotografías de porcelana, y por eso ahora he hecho lo propio en estas paredes que coartan mi libertad. Mirándolas puedo contemplar las nueve fotografías que tomé durante la investigación; nueve fotos que han quedado grabadas en mi retina de tanto mirarlas y que me hacen revivir cada uno de los pasos que en aquellos días seguí.

Nueve. Ese es el número que ha marcado para siempre mi vida. Y al igual que sucedía en el juego, creo que con esas imágenes plasmadas sobre un papel he completado un ciclo, y no tengo la menor duda de que tarde o temprano comenzará una nueva partida. Por eso trató de contar con paciencia los días que faltan para salir, para escapar de esta casilla del juego llamada cárcel; porque ese es exactamente el tiempo que queda para volver a matar de nuevo a otra persona que trate de empezar el juego.

Entiendo que puede sonar extraño. Y muchos os preguntaréis: ¿por qué querrá hacer semejante barbaridad? La respuesta la descubrí hace apenas una semana.

Llevaba cuatro meses aquí encerrado y nadie, aparte de mis padres, se había dignado a visitarme. El comisario Horneros me culpó por no haber cuidado de Ramírez, y en parte lo entiendo. Fue él mismo quien tuvo que darle a su madre, a una pobre anciana que se había quedado sola, la fatídica noticia de la muerte de su único hijo. Imagino que no fue fácil mirarla a la cara y decirle que su sol se había apagado. No obstante, me consuela pensar que mi amigo fue feliz durante sus últimos días de vida, que se sintió realizado como persona y como profesional. Yo lo descubrí tras su mirada, y eso es algo que no olvidaré jamás. Fue mucho mejor que contemplar cómo se marchaba Berto de este mundo, entre gritos de dolor y frustración y con los brazos cosidos de goteros. Por fortuna, Ramírez se marchó sin darse cuenta, y cuando se quiere a alguien se le desea que su último aliento de vida sea tranquilo y rápido.

Ester tampoco se dignó a venir. Si bien, es cierto que me escribió un par de cartas para contarme que gracias a su buen hacer en esta operación le habían designado como coordinadora forense de la brigada central de investigación, en Madrid, pero nada más. Después no he vuelto a tener noticias suyas. Imagino que por fin su padre se sentirá orgulloso de ella. En el fondo yo también lo estoy porque es una gran mujer a la que, tal y como me aconsejó Ramírez, nunca debí dejar marchar. A veces uno no se da cuenta de lo que tiene hasta que lo pierde. La vida es así, como un juego de la oca en el que se van dejando casillas atrás, y si te equivocas, no puedes retroceder. Siempre hay que caminar en una sola dirección, hacia delante, sin poder volver la mirada. Una vez que has tirado los dados sobre el tablero debes asumir la siguiente jugada con resignación; y por lo visto, Ester fue una hermosa casilla del tablero que en algún momento dado me salté sin darme cuenta.

Ester, sin hache. Probablemente yo me había convertido en esa letra de su nombre que carecía de sentido y que ni siquiera sonaba al pronunciarla.

Ester, sin hache. Sí, no había duda: yo era la hache.

63
LA ÚLTIMA CASILLA

Como contaba, habían pasado cuatro meses sin tener una sola visita en este agujero inmundo. La lectura de un libro manido y amarillento titulado *Fruta amarga* era lo único con lo que lograba evadirme de este lugar; debió de dejárselo olvidado el recluso que antes ocupaba la celda. Es curioso, pero su título me hacía recordar la manzana de *Blancanieves* y, por consiguiente, el beso de mi entrañable amigo Berto. Supongo que el destino ha sido siempre así de cruel y busca la manera de que los antiguos recuerdos nunca mueran.

Tardé, pero lo asumí. Estaba atrapado en una de las casillas de ese siniestro juego, en la cárcel, y debía esperar con paciencia mi turno para volver a tirar los dados. Sin embargo, cuando ya creía que la soledad me había envuelto con su áspero manto de indiferencia y que el resto de los mortales se habían olvidado por completo de mí, apareció Lola.

No sabía nada de ella, e incluso la policía la daba por desaparecida. El último que pronunció su nombre fue aquel desgraciado al borde del precipicio. Y verla de nuevo me sorprendió gratamente. Suponía un inesperado soplo de aire fresco que se había colado por un pequeño resquicio de este sucio agujero llamado tristeza.

Se presentó imponente. Con su pelo negro recogido por un coqueto moño y un precioso abrigo rojo que hacía juego con el carmín de sus labios. Sus ojos, negros como un café bien cargado, brillaban pletóricos, y su forma de caminar hasta nuestro lugar de encuentro resultó extrañamente elegante.

Tacones. Su sonido golpeando el suelo al acercarse se quedó grabado en mis tímpanos. Unos tacones de infarto que la hacían mucho más esbelta. Tacones…, y un abrigo rojo vivo como su carmín.

Lola no parecía Lola. Aquel patito feo que conocí se había convertido en un hermoso cisne.

—Disponen de veinte minutos —nos informó el agente que la acompañaba.

—¿Estás bien? —le pregunté nada más verla. Entre nosotros había dos puertas de barrotes separadas entre sí por tres metros de nada. Digo nada porque eso es lo que había entre aquellas verjas de hierro: nada, tres metros de pasillo vacío que solo permitían el trasiego de nuestras voces y de unas miradas tan intensas que quemaban. Nada más.

—Sí —respondió despegando la pintura que sellaba sus labios. Aunque esperó para hacerlo a que se fuese el agente.

—Estás muy guapa. No sé, pareces distinta, más… —aprecié.

Ella se cobijó tras una prudente sonrisa.

—¿Dónde te habías metido? Te buscaron por todas partes para que declarases como testigo en el juicio.

—Me fui al sur. Necesitaba luz y respirar el aire mediterráneo. El norte es tan triste, tan melancólico… Además, aunque hubiese querido nunca habría podido testificar en ese juicio.

—¿Por qué dices eso?

—Entre tú y yo hubo algo más que una simple amistad. ¿Lo recuerdas?

—Claro que lo recuerdo. Fue una noche que nunca podré olvidar. Los dos nos sentíamos solos y… surgió. Pero eso no deja de ser algo que solamente sabíamos nosotros. Nadie hubiera podido probar nuestra relación en un juicio.

—Creo que estás equivocado —afirmó sin dejar de sonreír.

—No te entiendo.

—Estoy embarazada.

Al escucharla me quedé sin palabras. No esperaba aquella respuesta y supongo que mi cara de sorpresa ya fue de por sí suficiente respuesta.

—¿No te alegras? —preguntó. Y con aquella breve, pero incisiva pregunta, insinuó una realidad que yo andaba tratando de dilucidar: el hijo que esperaba era mío.

—Por supuesto que sí... Lo que ocurre es que no me lo esperaba, pero... claro que me alegra. Al fin una buena noticia. Probablemente sea lo mejor que he escuchado en mucho tiempo —respondí, aunque mis palabras no sonaron muy convincentes, sino más bien al típico discurso que los hombres suelen soltar cuando están asustados.

—Te he traído un regalo. ¿Quieres verlo?

Yo asentí nervioso, intentando asimilar la noticia de mi posible paternidad. Por mi mente comenzaron a desfilar miles de pensamientos e imágenes que colapsaron repentinamente mi cabeza, trabando mi lengua e impidiendo que encontrase las palabras adecuadas para continuar con aquella conversación.

—¿Un regalo...? ¿Para mí? —respondí.

—¿Para quién si no? —dijo mientras comenzaba a desabrocharse el abrigo.

Uno a uno y muy lentamente, fue liberando los botones anacarados que lo recorrían de arriba abajo, así hasta que finalmente lo dejó caer al suelo. La sorpresa fue que no llevaba ropa interior y su cuerpo desnudo quedó expuesto ante mí. Era la primera vez que podía contemplarla en toda su plenitud porque aquella noche en el hostal no me permitió descubrir su cuerpo. Ella, no sé por qué razón, se empeñó en ocultar su aterciopelada piel bajo las sábanas de mi cama. Pero ahora estaba siendo mucho más generosa. Lola se mostraba hermosa, joven, como la diosa perfecta que cualquier mortal hubiese deseado para sí el resto de sus días; sin embargo, aquello que debía de ser un preciado regalo, se convirtió en un simple instante en una amarga traición.

—¿Por qué llevas esa marca? —me preocupé al ver el símbolo de una pata de oca tatuado sobre su vientre—. ¿Quién te lo ha hecho?

—Tú deberías saberlo. Tan solo debes mirar tu antebrazo —respondió mientras se volvía a vestir.

—¿Margot? ¿Fue esa maldita bruja?

—Sí, la misma —contestó tranquila, restándole importancia.

—¿Por qué lo hizo? —pregunté desconcertado, sin entender qué estaba ocurriendo.

—A estas alturas deberías saber que una buena madre siempre marca a sus polluelos. Es la única forma de reconocerlos.

—Entonces…

—Sí. Soy su hija. La mayor de un parto doble. Soy la primogénita, la única que por derecho propio podía ocupar el papel del *transeúnte.* Mataste a Mateo, mi hermano mellizo, y encerraste a mi madre en un psiquiátrico, pero a pesar de todos tus esfuerzos nunca podrás detener al nuevo heredero que vive dentro de mí. Él será el príncipe que continúe con la sagrada estirpe de peregrinos paganos que siglos atrás comenzó con el maestro Mateo. Mi hijo será su descendiente, el nuevo *transeúnte*, quien mantenga vivo su legado y herede su nombre.

—¿Por qué yo? ¿Por qué me elegisteis a mí? —grité enfadado.

—Nunca antes el primogénito del *transeúnte* había sido una mujer. La madre naturaleza siempre fue condescendiente con los sucesores del gran maestro y les mostraba su gratitud mandando a un hijo varón para que pudiese continuar el ritual sagrado; así fue siempre, menos esta vez. Mi padre, el anterior *transeúnte,* eligió a la mujer equivocada. Mezcló su sangre pagana con la de una mujer entregada a una religión diferente a la nuestra. Y ese hecho irritó profundamente a los dioses. Los cristianos fueron los que nos arrebataron un camino que por derecho nos pertenecía, y sacrificarlos en el juego de la oca era, es y será su único destino. Solo derramando la sangre de aquellos que nos sometieron y humillaron se consigue purificar el alma.

—No me has contestado. ¿Por qué yo? —insistí.

—El padre de mi vástago debía ser alguien que estuviese dispuesto a recorrer el Camino de las Ocas, a enfrentarse a cada una de las pruebas que exige el ritual. Y tú lo hiciste mientras perseguías a mi hermano. Incluso me dejaste embaraza el mismo día que él tomó a Alejandra en la posada. Eras el padre perfecto para continuar con la estirpe, el único que siguió las reglas del juego.

—Pero, ¿y mi Dios? ¡Yo también soy cristiano! No puedo ser el padre de tu hijo.

—Te recuerdo que renunciaste a Él cuando murió tu amigo Berto. Así se lo dijiste a mi madre. Lo repudiaste una y otra vez hasta la saciedad por no haber escuchado tus plegarias en los pasillos de aquel hospital. Sí, renegaste de tu fe y le diste la espalda a tu Dios.

—Pero..., aun así, no reúnes los requisitos de la elegida por el *transeúnte*. Tu nombre no tiene nueve letras.

—Es cierto. El *transeúnte* debe amar en cuerpo y alma a una mujer que reúna esas premisas. Y tú lo hiciste. Te enamoraste de Ester, pero tomaste mi cuerpo.

—No lo comprendo. ¿Qué quieres decir?

—Lola y Ester. Si escribes su nombre y sumas sus letras al mío comprobarás que el resultado es nueve. ¿Lo comprendes ahora? Nunca busqué en ti una pareja, solo te necesitaba para procrear un nuevo polluelo, no me importaba que tu corazón perteneciese a otra persona.

Aquella respuesta me dejó sin argumentos. Estaba claro que había sido víctima de un plan muy bien hilvanado y debía asumir que tan solo era un cadáver más de los que habían quedado arrojados a lo largo de ese macabro camino que conducía hasta Finisterre. Fue entonces cuando comprendí el verdadero significado de la nota en mi mesilla: «Gracias por querer ser parte de mí».

Terminó de abotonarse el abrigo sabiendo que su cometido había concluido. Se giró y se fue hacia la puerta de salida.

—Usaste a tu hermano como una pobre marioneta. Le dejaste morir solo para continuar con un juego de locos —le recriminé.

—Puede que tú lo veas así, que no alcances a comprender su verdadero cometido. Él nació tan solo para allanar mi camino. Y allí donde quiera que ahora esté, se sentirá orgulloso por haber contribuido a que la memoria de nuestros antepasados siga viva. Él fue mi bastón, mi punto de apoyo.

Y se marchó.

Hasta ese momento no me había dado cuenta de lo perdido que estaba, y esa partida que yo creía concluida no había hecho nada más que comenzar de nuevo. Me encontraba atrapado en la casilla de la cárcel y, al final, después de recorrer tantos kilómetros, después de perder tantos amigos por el camino; después de vivir tantas noches de angustia, solamente después, comprendí por qué el juego de la oca fue considerado siempre un inocente juego de niños. En realidad, han sido ellos, los niños, los que han mantenido vivo siglo tras siglo el Camino de las Ocas. Es obvio que nadie podrá evitar que nazcan nuevos polluelos, y que tras romper el cascarón, partan hacia la primera casilla de un tablero que marcará para siempre sus vidas. Es obvio que volverá a ocurrir una y otra vez, que surgirán nuevos *transeúntes*. Ya lo anunciaba esa antigua cantinela que todos, alguna vez, hemos repetido de niños:

De oca a oca y tiro porque me toca.

Foto n.º 10
El final del juego. Kilómetro cero, en Finisterre.

Esta novela está dedicada a todos aquellos que, año tras año, se deciden a recorrer el Camino de Santiago. Fueron muchos los peregrinos con los que me entrevisté para cambiar impresiones y dar forma a esta novela, y todos ellos escucharon con agrado y asombro el significado de muchos de los símbolos desconocidos que habían encontrado a lo largo del recorrido. Espero que ahora, cuando se crucen con algunos de los signos paganos que aparecen en esta trama, puedan reconocerlos gracias a la ardua labor de investigación que, con tanto cariño, he realizado durante meses. Deseo, siempre desde el más sincero respeto, que el desaparecido Camino de las Ocas perdure en el tiempo y conviva con armonía con ese centenario sendero cristiano que conduce hasta los brazos del apóstol Santiago, al igual que anteriormente hicieron aquellos maestros canteros medievales al empeñarse en preservar las señales de un camino anterior que otros tantos recorrieron.

Foto n.º 11
El tablero más antiguo que se conoce del juego de la oca.

Esta novela se terminó de escribir en mayo de 2011. Dos meses más tarde, el 5 de julio de ese mismo año, el *Códice Calixtino* fue robado de la cámara acorazada del museo de la catedral de Santiago de Compostela. Tras la misteriosa desaparición, la Policía Nacional recibió una llamada anónima realizada desde un teléfono público en la que se comunicó que el manuscrito se devolvería en algún punto del Camino de Santiago, que previamente se indicaría bajo secreto de confesión. A día de hoy, aún sigue sin aparecer.